GW01607649

Pour nous sauver

Du même auteur :

Mon prince ne viendra pas (Tant pis, je ferai sans !)

(2019)

Notre échappée belle

(2020)

Alex KIN

Pour nous sauver

Auto-édition

Ce livre a été publié sur **www.bookelis.com**

Illustrations de la couverture :
© 2Li

Dépôt légal : Octobre 2020
ISBN : 979-10-359-2198-9

A. KIN
37250 VEIGNE

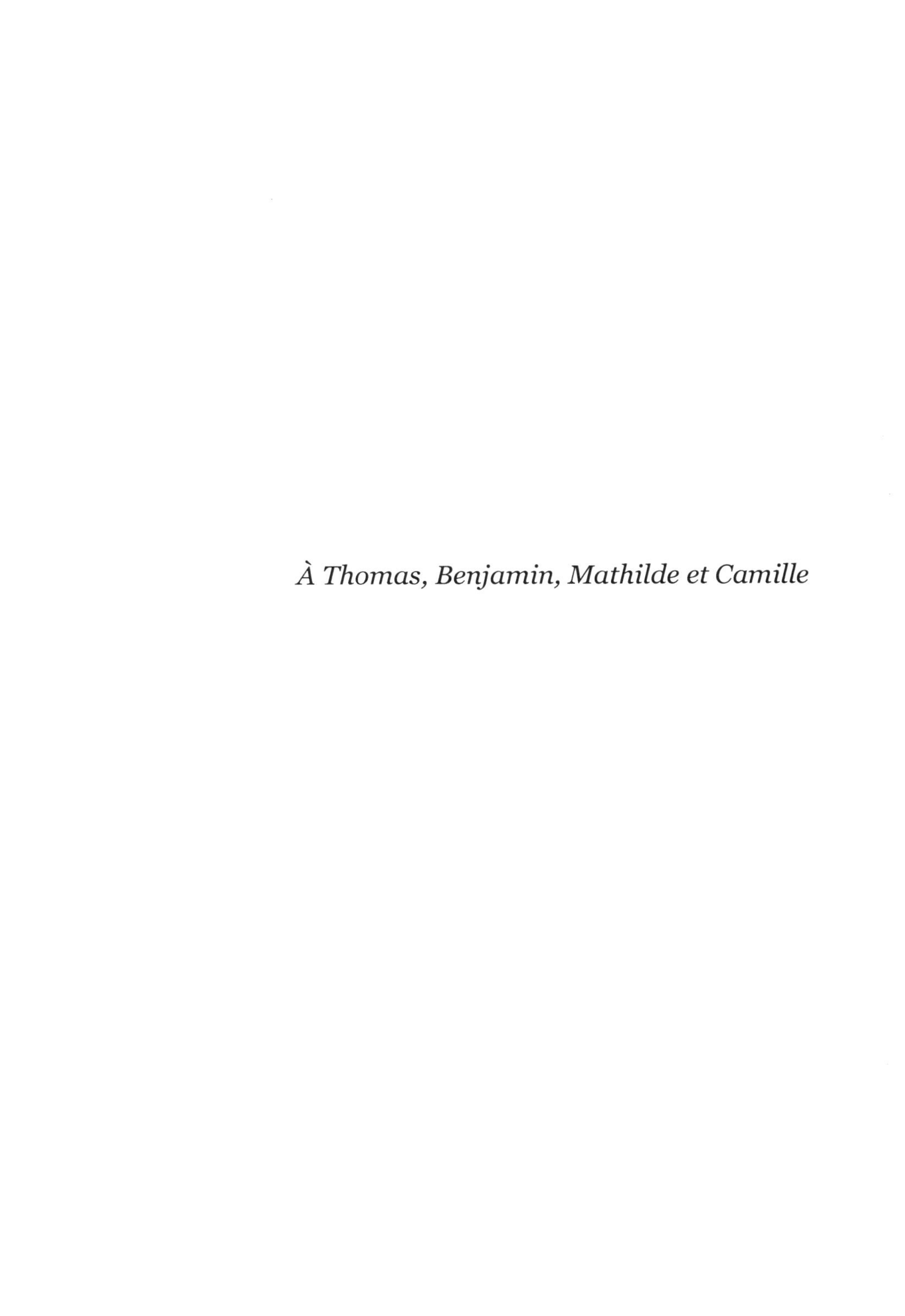

À Thomas, Benjamin, Mathilde et Camille

Quelques mots pour commencer

Bonjour à tous ! Il y a quelques mois, vous avez découvert Lila et Noé à travers leur voyage dans « *Notre échappée belle* ». Si vous n'avez pas encore lu cette histoire et que vous souhaitez en savoir plus sur leur rencontre, je vous invite à commencer par le premier tome.

Mais si vous êtes trop impatients, voici quelques éléments pour comprendre le récit de « *Pour nous sauver* ». Ils permettront également aux lecteurs de « *Notre échappée belle* » de rafraîchir leurs mémoires !

Lila et Noé font connaissance par hasard lors d'une fête chez Clément, le frère aîné de la jeune femme, et son épouse Raphaèle, amie d'enfance de Noé. La soirée est organisée en l'honneur de ce dernier, qui quitte la France le lendemain pour s'installer à San Francisco.

Leur rencontre est une évidence, un véritable coup de foudre. Après une nuit passionnée, Noé décide de retarder son départ aux États-Unis pour profiter de quelques jours avec Lila, sans aucune promesse d'avenir.

Pour savourer pleinement cette parenthèse, ils font le choix de prendre la route pour une escapade improvisée. Au cours de cette échappée belle, ils apprennent à se découvrir.

Lila dévoile à son amant son passé d'alcoolique, contrainte à cet aveu par son frère lors d'une soirée houleuse à Lacanau, emblématique des relations tendues entre Clément et sa cadette.

Noé, quant à lui, révèle à sa maîtresse le décès de ses parents lorsqu'il avait à peine six ans, et son parcours chaotique pendant sa jeunesse.

Plus ils se livrent, plus ils s'attachent l'un à l'autre. Cependant, pour ces deux êtres épris de liberté, leur amour naissant est synonyme d'un engagement qui les effraye.

Noé préfère abandonner sa compagne avant la fin du voyage plutôt que de faire face à ses sentiments. Il s'envole pour San Francisco sans lui dire au revoir.

Blessée dans son orgueil, et encouragée par Raphaèle qui est persuadée qu'ils sont destinés à être ensemble, Lila prend la folle décision de le rejoindre aux États-Unis pour s'expliquer. Ces retrouvailles les poussent à nouveau dans les bras l'un de l'autre, incapables de résister à leur attraction mutuelle.

Après quelques hésitations, ils choisissent de donner une chance à leur couple, malgré les milliers de kilomètres qui les séparent.

Au cours de ce roman, vous croiserez une galerie de personnages que je ne considère pas comme secondaires, car ils tiennent une place importante dans la vie de nos héros. Certains étaient déjà présents dans « *Notre échappée belle* » :

Cassandre : l'associée de Lila. Elles gèrent à Paris une adorable boutique de fleurs. Lila surnomme sa collègue *le fantôme* à cause de sa paranoïa exacerbée. Elle préfère rester à l'écart du monde pour ne pas être importunée.

Eliott : un ancien amant de Lila, et désormais ami, bien qu'éperdument épris de la jeune femme. Il travaille dans une brasserie à deux pas de son magasin.

Franck : le parrain de Noé. Il réside sur l'île de Ré. Son filleul le décrit lui-même comme un ours bourru au grand cœur. Cet homme a toujours veillé sur Noé depuis la mort de son père et de sa mère. Il se méfie de quiconque s'approche de son protégé. Autant vous dire que l'irruption de Lila dans sa vie a provoqué le courroux de Franck.

Michèle et Michel : les parents de Lila et Clément. Ce sont des gens adorables, mais qui n'ont jamais su prendre soin de leurs enfants. C'est pour cette raison que leur fils aîné a pris à cœur de veiller sur sa petite sœur, quitte à oublier parfois de la laisser respirer.

De nouveaux personnages vont également faire leur apparition dans « *Pour nous sauver* ». Mais chut, je ne vous en dis pas plus !

À la fin de « *Notre échappée belle* », nous avons quitté Lila et Noé juste après leurs retrouvailles, heureux et amoureux. Mais vous vous doutez bien que les choses ne vont pas se révéler si simples pour eux.

Je vous laisse maintenant découvrir la suite de leur histoire. Je vous souhaite une belle lecture.

Prologue

— Two beers and a whisky on the rocks, please.

Noé passe sa commande en surjouant sa prononciation *so frenchy*. Ça marche à tous les coups pour attirer l'attention des Américaines. Cette fois encore, c'est un carton plein. Trois jeunes femmes qui sirotent des cocktails au bar arrêtent leur conversation pour s'intéresser à lui. Il fait mine de ne se rendre compte de rien, récupère les boissons et retourne à sa table.

Tandis qu'il distribue les verres à ses collègues, les deux hommes s'amusent de son succès.

— C'est injuste, s'insurge le premier en rigolant. Il suffit que tu baragouines trois mots avec ton accent pourri et elles tombent toutes comme des mouches !

— Je préférais quand tu étais en couple, surenchérit le second, ça nous laissait le champ libre pour draguer. Maintenant que tu es de nouveau sur le marché, les gonzesses ne nous remarquent même plus. Tu ne voudrais pas demander à ta copine de te reprendre pour qu'on puisse choper un peu nous aussi ? Comment elle s'appelle déjà ? Lily, c'est ça ?

— Lila.

Un instant, le regard de Noé se durcit. Ses copains ne se rendent pas compte de ce changement d'attitude. Il ne souhaite plus jamais entendre ce nom. Jamais ! Il boit une gorgée d'alcool pour se donner une contenance.

— Désolé les mecs, répond-il en reposant son verre, vous allez devoir apprendre à faire avec la concurrence. Mais je suis sympa, je choisis celle que je veux et je vous laisse les restes.

Il daigne enfin accorder un coup d'œil au groupe d'amies qui le dévisagent avec curiosité. Il se lève et enclenche sa manœuvre d'approche. Les demoiselles échangent des regards flattés. Ce soir, comme d'habitude, il n'aura pas à forcer son talent pour commencer la nuit en bonne compagnie.

Quelques mois plus tôt…

1.

Noé scrute le panneau d'affichage. Le vol de Lila a atterri, elle doit être en train de passer la douane. Il lui restera ensuite à récupérer ses bagages avant de venir le rejoindre. Il n'en peut plus de l'attendre.

Un mois qu'ils ne se sont pas vus, l'éloignement lui a paru interminable. Bien sûr, ils ont été en contact pendant tout ce temps. Mais vivre avec neuf heures de décalage ne leur a pas facilité les choses. Lorsque Lila se lève à Paris, Noé dort profondément à San Francisco. C'est comme s'ils habitaient deux planètes différentes. Ils ont mis en place un rituel : un appel vidéo, chaque jour à six heures et demie du matin pour elle, vingt-et-une heures trente pour lui. Une parenthèse quotidienne, pour se voir, se parler. Un moyen de combler le manque, et en même temps, quelle frustration de ne pouvoir se toucher, s'embrasser, se caresser !

Noé ressent un besoin impérieux de la retrouver. Il se demande comment il a réussi à tenir le coup pendant tout ce temps. Mais ça y est, ils vont enfin être ensemble et passer une semaine entière en amoureux.

Il guette l'arrivée de la jeune femme à chaque ouverture de la grande porte coulissante. Il joue des coudes pour se rendre aux avant-postes. Lorsque Lila apparaît, il est aux premières loges pour l'accueillir. Le trajet semble l'avoir fatiguée, ses traits sont tirés, mais dès qu'elle l'aperçoit, son visage s'illumine. Elle s'approche avec un large sourire.

— Salut toi !

Noé ne dit pas un mot et l'attire pour la serrer dans ses bras. Il jette un coup d'œil agacé aux voyageurs qui les bousculent de toutes parts. Impatient, il attrape la valise de Lila et la prend par la main pour l'entraîner plus loin. Quand il parvient à trouver un coin à l'écart de la foule, il pose le bagage à terre et enlace sa compagne. Elle vient se blottir contre lui.

— Alors, est-ce que tu vas te décider à m'embrasser ?

Elle a tout juste le temps de prononcer ces mots que les lèvres de Noé s'unissent aux siennes pour lui offrir un baiser passionné. Elle se laisse porter par leur étreinte, si heureuse de le revoir après leur longue séparation. Qu'il est bon de sentir à nouveau le contact de son corps, l'empressement de ses doigts sur sa peau, l'ardeur de sa bouche contre la sienne. Et surtout, quelle satisfaction de savoir qu'ils ont huit jours devant eux pour en profiter !

Noé la contemple, troublé par sa beauté et sa sensualité comme à leur première rencontre.

— J'ai l'impression que je t'ai manqué, je me trompe ? le taquine Lila, radieuse.

— Pas du tout, se défend-il, je n'ai presque pas pensé à toi depuis la dernière fois qu'on s'est vus. D'ailleurs, est-ce que tu peux me redire comment tu t'appelles, s'il te plaît ? Je ne suis pas sûr de m'en souvenir.

Elle se penche vers son oreille pour chuchoter.

— Je t'assure qu'après ce que nous allons bientôt faire, tu n'es pas près d'oublier mon nom.

— Vraiment ?

La flamme d'un désir intense brûle dans les yeux de Noé.

— Un mois loin de toi à rattraper, ces retrouvailles s'annoncent mémorables, lui confirme Lila.

— Alors, dépêchons-nous d'aller chez moi, avant que je ne réponde plus de rien !

Il la saisit par la taille et la dirige à travers le terminal vers la station de taxis. Ils trouvent rapidement une voiture et prennent la route pour *Nob Hill*, le quartier où réside Noé.

Il ne se lasse pas de l'admirer. Il glisse ses doigts dans les cheveux de sa maîtresse pour découvrir sa nuque. Il pose sa bouche contre sa peau, juste en dessous de l'oreille. Ses lèvres effleurent le cou de Lila en une caresse qu'il sait irrésistible. Elle se dégage à contrecœur et désigne le chauffeur qui fait mine de ne rien voir de ce qu'il se passe à l'arrière de son véhicule.

— Attendons d'être arrivés avant d'aller plus loin. Je n'ai pas envie de finir au poste pour exhibitionnisme.

La traversée de San Francisco s'éternise. Ils ne se quittent pas des yeux, impatients d'avoir le droit à un peu d'intimité.

Quand le taxi les dépose en haut de la colline, devant la grande demeure bourgeoise divisée en plusieurs logements, ils se hâtent de rejoindre l'appartement de Noé. À peine a-t-il refermé la porte derrière eux qu'il enlace Lila avec fougue.

— Tu n'es pas trop fatiguée ? lui demande-t-il pour la forme.

— En fait, maintenant que tu le dis, je suis épuisée, lui répond-elle d'un air espiègle. J'aimerais bien aller faire un petit somme avant de...

Noé la soulève de terre avant qu'elle puisse terminer sa phrase. Elle se suspend à son cou en riant. Il la porte jusqu'au canapé où il l'allonge en douceur, puis il glisse un coussin sous sa tête. Il s'agenouille à côté d'elle et commence à déboutonner son corsage, en prenant tout son temps.

— Je veux te voir, déclare-t-il d'une voix rauque.

Elle le laisse faire. Les doigts de son amant frôlent sa poitrine et descendent le long de sa blouse jusqu'à découvrir sa peau satinée. Il appuie une joue contre son ventre et la regarde intensément.

— Comment est-ce que j'ai fait pour t'attendre si longtemps ? murmure-t-il dans un souffle.

L'amour qu'elle lit dans ses yeux ébranle Lila. Elle se redresse, prend le visage de Noé entre ses mains et l'embrasse. Elle veut être à lui, elle ne patientera pas une minute de plus. Elle l'attire à elle et ouvre la ceinture de son pantalon. Il ne se fait pas prier. Il se recule pour se déshabiller et jeter les derniers vêtements de sa partenaire au sol, avant de revenir au-dessus d'elle. Elle l'entoure de ses bras et enroule ses jambes autour de ses cuisses. Il est à la fois son assaillant et son prisonnier. Elle ne le libèrera de son étreinte qu'après avoir assouvi son envie de lui.

Sa fièvre rend fou Noé. Il ne contrôle plus rien. Son esprit se déconnecte pour faire place à un instinct animal. Les ondulations du bassin de Lila imposent le rythme de leurs ébats. Elle enfonce ses ongles dans son dos et gémit de plus en plus fort à mesure qu'elle cède à la volupté. Il la rejoint à l'apogée de sa jouissance, terrassé par la puissance de son plaisir.

Il s'étend à ses côtés et reprend son souffle, le visage dans le cou de la jeune femme. Mais elle n'en a pas fini avec lui. L'étincelle du désir ne s'est pas calmée dans ses yeux. Elle commence à faire courir ses doigts sur la musculature de Noé qui se prête au jeu. L'alternance d'effleurements et de caresses appliquées ravive un feu qu'il croyait pourtant apaisé. Mais Lila sait parfaitement comment réveiller la flamme en lui.

Cette fois, elle s'assoit sur Noé, telle une amazone conquérante d'une beauté renversante. Il parcourt ses courbes de ses mains tout en accompagnant ses mouvements de va-et-vient. Elle se penche vers lui pour l'embrasser d'une bouche impétueuse. Il la serre contre lui, avide du contact de sa peau. Il sent le corps de Lila se tendre et elle ne peut retenir un cri lorsque l'orgasme la submerge.

Elle appuie sa tête sur l'épaule de Noé et attend que les battements de son cœur retrouvent un rythme normal. Son amant l'enlace, il plonge le nez dans ses cheveux et inspire une grande bouffée de son parfum. Tout en elle lui a manqué. Pas seulement sa fougue et sa passion, mais aussi ces moments de douceur, en parfaite harmonie.

Elle se redresse et dépose un baiser léger sur sa bouche.

— C'est bon, plaisante Noé, je crois que tous mes voisins sont maintenant au courant de ton arrivée.

Elle se mord les lèvres dans une grimace honteuse.

— Sérieusement, j'ai été si bruyante ? s'esclaffe-t-elle.

— Ne t'en fais pas. Au moins, ils ne pourront pas penser que ma petite amie est imaginaire.

— Rassure-toi, tu n'as pas une tête à devoir t'inventer une copine !

Noé rit avec elle. Sa spontanéité est si rafraîchissante. Il se met debout et se dirige vers la salle de bain.

— Je vais prendre une douche.

— C'est une très bonne idée. Moi aussi, j'en ai besoin. Je t'accompagne, déclare Lila en se levant.

— Tu n'es pas censée être crevée, après le voyage et tout ce qu'on vient déjà de faire ?

— Non, désolée !

— Alors, suis-moi, mais garde un téléphone à portée de main, au cas où il faudrait appeler les secours pour me réanimer après toutes les folies que tu m'imposes.

2.

Lila flotte dans une espèce d'état brumeux. Les effets du décalage horaire. À Paris, il est quatre heures du matin, pas étonnant qu'elle se sente si fatiguée. Mais elle savoure ses retrouvailles avec Noé, même si elle ne devrait pas tarder à sombrer dans le sommeil.

Il leur a commandé des plats chinois pour le dîner, ils se sont installés autour de la table basse du salon pour pique-niquer. Assise en tailleur sur le parquet de bois brun, Lila observe l'appartement. Il ressemble à une chambre d'hôtel : les meubles sont fonctionnels, les murs dépouillés, la décoration très neutre, aucune forme de personnalisation. Pas de photo, de tableau ou de livre qui pourraient donner la moindre information sur le locataire de ces lieux. La jeune femme s'en amuse : elle n'aurait pas envisagé autre chose de la part de son compagnon. Pas d'attache, libre de partir à tout moment.

— Qu'est-ce qui te fait sourire ? lui demande Noé, intrigué de connaître ses pensées.

— Ton appart. Il est chouette !

— C'est vrai ?

— Oui, dans le style déco épurée, il est top.

— C'est dommage, se désole Noé.

— Pourquoi ? le questionne Lila. Tu comptes déménager ?

— Ça se pourrait bien. Pour quelques jours, lui répond-il d'un air énigmatique.

Elle attend des explications, mais son amant continue à manger comme si de rien n'était.

— Est-ce qu'il faut que je te supplie pour que tu te décides à me dire ce que tu mijotes ?

— C'est une bonne idée ! Qu'es-tu prête à faire pour obtenir cette information ?

— Méfie-toi, le prévient-elle. Tu risques de regretter de m'avoir posé cette question.

Noé lève les mains en signe de reddition.

— Tu as raison, je préfère ne pas jouer à ce jeu-là avec toi !

— Alors, raconte-moi tout !

Il prend son temps pour s'exécuter. Il aime voir les yeux de Lila pétiller, elle est aussi impatiente que si elle se trouvait devant un gros paquet cadeau qui n'attend qu'à être déballé.

— J'ai loué une maison au bord de la mer, à Carmel, lui explique-t-il enfin. Une villa immense, qui donne sur la plage. On part demain pour y passer la semaine.

— Tu es fou ! s'écrie Lila.

— Oui, complètement fou de toi. C'est un problème ? l'interroge-t-il d'un ton innocent.

Au vu du sourire épanoui de sa maîtresse, ça n'a pas l'air d'en être un.

— Comment vas-tu faire pour le boulot ? Tu feras l'aller-retour tous les jours ?

— Non, je me suis arrangé, je bosserai de là-bas, en télétravail.

Lila se penche au-dessus de la table pour l'embrasser.

— Le programme te convient ? s'enquiert Noé.

— J'adore !

L'exclamation de la jeune femme est suivie par un énorme bâillement.

— Je crois qu'il est temps d'aller au lit, lui suggère-t-il. Je vais m'occuper de ranger tout ça.

Elle n'oppose aucune résistance. Elle a hâte de se reposer, et l'idée de passer la nuit dans les bras de son compagnon l'enchante. Elle se dirige vers la chambre et se laisse tomber sur le matelas avec un soupir de bien-être.

Lorsqu'elle tourne la tête, elle remarque un cadre sur la table de chevet. C'est la seule touche personnelle de la pièce, et même de tout le logement. Elle se redresse pour l'attraper : il s'agit d'une photographie d'elle, prise pendant leur escapade sur la côte Atlantique, à l'automne. Elle ne l'avait jamais vue. Noé a saisi son expression au milieu d'un éclat de rire, le cliché est si plein de vie qu'il semble presque s'animer de lui-même. Il la rejoint alors qu'elle contemple l'image.

— Je ne te pensais pas attaché à ce genre de détails, s'étonne-t-elle en lui montrant le portrait.

— Moi non plus.

Il s'installe à ses côtés sur le lit.

— Tout ça, c'est nouveau pour moi, tu sais. Je n'avais jamais été amoureux avant toi.

— Et tu le vis comment ? l'interroge Lila avec malice. Bien, j'espère, pas comme si tu avais attrapé une horrible maladie dont tu voudrais te débarrasser.

Noé éclate de rire.

— Tu es incroyable ! Tu ne peux pas essayer d'être sérieuse deux minutes ?

— Pas si je peux l'éviter, répond-elle en lui tirant la langue.

— Moi, je suis très sérieux, poursuit-il en l'attirant à lui. Je n'imaginais pas qu'il soit possible de s'attacher autant à quelqu'un, et puis tu as débarqué dans ma vie et maintenant je n'envisage plus mon avenir sans toi.

— Ça tombe bien, approuve Lila, car je ne compte pas m'envoler de sitôt.

Le lendemain, ils passent la journée à visiter San Francisco, car la jeune femme s'est plainte de ne connaître de la métropole que le trajet vers l'aéroport. Noé lui a donc organisé un tour digne d'un guide professionnel. Il l'emmène d'abord admirer le *Golden Gate Bridge* avant de le traverser, fenêtres ouvertes pour profiter du vent qui fait tanguer le pont. Il l'entraîne ensuite dans une balade sur le *Fisherman's Wharf*. Lila apprécie tout particulièrement cette promenade sur les quais, entre les boutiques animées et le Pacifique qui démontre sa puissance de ses vagues impressionnantes. Elle est ravie de jouer les touristes en compagnie de Noé. Et avant de quitter la ville, elle exige d'emprunter l'un des fameux *Cable Cars* si typiques de San Francisco.

En fin d'après-midi, ils partent pour Carmel. Deux heures de voyage en voiture qui leur rappellent leur périple, quelques semaines plus tôt, au son de leurs musiques favorites. Lila est aux anges. Elle s'émerveille devant la beauté des paysages de la côte californienne. Les criques de sable fin et les rochers escarpés se succèdent sous les rayons rougeoyants du soleil descendant vers l'horizon. Elle en oublie même de chantonner. Noé lui jette des regards en coin. Il a choisi cette route de bord de mer pour l'impressionner et il semble bien qu'il a réussi son coup. Ils prennent le temps de s'arrêter au niveau des belvédères aménagés pour profiter des plus beaux points de vue. Elle ne s'attendait pas à un tel voyage.

À leur arrivée dans la petite cité pittoresque, Noé se gare dans une rue étroite à l'écart des grands axes. Il entraîne sa compagne vers une grille cernée par d'épais buissons. Il la pousse et emprunte l'allée qui mène à l'entrée de la villa. Lila est soufflée par la beauté des lieux. La maison de plain-pied semble posée dans un écrin de verdure, une végétation luxuriante qui met en valeur l'architecture toute en sobriété de la demeure.

Quand Noé ouvre la porte, ils pénètrent dans une pièce de vie spacieuse à l'ameublement minimaliste. Une immense table en verre trône au milieu de la salle à manger. Dans le salon, un canapé aux dimensions démesurées fait face à une grande baie vitrée.

Lila s'avance pour observer le paysage. Elle découvre un jardinet abrité sous des pins, et en arrière-plan, la plage avec le Pacifique en toile de fond. Noé vient se poster à ses côtés et admire le décor avec elle.

— Cet endroit est magnifique ! s'extasie-t-elle.

— Ça te plaît ? l'interroge Noé.

— Comment ça pourrait ne pas me plaire ? C'est si beau !

Elle se tourne vers lui, passe ses bras autour de son cou et le regarde intensément.

— J'ai beaucoup de chance de t'avoir rencontré.

— Tu dis ça juste parce que je t'ai emmenée au bord de la mer ?

— Bien sûr, tu me connais, c'est le meilleur moyen d'obtenir mes faveurs !

Elle rit avant de redevenir sérieuse.

— Sais-tu seulement à quel point je t'aime ? lui demande-t-elle.

— Je crois bien que oui.

— Je l'espère, parce que même si j'ai fait la maligne hier, pour moi aussi c'est une grande première, et je n'ai pas envie que ça s'arrête.

Elle lui offre un sourire presque intimidé, comme si elle était étonnée de son propre bonheur. Noé sent son cœur faire des bonds dans sa poitrine. Il est touché par sa sincérité. Elle vient caresser sa bouche de ses lèvres douces et impatientes.

— Si tu tiens vraiment à me prouver à quel point tu m'aimes, la met-il au défi, on n'a qu'à continuer notre visite. On finira bien par tomber sur une chambre dans laquelle il faudra tester la literie. Qu'est-ce que tu en dis ?

Sa proposition est validée par un nouveau baiser appuyé. Ils font le tour des différentes pièces de la demeure. Leur découverte des lieux les mène dans une suite qui fait face à l'océan. Ils échangent un regard complice. Ils viennent de trouver leur petit coin de paradis.

Bien plus tard, alors que le crépuscule les plonge dans l'obscurité, Lila repose contre Noé, la tête sur son épaule.

Elle caresse du bout des doigts le torse de son amant qui reste silencieux. Elle se redresse pour scruter son visage.

— À quoi penses-tu ? le questionne-t-elle.

— Je devrais acheter une paire de menottes.

— Eh, tu ne m'avais pas prévenue que tu étais un adepte de ce genre de pratiques !

— J'envisageais plutôt de t'accrocher au lit pour t'empêcher de repartir en France, lui précise Noé. Mais si tu veux en profiter pour tenter de nouvelles expériences, je suis ton homme !

— Tu sais bien que si j'ai le moindre jour de retard, Cass lancera le GIGN à mes trousses pour me forcer à rentrer.

Cette chère Cassandre… C'est l'associée paranoïaque de Lila, elles tiennent une boutique de fleurs ensemble. Noé ne comprend toujours pas pourquoi sa compagne s'embarrasse d'une collègue aussi bizarre, qui effraye tout le monde dès qu'elle sort de son atelier. Avoir peur des gens quand on s'occupe d'un commerce, c'est quand même un comble ! Mais le magasin lui appartient et Lila adore cet endroit, elle s'y sent comme chez elle. Alors elle compose avec les humeurs de celle qu'elle a surnommée *le fantôme*, elle a même fini par s'y habituer.

La psychose de Cass ne s'est pas améliorée ces derniers temps. Elle a été obligée de prendre une semaine de vacances pour ne pas avoir à s'occuper seule de la boutique pendant que Lila partait batifoler avec Noé. Abandonner le commerce à Cassandre reviendrait à signer son arrêt de mort.

Mais leur situation va changer du tout au tout : elles ont embauché une nouvelle fleuriste pour permettre à Lila de s'absenter régulièrement. Cass n'a pas été facile à convaincre, cet évènement vient chambouler son univers d'une façon inquiétante. Mais au moins, elle aura du renfort pour servir les clients et elles n'auront pas à garder le rideau baissé à chaque voyage de Lila.

L'opération « *recrutement* » n'a pas été une mince affaire, il fallait trouver une personne qui ne s'enfuit pas en courant après sa rencontre avec une patronne aussi effrayante. Quelqu'un d'assez autonome également pour prendre les commandes du magasin. Lila est fière d'avoir dégotté cette perle rare dans un délai très court. En fait, c'est un sacré coup de chance, elle n'y est pas pour grand-chose : lorsqu'elle a contacté l'école où elle avait obtenu son CAP pour leur demander de mettre une annonce pour un poste à pourvoir, un de ses anciens professeurs l'a rappelée dans la foulée pour lui proposer la candidate idéale, une jeune femme débarquée depuis peu en région parisienne, disponible sur le champ. Lila a d'abord pensé que c'était trop beau pour être vrai, elle ne pouvait pas dénicher si facilement une nouvelle recrue. Elle a tout de même accepté de la recevoir en entretien, et elle ne l'a pas regretté. La dénommée Louise lui a fait très bonne impression, elle semble agréable à vivre et appliquée dans son travail. Son extrême timidité n'a pas rebuté Lila qui a décidé de suivre son instinct et de lui accorder sa confiance. Et surtout, la candidate a passé haut la main le test ultime de la confrontation avec Cass, sa grande douceur ayant réussi à amadouer le fantôme.

— Tout est arrangé, ça y est ? s'intéresse Noé, content qu'elle soit parvenue à trouver une solution si vite.

— C'est bon. Louise a signé son contrat, elle commencera à bosser à mon retour. On a aussi préparé mon avenant, pour officialiser la modification de mon temps de travail.

Lila grimace. Elle a réduit ses jours de présence au magasin, et son salaire par la même occasion, afin de pouvoir rejoindre Noé une semaine par mois.

— Ne fais pas cette tête-là, je t'ai dit que je t'aiderai si tu as besoin.

— Je sais, mais je déteste dépendre de quelqu'un.

L'idée de devoir demander de l'argent à Noé ne l'enchante pas. Ce n'est pas de cette manière qu'elle envisage une relation saine.

— Eh, je ne suis pas « *quelqu'un* », OK ? On est un couple, tu t'es débrouillée pour qu'on puisse se voir régulièrement, c'est normal que je participe, la rassure son compagnon.

Ils ont tourné le problème dans tous les sens. Avec seulement deux semaines de vacances par an, Noé ne peut pas se rendre souvent en France. C'est donc Lila qui va faire l'aller-retour entre Paris et San Francisco la plupart du temps. Mais la perspective de perdre un quart de ses revenus l'inquiète.

Noé, lui, ne voit pas où est le souci. Entre sa rémunération conséquente et l'héritage de ses parents qui lui assure une rente confortable, il a largement les moyens de lui filer un coup de main. Mais Lila n'aime pas ça. Il est déjà prévu qu'il paye tous les frais de ses voyages, elle n'imagine pas en plus lui réclamer un chèque à chaque fois qu'elle sera à découvert.

3.

Les tourtereaux passent une semaine idyllique. Tous les matins, Noé s'enferme dans l'une des chambres pour travailler, pendant que Lila fait de longues balades sur la plage et dans les rues de la petite ville de Carmel. La maison résonne régulièrement des accords de ses musiques préférées. *Muse* et *Nirvana* ont élu domicile avec eux sur le front de mer.

L'après-midi, en général, Noé arrive à se libérer de ses obligations pour profiter de la présence de sa compagne. Chaque fois qu'il la voit rentrer de ses promenades, les joues roses et le regard pétillant, ou qu'il la découvre debout sur le canapé, à chanter dans un micro imaginaire, il la trouve incroyablement belle et il se demande par quel miracle elle a débarqué dans sa vie pour le rendre aussi heureux.

Le samedi précédant le départ de Lila, il lui réserve une surprise de taille. Il a mis le réveil à sonner tôt sans la prévenir. Elle émerge avec difficulté. Noé se penche vers elle pour l'embrasser et il lui glisse à l'oreille :

— Je te laisse une demi-heure pour te préparer, et ensuite on part en excursion.

— En excursion ? On va où ? l'interroge-t-elle d'une voix ensommeillée.

— Tu verras bien. Ne traîne pas et mets des vêtements chauds.

Lila s'exécute de bonne grâce, intriguée par tous ces mystères. Elle est prête dans les temps, impatiente de découvrir leur destination. Ils prennent la voiture pour dix minutes de route vers la ville voisine de Monterey. Noé se gare à proximité du port et emmène Lila jusqu'à un embarcadère. Ils rejoignent une vingtaine de personnes en train de monter à bord d'un bateau. Alors qu'ils s'installent avec les autres sur le pont, Noé se décide enfin à dévoiler le but de leur expédition.

— Nous allons observer des baleines.

— Des baleines ? s'exclame la jeune femme. Sérieusement ?

— Oui. D'après ce que j'ai compris, les fonds marins ici sont très favorables à la présence des cétacés. À priori, on est assuré d'en voir.

— Attention, Monsieur, le prévient-elle, si tu t'avances comme ça, la balade a intérêt à être à la hauteur !

Noé n'a pas à s'inquiéter. Le ferry n'a pas quitté le quai depuis plus de cinq minutes qu'une famille d'orques s'approche déjà pour les saluer. Lila est comblée par cette première rencontre, tout comme l'ensemble des passagers. Pendant les quatre heures de la promenade, baleines grises, dauphins, loutres et lions de mer se succèdent presque sans interruption pour le plus grand plaisir de tous.

Un biologiste commente la sortie. Les maigres connaissances de Lila en anglais ne lui permettent pas de suivre les explications, aussi Noé endosse-t-il le rôle d'interprète.

Au début de la navigation, elle est surexcitée à l'idée d'admirer tous ces animaux évoluer dans leur environnement, elle pose beaucoup de questions que Noé se charge de traduire. Puis, à mesure que le temps passe, elle choisit de se concentrer sur l'observation. Accoudée au garde-corps, elle contemple en silence le spectacle, fascinée par le ballet des mammifères marins.

Noé est enchanté de la voir si heureuse. Lila a cette sensibilité de savoir regarder et apprécier les beautés de la nature, il était certain que cette promenade lui plairait.

Lorsqu'ils reviennent à quai, elle se jette dans ses bras pour l'embrasser.

— Merci pour cette surprise incroyable, c'était fantastique !

— Et ce n'est pas terminé, annonce-t-il fièrement.

— Ah bon ? s'enthousiasme-t-elle.

— Oui ! Il est l'heure de manger, je t'emmène au restaurant.

Ce programme réjouit Lila. Elle a bien compris que Noé lui sort le grand jeu avant son départ, mais elle préfère ne pas penser à leur séparation imminente.

Il a réservé une table dans un établissement réputé, spécialisé dans les fruits de mer. Il a décidément bien fait les choses. Le repas est succulent, ils se régalent.

La serveuse qui vient débarrasser les assiettes des entrées lance des coups d'œil appuyés vers Noé. Voyant que Lila repère son manège, elle se détourne en rougissant. La jeune Française ne se formalise pas de son attitude, elle commence à avoir l'habitude de ce genre de réaction en présence de Noé. Elle saisit l'occasion pour interroger son compagnon.

— Dis-moi tout : pour toi qui ne t'étais jamais engagé dans une relation sérieuse auparavant, ce n'est pas trop dur de rester fidèle alors que je suis loin et que tu dois faire l'objet de nombreuses sollicitations ?

Noé semble surpris.

— Des sollicitations ?

— Arrête, on sait tous les deux que tu fais de l'effet aux femmes, n'essaye pas de me faire croire que personne ne t'a dragué.

Il se met à tourner la tête pour regarder de tous les côtés en écarquillant les yeux.

— Tu veux dire qu'il y a des femmes dans ce pays ? Désolé, je n'avais même pas remarqué. Il faut dire que je passe mon temps à rêver de toi.

Lila s'esclaffe.

— Je vois que tu es toujours aussi doué pour le baratin !

Noé se penche vers elle pour l'embrasser. Il plante ensuite son regard dans le sien et la fixe d'un air grave.

— Ce n'est pas du baratin. Ça ne me demande aucun effort de me tenir éloigné des autres femmes puisque je n'ai que toi en tête, en permanence. Quand j'entends une info drôle ou étonnante, je me dis qu'il faudra que je t'en parle. Dès que je vois un truc amusant, je le prends en photo pour pouvoir te l'envoyer. Tout tourne autour de toi, de ce que tu penses, de ce que tu ressens. Alors tu n'as pas de souci à te faire, personne d'autre ne compte, tu es la seule qui m'intéresse.

Lila n'était pas très inquiète, mais cette mise au point la rassure.

— Tu sais que mes collègues se moquent de moi ? ajoute Noé avec un sourire. Ils disent que tu m'as bien dressé !

— C'est simplement parce qu'ils n'ont pas eu l'occasion de me rencontrer, se vante Lila en battant des cils dans une pose aguicheuse. S'ils me connaissaient, ils comprendraient.

— Tu as raison, acquiesce Noé. Ce serait plutôt à moi de me faire du souci.

— Pourquoi ça ? s'étonne-t-elle.

— Hormis le fait que tu es belle à rendre fous tous les hommes ? Eh bien, si l'on fait abstraction de ça, je ne supporte pas l'idée que tu continues de fréquenter Eliott.

Lila soupire. Évidemment qu'il n'approuve pas le fait qu'elle voie encore Eliott. Ils ont eu une brève relation par le passé, mais cette histoire est terminée depuis longtemps. Ils sont toujours en contact, car la brasserie où travaille son ancien amant est voisine de sa boutique, mais ils sont juste amis, rien de plus.

— Ne dis pas n'importe quoi, je ne le fréquente pas, on se croise de temps en temps, c'est tout.

— Tous les jours, c'est plus que de temps en temps, la contredit Noé.

— Il m'apporte mes repas. Tu préfèrerais que je jeûne ?

— Peut-être bien.

C'est à peine une boutade. Lila comprend que Noé est vraiment jaloux. Elle le regarde avec douceur en caressant son visage du bout des doigts.

— Écoute, on est d'accord que j'aurais pu me remettre avec Eliott quand je le voulais, avant même de te rencontrer ?

Son compagnon fronce les sourcils.

— C'est censé me rassurer ? bougonne-t-il.

— Ce que j'essaye de te dire, c'est que si j'avais souhaité être avec Eliott, je n'avais qu'un mot à dire pour que ça arrive. Mais ça ne m'intéressait pas. Donc, explique-moi pourquoi ça se passerait maintenant alors que je suis amoureuse de toi ?

C'est la partie la plus compliquée de leur relation. La confiance, ce n'est pas seulement une question de volonté. Le fait de ne pas voir son partenaire évoluer dans la vie quotidienne laisse la place à l'imagination et à la suspicion. La crainte de perdre son âme sœur transforme l'incertitude en appréhension. À un moment donné, ce n'est même plus une histoire de foi en l'autre, mais de méfiance envers l'existence et tous les coups bas qu'elle peut vous faire.

Pourtant, ils n'ont pas le choix. S'ils désirent que leur relation dure, ils vont devoir croire davantage en leur amour qu'en la capacité de la vie à tout foutre en l'air.

4.

Louise observe la boutique avec un entrain teinté d'anxiété. Elle a hâte de commencer à travailler ici, elle espère être à la hauteur. Elle était si réticente à l'idée de venir s'installer à Paris. Si cela n'avait tenu qu'à elle, elle serait restée dans ses chères montagnes, loin de la frénésie polluée de la métropole. Mais Charlie avait envie de vivre dans la capitale avec elle, et ses volontés ont toujours fait loi dans la vie de Louise.

Elle l'a suivie à reculons, tentant de ne pas gâcher sa joie avec ses réserves. Louise se demandait si elle allait trouver un emploi facilement, c'était sa plus grande inquiétude. Et puis toutes les planètes se sont alignées d'un coup pour lui offrir une belle opportunité. Un ancien maître de stage l'a adressée à l'un de ses contacts, qui lui a fait part d'une place à pourvoir au *Lilas de Paris*.

Elle a eu un coup de cœur pour le magasin dès sa première visite : les menuiseries de bois clair, les compositions florales audacieuses exposées sur la devanture, l'ambiance chaleureuse. Surtout, elle est tombée sous le charme de Lila, de sa bonne humeur et de sa spontanéité. Elle est certaine qu'elle va adorer travailler avec elle. Même la présence grincheuse de Cassandre dans l'atelier n'a pas réussi à entamer son enthousiasme. Sa future collègue lui a assuré qu'il lui suffira de laisser le fantôme tranquille pour avoir la paix.

Lila l'aperçoit à travers la vitrine alors qu'elle s'active pour préparer l'ouverture. L'arrivée de Louise va lui changer les idées. Depuis son retour en France, elle accuse le coup. Elle a passé une semaine magique avec Noé, elle en avait presque les larmes aux yeux quand il s'est agi de rentrer. Elle ne voulait pas partir. La perspective d'être séparée de son compagnon pendant longtemps lui était insupportable. Il n'en menait pas large non plus. Il n'avait pas envie de la quitter, ces quelques jours ensemble avaient filé beaucoup trop vite.

Mais ils ont dû se résigner. La jeune femme a pris son avion pour retrouver sa vie à Paris, loin de l'homme qu'elle aime. La reprise du travail s'avère compliquée, surtout avec le décalage horaire qui la perturbe encore.

L'embauche de Louise lui offre une distraction bienvenue. Elle l'oblige à détourner son esprit de l'absence de Noé. Lila l'accueille avec un grand sourire. Elle la met tout de suite à l'aise, et la prend sous son aile. Elle est bien décidée à ce que Louise se sente bien. Une fois qu'elle se sera habituée au fonctionnement du commerce, Lila pourra lui laisser les clefs et profiter sereinement de ses semaines avec Noé.

Louise découvre avec curiosité son environnement. Elle comprend vite pourquoi sa venue était nécessaire. La boutique marche très bien, elle ne désemplit pas. Elle se rend compte que ce succès ne tient pas seulement à la qualité des compositions, mais aussi au charisme de sa collègue. Lila est une personnalité solaire, elle attire la lumière et la fait rayonner autour d'elle. Le magasin est son royaume. La preuve, il porte son nom. Et les clients ne s'y trompent pas, ils demandent tous à être servis par la maîtresse des lieux. La novice ne se formalise pas de cette préférence. Elle n'a jamais aimé occuper le devant de la scène, elle restera en retrait le temps de se faire une place.

Lila se montre bienveillante, elle présente Louise à tout le monde, lui confie des commandes, la laisse gérer l'encaissement des paiements. Petit à petit, la nouvelle recrue prend ses marques.

À midi, elle observe d'un air intrigué l'arrivée d'Eliott. Le jeune homme paraît sympathique. Lila lui explique qu'il travaille dans la brasserie voisine et qu'il lui amène son repas chaque jour. Elle lui adresse une moue désolée.

— Excuse-moi, je n'ai pas pensé à te demander comment tu t'organises pour le déjeuner.

— Pas de problème, j'ai apporté de quoi manger.

Eliott vient se présenter, mais il reporte très vite son attention sur Lila. Louise s'interroge sur leur relation. Sa collègue ne semble éprouver que de l'amitié pour lui alors qu'il la dévore des yeux. S'il ne fait que jouer les livreurs, il attend assurément plus de la part de son amie.

L'après-midi file sans que Louise voie le temps passer. Déjà, il est l'heure de ranger. Lila profite de ce moment seules toutes les deux pour la questionner.

— J'ai cru comprendre que tu n'es pas d'ici ?

— C'est ça, je viens de Haute-Savoie, lui répond Louise. Je suis arrivée il y a quelques semaines.

— Comment se passe ton installation ?

— Plutôt bien. Je ne pensais pas dire ça un jour, mais je commence à me faire à la vie parisienne.

Lila l'observe avec un sourire amusé.

— Pourquoi ? Tu ne croyais pas ça possible ? l'interroge-t-elle.

— Non, et je n'avais aucune envie de venir vivre ici.

Cette fois, Lila rit franchement.

— Qu'est-ce que tu fais là, dans ce cas ?

Louise affiche une mimique penaude.

— J'ai suivi Charlie.

— Charlie ? Qui est-ce ? Ton petit ami ?

— Pas du tout, c'est Charlotte, ma sœur. Jumelle, précise-t-elle, comme si cela expliquait tout.

Charlie… Pour ceux qui ne les connaissent pas, elles paraissent identiques : même taille, presque le même poids, de longs cheveux blonds, des yeux marrons en amande. Pourtant, il ne faut pas s'arrêter à leur ressemblance physique, elles ne pourraient être plus différentes. Charlie est la meneuse de leur duo, la chef de leur tandem. Louise l'a toujours laissé prendre les décisions, elle l'a suivie dans tous ses choix.

Les gens se croient obligés d'expliquer leur mode de fonctionnement en rappelant sans cesse qu'en général, il y a un dominant et un dominé dans un couple de jumeaux. La vérité est plus compliquée qu'il n'y paraît. Louise se complaît dans cette situation. C'est si facile et confortable de savoir qu'elle peut compter sur Charlie pour tout diriger qu'elle n'a jamais remis en question cet état de fait. Mais elle a un peu honte de le révéler à Lila. Sa collègue ne doit pas être le genre de personne qui laisse aux autres les rênes de sa vie.

— Charlie a toujours rêvé de s'installer dans la capitale, explique Louise. Elle veut devenir actrice, elle s'est inscrite dans une école de théâtre pour une année, pour voir ce que ça peut donner.

Charlie et ses ambitions farfelues… Pour l'instant, elle fantasme sur une carrière dans le cinéma, demain ce sera peut-être la chanson, et le jour d'après elle s'imaginera en danseuse ou en écrivain. En attendant, depuis leur installation à Paris, elle court entre les castings, son boulot alimentaire de serveuse et ses cours du soir. Louise l'observe papillonner, la tête dans les étoiles, pendant qu'elle garde les pieds sur terre.

— On a toujours tout fait ensemble, tente-t-elle de se justifier, je devais venir avec elle.

Pour Lila, il est inconcevable d'autoriser quelqu'un à lui dicter sa conduite. Elle se mord les lèvres pour ne pas éclater de rire à l'idée de permettre à Clément de prendre toutes les décisions la concernant. Son grand frère et elle s'entendent comme chien et chat depuis leur enfance. À trop vouloir la protéger, il en arrive à la brider alors qu'elle ne rêve que de liberté. En retour, Lila a tendance à ruer dans les brancards pour lui en faire baver. Elle n'est donc pas près de se plier à ses volontés.

Mais elle ne se permet pas de juger Louise. Elle ne connaît rien de son histoire et elle sait par expérience que les relations familiales sont toujours plus complexes qu'elles n'en ont l'air. Au vu de ses rapports conflictuels avec son aîné, elle ne s'estime pas en droit de donner des leçons à qui que ce soit.

— Vous habitez toutes les deux ? questionne-t-elle.

— Oui, on a pris une collocation. C'était plus simple, mais même comme ça, on se retrouve avec un appartement minuscule ! s'insurge Louise, soulagée de constater que Lila n'a pas fait de remarque désobligeante sur son manque de caractère.

— Bienvenue à Paris !

Louise sourit. Malgré l'éloignement de sa région, les loyers prohibitifs et le rythme effréné de la capitale, elle commence à se sentir à l'aise, et Lila n'y est pas étrangère.

5.

Au bout de quelques jours, les fleuristes ont trouvé leur rythme. Lila prend plaisir à côtoyer Louise. Une fois passé sa timidité, la jeune femme se révèle vive et bourrée d'humour. Leurs éclats de rire égayent souvent le magasin. Et comme c'est agréable de travailler avec une personne qui ne la considère pas comme une menace !

Cass jette des regards méfiants à la nouvelle venue, comme si elle jaugeait son pouvoir de nuisance. Pour le moment, elle ne trouve rien d'alarmant dans l'attitude de Louise. Mais on ne sait jamais, alors elle reste sur ses gardes.

Lila questionne régulièrement sa collègue pour qu'elle lui raconte sa vie en Savoie. C'est un véritable crève-cœur pour Louise d'avoir dû quitter ses montagnes et tirer un trait sur ses longues randonnées l'été et ses week-ends de ski l'hiver. Dès qu'elle pourra prendre un peu de vacances, elle compte bien retourner chez ses parents pour s'offrir un bol d'air pur.

Elle parle aussi beaucoup de Charlie. Elle paraît lui vouer une admiration aveugle. Quoi qu'elle fasse, même lorsqu'elle l'oblige à venir s'installer à Paris contre son gré, la jeune fleuriste lui trouve toujours des excuses ou des circonstances atténuantes.

Lila a l'occasion de rencontrer la fameuse sœur dès le jeudi suivant. Elle déboule dans la boutique en fin de journée comme un tourbillon.

— Bonjour ! s'exclame-t-elle en poussant la porte d'un geste énergique.

Louise manifeste son étonnement de la voir débarquer sans prévenir.

— Qu'est-ce que tu fabriques ici ?

— Je voulais découvrir l'endroit où tu travailles. Tu avais raison, c'est très mignon !

Lila les observe d'un œil curieux. Louise fait faire le tour du propriétaire à Charlie, mais celle-ci n'est pas venue pour une visite des lieux.

— Je me demandais si tu pourrais te libérer plus tôt, pour m'accompagner à la soirée dont je t'ai parlé. Tu vas voir, on va bien s'amuser, les gens de mon cours sont super sympas.

Les joues de Louise se parent d'une couleur rouge foncé. Elle essaye d'attirer Charlie à l'écart, sans succès.

— Je t'ai expliqué que je ne finis que dans une demi-heure, tu sais très bien que je ne peux pas te suivre là-bas.

Sa jumelle ne veut rien entendre.

— Allez, s'il te plaît, Loulou, la supplie-t-elle. Ne me laisse pas tomber !

— Arrête, je t'ai dit que j'avais du boulot !

Louise est mortifiée que Charlie se comporte de la sorte devant Lila, cette dernière va croire qu'elle cherche à se soustraire à ses obligations. Mais sa collègue s'amuse de leur relation, et surtout, du décalage entre leurs deux caractères. Malgré leur ressemblance physique, elles semblent bien différentes. Charlie paraît aussi exubérante que Louise est posée.

— C'est bon, *Loulou*, la taquine Lila, tu peux y aller, je m'occupe de fermer la boutique.

Louise rougit plus fort encore en entendant ce surnom sortir de sa bouche.

— Tu en es sûre ? s'inquiète-t-elle.

— Certaine. On a quasiment fini de toute manière. Va t'amuser, mais pas trop non plus, il faut que tu sois en forme demain matin !

Charlie affiche un air victorieux pendant que Louise retire son tablier et récupère ses affaires. Elles quittent le magasin bras dessus, bras dessous.

Alors que Lila achève de mettre de l'ordre, elle réalise qu'Eliott n'est pas venu rechercher son plateau-repas. Il a dû être très occupé au café pour ne pas trouver le temps de passer.

Elle termine de tout ranger et fait un crochet par la brasserie avant de rentrer chez elle. Elle est surprise de tomber sur les commerçants du quartier qui discutent dans la bonne humeur générale.

Lorsqu'il l'aperçoit, Eliott lui adresse un signe de la main. Lila se fraye un chemin jusqu'au comptoir pour y déposer les restes de son déjeuner. Elle feint de s'offusquer.

— Qu'est-ce qu'il se passe ici ? Tu organises une petite sauterie et tu ne m'en as même pas parlé ?

Eliott s'amuse de sa mine faussement vexée. Si elle se doutait qu'il ne pense qu'à elle, et qu'il adorerait l'avoir toujours à ses côtés...

— On fête l'arrivée du Beaujolais nouveau. Comme tu ne bois jamais, je me suis dit que tu ne serais pas intéressée, se défend-il.

Il ne connaît pas la raison de son abstinence, comme la plupart des gens en dehors de sa famille. Très peu de personnes savent qu'elle est devenue alcoolique à l'adolescence et qu'elle a failli mourir d'un coma éthylique à l'âge de quatorze ans. Ce n'est pas une chose qu'elle aime crier sur les toits. En général, elle prétexte que l'alcool la rend malade pour justifier sa sobriété.

Lila parcourt la salle des yeux. Ses amis ont l'air de passer un bon moment. Ils dégustent le vin tout en vantant les qualités du cru de l'année. Elle repense à son esclandre à Lacanau, quelques semaines auparavant, quand elle a descendu le verre de Clément pour le faire enrager. C'était idiot de sa part, alors qu'elle n'avait pas replongé en huit ans. Mais elle n'avait pas supporté qu'il s'invite avec sa femme, Raphaèle, pendant son voyage avec son compagnon. Pour ramener Lila dans le droit chemin, il était allé jusqu'à dévoiler ses problèmes de jeunesse à Noé. Toujours ce besoin irrépressible de la surveiller pour lui éviter les faux pas. Elle n'avait pas toléré cette humiliation, et avait commis cette incartade par pure provocation.

Depuis ce soir-là, elle n'a pas retouché à une goutte d'alcool. Elle a parfaitement maîtrisé la situation. Maintenant qu'elle est adulte, elle est peut-être capable d'avoir une consommation raisonnée. Elle a envie de participer à la fête, plutôt que d'être mise à l'écart comme une gamine. Après un instant de réflexion, elle se tourne vers Eliott.

— Tu te trompes, j'aimerais beaucoup découvrir ce millésime.

— Vraiment ? s'étonne-t-il.

— Oui, tu seras excusé de ne pas avoir inscrit mon nom sur la liste des invités si tu payes ta tournée.

Ravi de la voir s'attarder, il se hâte de la servir. Il l'observe goûter sa boisson du bout des lèvres avant de rendre son verdict.

— Hum, pas mal du tout !

Elle savoure une nouvelle gorgée avec un mélange de défi et d'appréhension. Ne serait-elle pas en train de commettre une énorme erreur ? Mais non, se sermonne-t-elle intérieurement, arrête de te prendre la tête et profite du moment. Un verre, ce n'est pas la mer à boire. Elle trinque avec Eliott qui saisit l'occasion pour l'interroger sur son voyage.

— Comment c'était, San Francisco ?

— Génial ! lui répond-elle avec enthousiasme. Noé a loué une villa incroyable au bord de l'océan, je n'avais aucune envie de rentrer.

Son ami regrette aussitôt d'avoir posé cette question. Il ne veut pas l'écouter lui raconter à quel point elle est amoureuse de cet homme. Mais il ne peut s'empêcher de glaner des informations.

— Alors, c'est du sérieux avec ce type ?

— Ça se pourrait, élude Lila.

— Tu envisages d'aller t'installer avec lui aux États-Unis ? s'inquiète Eliott.

— Non, ce n'est pas d'actualité.

Il respire un peu mieux. Il est déjà assez difficile de la savoir éprise de ce gars, il ne pourrait pas supporter l'idée de la perdre définitivement.

Mais pour le moment, il éprouve une certaine satisfaction à réaliser que c'est lui qui profite d'une bonne soirée en compagnie de Lila, alors que Noé se trouve de l'autre côté du globe. Les jeux ne sont pas encore faits dans cette histoire.

6.

Noé regarde Lila se préparer. Étendu sur le lit, la tête bien calée contre un oreiller, il prend plaisir à la contempler tandis qu'elle brosse ses longs cheveux soyeux avec application.

Il a débarqué en France deux jours plus tôt pour passer les fêtes de fin d'année avec sa compagne. Et depuis son arrivée, il profite de chaque instant avec elle.

La séparation a été encore plus dure à vivre ces dernières semaines. Il était obsédé par l'idée de la retrouver et ne supportait pas d'être loin d'elle.

La boutique de fleurs était ouverte jusque dans l'après-midi, pour honorer les commandes du réveillon. Noé a accompagné la jeune femme à son travail. Il a ainsi pu faire la connaissance de Louise, qui est tombée sous son charme.

— Eh bien, a-t-elle glissé discrètement à Lila, je comprends que tu parcours des milliers de kilomètres pour lui, il en vaut la peine !

Le pauvre Eliott n'a aucune chance, sa collègue est folle de Noé, et il le lui rend bien. Il semble très amoureux et ne la quitte pas des yeux.

Il s'est d'abord fait tout petit, dans un coin du magasin, pour ne pas les déranger. Mais Lila a tenu à le faire participer. Il s'est donc essayé à la confection de bouquets. Après plusieurs tentatives désastreuses, elle a préféré reprendre la main, en le disputant affectueusement.

— Tu as de la chance que je t'aime, car sinon je te jetterais dehors pour avoir gâché toute cette marchandise !

Chaque fois qu'elle lui rappelle ses sentiments de manière spontanée, comme si c'était la chose la plus naturelle qui soit, Noé se sent comme le roi du monde, un vainqueur au grand loto de la vie. Il ne s'est toujours pas habitué à ce bonheur.

Sa maîtresse achève ses préparatifs en posant sur sa tête un bonnet rouge ourlé de fourrure blanche, agrémenté d'un pompon et d'étoiles lumineuses.

— Alors, verdict ? minaude-t-elle en s'approchant de lui.

Elle porte une robe couleur rubis dont la taille cintrée vient souligner les courbes de son corps longiligne. Ses yeux bleu lavande sont mis en valeur par un maquillage léger et son teint frais donne l'impression qu'elle rentre tout juste d'une balade en bord de mer.

— On n'a jamais vu de plus jolie Mère Noël, la complimente Noé en l'attirant à lui pour l'embrasser.

S'il s'écoutait, ils ne quitteraient pas l'appartement pendant tout le temps de sa présence en France. Mais ils sont attendus. Lila le repousse en riant.

— On ne peut pas se permettre d'arriver en retard, sinon on aura droit au sermon du siècle de la part de mon cher frère !

Le programme de la soirée avait causé du souci à la jeune femme. Noé n'ayant plus personne avec qui passer les fêtes, elle se demandait comment il envisageait les choses.

— Clément et Raphaèle nous ont invités pour le réveillon, ça te plairait de m'accompagner ? lui avait-elle suggéré quelques semaines plus tôt. Mes parents seront là également.

— Tu me proposes un Noël avec tes proches ?

— On fera comme tu préfères, avait répondu Lila, conciliante. Si ça ne te dit rien, on pourra se faire un dîner juste tous les deux.

Elle sait à quel point la famille est un sujet sensible pour Noé et elle ne voulait rien lui imposer.

— Tout ce que je souhaite, c'est être avec toi, l'avait-il rassurée. Si tu as envie d'aller chez Clément, ça me convient. Je suis certain qu'on passera une bonne soirée.

Dans le taxi qui les emmène sur le lieu de la fête, Lila se penche vers son amant pour lui faire une jolie déclaration.

— Je sais que ma tribu est un peu particulière, mais je suis heureuse de la partager avec toi. Raph et Clém te considèrent déjà comme un frère. Et mes parents t'apprécient beaucoup. Tu es un membre à part entière de cette famille, et ça me rend très heureuse.

Noé se recule pour la regarder dans les yeux, troublé par ce qu'elle vient de lui dire. Elle lui adresse un sourire rayonnant.

— Tu ne pouvais pas me faire de plus beau cadeau, la remercie-t-il, touché par son attention.

— Ouf, ça tombe bien, déclare-t-elle avec malice, parce que j'ai complètement oublié de t'en acheter un !

Noé rit avec elle. Cette soirée s'annonce sous les meilleurs auspices, il n'a aucune appréhension.

Les parents de Lila ont fait la route dans l'après-midi pour se rendre chez Clément, ils sont donc présents pour accueillir le couple à son arrivée. Michel ne peut s'empêcher de taquiner Noé.

— Pour quelqu'un qui n'est pas son petit ami, on vous voit souvent à ses côtés !

Les tourtereaux échangent un regard enamouré. Lorsque la jeune femme leur avait présenté Noé, quelques mois plus tôt, elle avait insisté sur le caractère éphémère de leur relation. Mais c'était bien avant qu'ils osent s'avouer leurs sentiments et qu'ils décident de poursuivre leur route ensemble.

— La situation a un peu évolué depuis la dernière fois, leur explique-t-elle. Il se pourrait que Noé soit mon petit ami maintenant.

Son compagnon fait mine de se vexer.

— Ah bon, tu n'es pas sûre de toi ? Tu me feras signe quand tu sauras où tu en es !

Lila dépose un baiser tendre sur sa bouche.

— Promis, je te préviendrai !

Il lève les yeux au ciel en soupirant puis il lui prend la main pour l'entraîner vers le salon où tout le monde s'installe pour discuter avant de lancer les festivités.

Raphaèle s'en est donné à cœur joie avec la décoration. Un immense sapin trône au milieu de la pièce, l'étoile à son sommet effleure le plafond de sa plus haute branche. L'arbre croule sous les boules de toutes les tailles et les guirlandes lumineuses. Des lampions et des petits personnages ont également été disposés un peu partout. La multitude de paquets cadeaux amoncelés devant la cheminée vient parfaire le tableau. Ce Noël ressemble à un Noël de conte de fées.

Noé observe le décor, bien installé dans le canapé, Lila assise à ses côtés. Son frère et elle se chamaillent avec leurs parents pour leur imposer une bande-son très rock. Alors que Michel réclame des chants traditionnels, Clément passe une playlist préparée par Lila, composée de morceaux de *Queen*, *Bruce Springsteen* ou *AC/DC*. La thématique est respectée, mais on est bien loin des cantiques classiques.

Les deux générations se disputent dans une atmosphère bon enfant. Depuis son fauteuil, Raphaèle lance un clin d'œil amusé à Noé.

— Tu t'y habitueras, tu verras. C'est tous les ans le même cirque !

Il est persuadé qu'il s'y fera aisément. Ce réveillon pourrait bien le réconcilier avec les fêtes de famille. Il nage au milieu d'une petite bulle de bonheur.

Lorsque la maîtresse de maison propose de servir l'apéritif, son beau-père s'éclipse pour chercher du Vouvray pétillant qu'il a ramené de sa Touraine. Il se fait rabrouer par son fils quand il revient avec le vin.

— Ce n'est vraiment pas une bonne idée, proteste Clément en pointant le menton vers sa sœur.

— Ne vous privez pas pour moi, le tranquillise Lila, il n'y a pas de problème. Vous pouvez trinquer pour le réveillon, je te promets de ne pas me jeter sur la bouteille pour la descendre au goulot.

Son aîné affiche un air perplexe, mais il finit par accepter. Il sort des verres à pied du buffet.

— Seulement quatre ? compte Lila, étonnée. Qui donc se dévoue pour boire un jus de fruits avec l'ivrogne de service et laisser les bulles aux grandes personnes ?

— Ne parle pas comme ça, la réprimande Noé. Je t'accompagne très volontiers.

— Pardon, l'interrompt Raph, mais je crois que je suis toute désignée pour éviter l'alcool.

Elle secoue la tête et est prise d'un énorme fou rire. Elle rit si fort qu'elle en a les larmes aux yeux. Clément la contemple, penaud.

— Chéri, heureusement qu'on avait décidé d'être discrets pour l'instant !

— Pardon, je n'ai pas réfléchi à ce que je faisais.

Le regard de Lila passe de l'un à l'autre.

— Attendez un peu, tous les deux...

Un grand sourire se dessine sur son visage.

— Ne me dites pas que...

— Si ! s'écrie Raphaèle. Ton frère aurait affiché les résultats du test sur la porte d'entrée que ça n'aurait pas été plus évident !

— Alors c'est bien ça ?

— Oui, je suis enceinte !

Tout le monde se lève pour congratuler le couple. Lila prend la future mère dans ses bras.

— C'est une merveilleuse nouvelle, félicitations !

Elle serre ensuite Clément contre elle.

— Eh bien, c'est une sacrée surprise que vous nous faites là !

Leurs parents n'en reviennent pas.

— Rien ne pouvait me faire plus plaisir pour Noël ! s'extasie Michèle.

Lila fait semblant de se fâcher.

— Sympa, frangin ! Comment veux-tu que je rivalise avec ça ? Mon cadeau va forcément paraître minable à côté de l'annonce d'une grossesse.

Elle n'arrive pas à garder son sérieux très longtemps et applaudit.

— Génial, je vais être tata ! s'enthousiasme-t-elle. Ce gosse va être pourri gâté avec moi.

Raphaèle agite un doigt menaçant dans sa direction.

— Je te préviens, fais attention à ce que tu lui offriras. Évite les trucs qui font du bruit. Si tu lui choisis une batterie pour sa naissance, je te promets qu'on se vengera quand vous vous mettrez à faire des bébés.

Lila se tourne vers son compagnon en riant. Elle est radieuse, et en cet instant, il imagine à quel point ce serait formidable qu'elle porte son enfant. Cette idée le fait sourire. Pour quelqu'un qui fuyait tout engagement il n'y a encore pas si longtemps, c'est un grand pas en avant que de commencer à envisager un bébé. Mais ce n'est pas à l'ordre du jour. Pour le moment, il profite de la fête et se réjouit de la naissance à venir.

La soirée se déroule à merveille, Noé se sent parfaitement à son aise entouré des proches de Lila. Clément et Raphaèle ont réalisé des prouesses en cuisine et les convives se régalent. Tous se relayent pour gérer le service. Lorsque Raphaèle s'apprête à se lever pour débarrasser le fromage, Lila l'arrête d'un geste autoritaire.

— Reste assise, je m'en occupe.

— C'est bon, je ne suis pas malade, juste enceinte, se moque la future mère.

— Je le sais bien, mais tu as une super excuse pour te faire dorloter pendant neuf mois, tu devrais en profiter.

— C'est vrai, tu as raison. Allez, vas-y, au boulot, soldat ! s'amuse Raph.

— À vos ordres, Colonel ! répond sa belle-sœur avec un salut militaire.

L'entente entre les deux femmes est récente. Elles se sont rencontrées au début du sevrage de Lila, lorsque son frère l'a accueillie chez lui pour l'avoir à l'œil. La désintoxication ne s'est pas faite sans heurts, et les relations entre Clément et sa cadette ont été explosives pendant cette période. Raph s'est rangée du côté de son petit ami, et a pris en grippe cette gamine égoïste qui semblait refuser de voir tous les sacrifices que son aîné faisait pour elle. Lila lui a rendu son animosité et elles se sont à peine tolérées pendant toutes ces années. Mais dernièrement, elles ont appris à se connaître. Elles ont compris que leurs idées préconçues ne reflétaient pas la réalité et elles ont commencé à s'apprécier. C'est d'ailleurs Raphaèle qui a poussé Noé et sa compagne à s'avouer leur amour alors qu'ils s'engageaient sur des routes différentes, effrayés par leurs sentiments. Sans elle, ils seraient passés à côté d'une belle histoire.

Lila récupère les assiettes et les ramène en cuisine. Elle ouvre le lave-vaisselle pour le remplir afin de libérer de la place. Tandis qu'elle s'affaire, elle aperçoit sur le plan de travail la dernière bouteille de Vouvray presque pleine. Elle hésite un instant. Si l'un des membres de sa famille la surprenait, cela ferait un scandale. Ils ne comprendraient pas, ils s'imaginent que la moindre goutte d'alcool pourrait la refaire basculer dans les excès, alors qu'elle parvient très bien à se contrôler. Mais elle est seule en cet instant, tout le monde est occupé à discuter à table.

Elle a envie de s'accorder un verre, pour célébrer elle aussi l'arrivée prochaine du bébé. Sans traîner, elle sort une flûte du placard et la remplit à moitié, tout en vérifiant que personne ne surgit dans son dos. Elle la boit très rapidement, inquiète que quelqu'un puisse débarquer sans prévenir. Cependant, des éclats de rire lui parviennent du bout du couloir. Pas d'espion en vue. Ragaillardie par son audace, elle se sert une deuxième fois avant de remettre la bouteille à sa place. Elle lave le verre à la main pour éviter d'attirer les soupçons. Alors qu'elle attrape un torchon pour l'essuyer, un bruit derrière elle la fait sursauter et la flûte glisse de ses mains pour aller s'écraser sur le carrelage.

— Je ne voulais pas te faire peur, s'excuse Noé. Je venais juste voir si tu avais besoin d'aide. Laisse-moi ramasser tout ça.

Lila est soudain terrifiée qu'il puisse se rendre compte qu'elle a bu de l'alcool. Elle n'a pas envie de le décevoir ni de l'inquiéter. Pendant qu'il récupère les débris éparpillés au sol, elle jette des regards désespérés autour d'elle pour trouver le moyen de masquer son haleine. À part mordre à pleines dents dans le camembert qui attend de retourner au réfrigérateur, elle ne voit pas ce qui pourrait la sauver, et ce ne serait pas une solution très discrète.

Noé se montre d'une efficacité redoutable et le ménage est rapidement terminé. Il s'approche de Lila, l'enlace et pose sa bouche contre la sienne. La jeune femme essaye de se détendre, mais elle n'y parvient pas. Elle abrège leur baiser dans un état de panique qu'elle peine à dissimuler. Heureusement, Noé ne semble se rendre compte de rien.

— Je t’aide à porter les desserts ? lui propose-t-il, en vrai gentleman.

Lila retrouve sa contenance et lui répond avec un grand sourire.

— Je veux bien, merci.

Elle l’a échappé belle. À l’avenir, il faudra qu’elle se montre plus prudente. Ou plutôt, se ressaisit-elle, qu’elle évite de boire.

7.

Le couple passe la semaine suivante en amoureux. Leur lien fusionnel s'est encore renforcé avec les séparations prolongées. Quand ils se retrouvent, ils n'aspirent qu'à profiter l'un de l'autre.

Noé emmène Lila au bord de la mer pendant quelques jours, après lui avoir fait jurer de ne pas l'obliger à se baigner dans les flots glacés. Elle a accepté de bon cœur, ravie de cette escapade. Ils partagent leur temps entre les balades sur la plage, les bons repas au restaurant et leur chambre d'hôtel dans laquelle ils font l'amour encore et encore sans jamais réussir à se rassasier.

Ils retournent sur Paris pour le réveillon du Nouvel An. Ils ont prévu de se rendre chez un ami de Noé qui organise une grande réception. Clément et Raphaèle doivent également faire une apparition, mais ils ne s'attarderont pas, car la future mère se fatigue très vite à cause de sa grossesse.

Noé s'est montré réticent à accepter l'invitation, à cause de l'alcool qui risque de couler à flots, mais Lila l'a rassuré.

— On ne va pas s'arrêter de vivre à cause de mes exploits d'adolescente. Ça me fait très plaisir de t'accompagner à cette fête.

La seule et unique fois où ils ont participé à une soirée ensemble, c'était le jour de leur rencontre. À ce moment-là, Lila n'était encore que la petite sœur pénible de Clément qu'il fallait cacher à ses copains. Les choses ont bien changé depuis, et elle est enchantée de célébrer cette Saint-Sylvestre au bras de son amoureux.

Dès qu'ils font leur entrée, ils sont assaillis par les amis de Noé qui se réjouissent de le retrouver après plusieurs mois d'absence. Tout le monde prend de ses nouvelles, mais les invités sont surtout curieux de rencontrer celle qui est parvenue à mettre le grappin sur le coureur invétéré. La jeune femme fait l'objet de tous les regards. Elle est un peu étourdie par ces sollicitations. Elle a l'impression d'être en représentation, les gens l'observent et analysent son comportement pour en apprendre plus sur elle. Elle est soulagée par l'arrivée de son frère et de sa belle-sœur. Enfin des têtes connues devant lesquelles elle n'aura pas besoin de surveiller ses moindres faits et gestes.

Elle les suit jusqu'au buffet pour remplir à nouveau son verre, pendant que son compagnon continue à discuter avec un groupe d'amis. Il a l'air tellement à son aise.

Lila remarque un détail qui lui avait échappé lors de la fête d'adieu organisée chez Clément quelques semaines plus tôt : les gens semblent graviter autour de Noé comme les planètes autour du soleil. La veille de son départ aux États-Unis, il était normal qu'il soit au centre de l'attention. Mais ce soir encore, il cristallise l'intérêt des convives.

Elle revient à ses côtés et il l'accueille dans ses bras pour lui faire une place dans son monde. Elle prend plaisir à se mêler à la conversation, baignée par l'aura magnétique de Noé. Elle passe un bon moment, malgré le sentiment de devoir faire ses preuves.

Un peu plus tard, alors qu'elle discute avec son frère, une femme s'approche pour saluer Clément.

— Tiens, comment ça va ? l'accueille-t-il d'un ton enjoué. Tu connais ma sœur ?

C'est inédit : depuis quand la présente-t-il spontanément à son entourage ? Mais Lila n'a pas le temps de se féliciter de ce progrès : la nouvelle venue la toise d'un air méprisant avant de lui tourner le dos sans juger utile de se montrer polie.

Lila est soufflée par cette attitude irrévérencieuse. Clément lui fait signe de ne pas se formaliser de cet affront. Mais l'évidence lui saute soudain aux yeux : cette pimbêche aux manières désobligeantes a dû être la maîtresse de Noé. Cela expliquerait pourquoi elle affiche autant d'hostilité à son égard sans même la connaître. Et ce n'est probablement pas la seule dans l'assistance.

Cette prise de conscience ébranle Lila de façon inattendue. Elle a déjà eu l'occasion d'admirer le pouvoir d'attraction de son partenaire sur la gent féminine. Mais il y a un paramètre qu'elle n'avait pas considéré lorsqu'elle a accepté de venir à cette soirée : elle n'avait pas réalisé que statistiquement parlant, au vu du tableau de chasse bien fourni de Noé, la liste des invités allait comprendre un certain nombre de ses anciennes conquêtes. Lila n'apprécie pas la situation. C'est une chose de savoir qu'il a eu beaucoup de maîtresses, c'en est une autre d'y être confrontée.

Pourtant, ce n'est peut-être même pas le pire. Ce qui l'horripile encore plus, c'est de voir ses rivales draguer Noé ouvertement, devant elle, sans même tenter de cacher leur jeu. Ça la met hors d'elle que certaines se permettent de lui manquer de respect de la sorte.

Elle aperçoit sa belle-sœur, assise seule à l'écart des autres, visiblement épuisée. Lila vient s'installer à côté d'elle et lui pose la question qui la tracasse.

— Dis, combien de femmes ici présentes ont couché avec Noé ?

Raph était la meilleure personne à qui s'adresser. Son visage reste impassible, pas de panique à l'idée de devoir choisir entre le mensonge éhonté ou un calcul fastidieux.

— Je vais faire comme si je n'avais rien entendu, répond-elle sans ciller.

— Tu as raison, approuve Lila, je ne veux pas savoir.

Raphaèle la rabroue.

— Ne joue pas à essayer de te faire du mal, ça ne t'apportera rien de bon. Aucune de celles qu'il a connues avant toi n'a compté pour lui, c'est tout ce qui importe. Noé est dingue de toi. Tu n'as pas le droit de lui reprocher son passé ou de t'en servir contre lui.

Lila perçoit le sous-entendu. Elle a aussi des antécédents peu glorieux, et pourtant Noé ne lui en tient pas rigueur.

Clément les rejoint, leurs manteaux dans les bras. Raphaèle se lève, soulagée de pouvoir s'éclipser.

— On va rentrer, explique-t-elle à la jeune femme. Je n'en reviens pas qu'un truc aussi minuscule me fatigue déjà à ce point.

Lila louche vers son ventre. C'est vrai que pour l'instant, rien ne laisse deviner son état.

Avec leur départ, c'est comme si elle perdait son seul soutien. Elle réfléchit à son échange avec Raphaèle. Celle-ci se trompe sur une chose : il y a une grosse différence entre son passé et celui de Noé. Lui n'a pas à faire face aux excès de jeunesse de sa petite amie. Les bouteilles d'alcool se tiennent mieux que ses ex-prétendantes, elles ne se jettent pas sur lui pour lui rappeler à quel point sa compagne a pu s'amuser avec elles. Au contraire, c'est à Lila de supporter l'étalage de spiritueux et d'y résister. À moins que...

C'est peut-être le remède à son état anxieux. Elle glisse un coup d'œil vers Noé qui est en pleine discussion avec ses copains. Elle fonce vers le bar, attrape la vodka et en verse dans son jus d'orange. Elle repose la bouteille d'une main preste et vérifie aussitôt si son amant n'a pas remarqué son geste. Il a toujours le dos tourné. Lila pousse un soupir de soulagement. Elle boit quelques gorgées de son cocktail. D'ici peu de temps, l'alcool va lui permettre de décompresser et de profiter de la fête.

Ragaillardie par son audace, elle va retrouver Noé. Elle est bien décidée à occuper la place qui lui revient. Il l'enlace et dépose un baiser dans son cou, prouvant ainsi à toute l'assistance qu'elle est l'élue.

La suite du réveillon se déroule dans une ambiance plus sereine. Aidée par les deux autres verres qu'elle se ressert en cachette, Lila se détend. Elle a repris confiance en elle et participe activement aux conversations, régalant les invités de sa fraîcheur et de son humour. Son charme naturel achève de lui assurer sa place au sein du groupe. Noé est fier d'être en couple avec une femme aussi charismatique, même s'il perçoit quelques regards envieux qui réveillent sa jalousie.

Alors que les convives se préparent pour le décompte fatidique qui fera basculer le monde dans une nouvelle année, Noé entraîne Lila à l'écart pour l'embrasser avec ardeur.

— Je suis fou de toi ! Mes amis t'adorent, ça me plaît qu'ils te connaissent enfin. Tu es incroyable ! Je t'aime, comme je n'imaginais même pas qu'il soit possible d'aimer.

Lila ne s'attendait pas à une déclaration si passionnée.

— Tu es soûl ? le taquine-t-elle. Il me semblait pourtant que tu ne voulais pas boire par solidarité envers l'alcoolique de service ?

— Ne parle pas de cette manière, je déteste quand tu te rabaisses comme ça. Je n'ai rien bu, je suis très sérieux. Je sens que cette année va être fantastique, car elle ne peut pas mieux commencer qu'avec toi dans mes bras.

Son regard rempli d'amour et de désir donne envie à Lila d'y croire aussi, même si elle a dû recourir à l'alcool pour passer une bonne soirée. Cette année va être magique, parce que Noé fait partie de sa vie.

8.

Janvier débute difficilement pour Raphaèle. Elle a longtemps cru à la légende qui veut qu'une femme enceinte soit toujours belle et épanouie. Mais dans son cas, la vérité est très loin du mythe populaire.

Les nausées ont commencé pour le Nouvel An, en guise d'étrennes. Voilà plus de dix jours qu'elle se lève avec le cœur au bord des lèvres et que cette sensation ne la quitte pas jusqu'au soir. Elle est aussi assommée de fatigue. Elle se traîne en permanence.

Et pourtant, malgré tous les désagréments liés à son état, elle savoure sa grossesse. Elle l'espérait depuis des années. Lorsque, à l'automne, Clément et elle ont pris la décision de sauter le pas, elle s'est préparée à devoir patienter un certain temps avant de réussir à tomber enceinte. Mais il n'a fallu que quelques semaines pour qu'un bébé s'installe bien au chaud dans son ventre. Elle n'en revient pas qu'ils aient autant de chance.

Alors en dépit de l'épuisement et des haut-le-cœur, Raphaèle est heureuse. Même si Clément et elle ont choisi d'attendre le cap des trois mois avant de répandre la grande nouvelle, elle ne peut s'empêcher de planifier la venue au monde de son enfant. Elle est en train de tout organiser pour aménager la chambre d'amis en nursery. Elle rêve devant les vêtements taille naissance. Elle s'imagine berçant son nourrisson. Il lui semble déjà si réel.

Ce matin-là, sur le chemin du travail, elle ne se sent pas bien. Elle commence à avoir l'habitude de ses sautes d'humeur et de son état de forme aléatoire, mais aujourd'hui elle n'est vraiment pas dans son assiette.

Malheureusement pour elle, une réunion est prévue dès son arrivée au bureau. Elle aurait préféré pouvoir se cacher dans un coin et se reposer un peu, mais elle doit participer à la présentation. Elle s'efforce donc de faire bonne figure et anime les débats en serrant les dents.

À la fin de la conférence, au moment où elle s'apprête à se mettre debout, son abdomen est déchiré par une violente douleur qui l'empêche de se lever. Elle pousse un cri désespéré et porte ses mains à son ventre en retombant sur sa chaise. La panique l'envahit lorsqu'un liquide chaud commence à couler le long de ses cuisses. Elle baisse les yeux. Du sang. Pitié, pas le bébé !

Ses collègues se précipitent vers elle. Ils essayent de comprendre ce qu'il se passe. Elle est incapable de bouger et elle a beaucoup de mal à parler. Deux d'entre eux la tiennent fermement pour lui éviter de chuter, pendant qu'un autre appelle les secours.

— Dis-leur que je suis enceinte, réussit-elle à articuler péniblement.

Ce n'est pas de cette façon qu'elle avait prévu l'annonce de sa grossesse, ni le bon timing. Elle est paralysée par la peur. Qu'est-il en train d'arriver à son enfant ? Elle refuse d'envisager que quelque chose puisse mal tourner. C'est impossible.

Elle perd la notion du temps. Lorsque les pompiers déboulent dans la salle, elle ne sait pas s'il s'est écoulé une minute ou une heure. Elle est déboussolée.

Elle se laisse manipuler par les secours, son corps ne lui répond plus. Il n'est plus qu'une douleur intense qui part de son ventre et irradie ses membres. La voix du médecin se veut rassurante tandis que Raphaèle est allongée sur un brancard, mais elle n'a qu'une idée en tête.

— Clément. Il faut prévenir Clément, supplie-t-elle.

Ce sont les derniers mots qu'elle parvient à prononcer avant de perdre connaissance.

9.

L'absence de Noé pèse beaucoup sur le moral de Lila. Elle compte les jours qui la séparent de leurs retrouvailles, comme un prisonnier guettant sa prochaine libération. Elle essaye de garder sa bonne humeur habituelle, mais elle se sent morose.

Histoire de se changer les idées, Eliott l'a invitée à déguster la galette des Rois avec les autres commerçants du quartier, après la fermeture. Louise a également été conviée. Elle a accepté avec plaisir d'y aller, même si elle sait que la seule présence qui importera aux yeux d'Eliott est celle de Lila. Louise a de la peine pour lui, il s'accroche à son ancienne maîtresse alors que son cœur appartient à Noé. Quant à Cassandre, il est évident qu'elle ne se montrera pas à un évènement regroupant autant de personnes.

Lorsque les deux fleuristes entrent dans le bar, la fête a déjà commencé. Eliott vient les saluer et leur met d'office un verre de cidre entre les mains. Lila goûte sa boisson avec un sourire. Ici, elle n'a pas besoin de se cacher. Elle peut trinquer avec ses collègues sans craindre d'être réprimandée. Elle présente Louise à ceux qui ne l'ont pas encore rencontrée. Lila s'est prise d'affection pour la jeune femme, elle la considère comme une petite sœur qui nécessite sa protection.

Elle profite de la soirée quand elle sent son téléphone vibrer dans son sac : Clément. Elle le rappellera plus tard. Mais il s'obstine et essaye de la joindre une deuxième fois. Intriguée par son insistance, elle s'éclipse à l'extérieur pour décrocher.

— Salut frérot ! Comment vas-tu ?

— Pas très bien.

Plus encore que ses paroles, c'est le ton de sa voix qui effraye Lila.

— Dis-moi ce qu'il se passe.

Il peine à s'exprimer.

— C'est Raphaèle. Elle est à l'hôpital.

Lila retient son souffle, paniquée à l'idée de ce qui pourrait suivre. Clément ne sait pas trop comment lui annoncer cela. Lui-même ne parvient pas à réaliser ce qui est arrivé. Il travaillait à son bureau lorsqu'il a reçu un coup de fil le prévenant que son épouse était transportée d'urgence à la maternité. La maternité… Après seulement deux mois de grossesse, c'était impossible. Il est parti en catastrophe pour la retrouver.

— On a un problème avec le bébé, tente-t-il d'expliquer. Raph a perdu beaucoup de sang. Elle vient de passer une échographie qui a montré un décollement du placenta.

— C'est grave ?

— Oui, Raphaèle risque de faire une fausse couche.

Clément marque une pause. Prononcer ces mots rend les choses bien trop réelles.

— Ils vont la garder cette nuit, continue-t-il, pour voir comment la situation évolue.

Lila prend appui contre la vitrine, sonnée. Elle se sent si démunie face à la détresse de son frère.

— Est-ce que tu veux que je vienne ? lui propose-t-elle.

— Non, merci, il n'y a rien que tu puisses faire de toute façon. Je te tiendrai au courant.

— Préviens-moi à la moindre évolution, d'accord ? Raph est une battante, je suis certaine que ça va s'arranger.

Lila raccroche et fixe son portable, désespérée. Comment une telle chose a-t-elle pu se produire ? Ce bébé ne peut pas s'en aller avant même d'être né, c'est inconcevable. Pas l'enfant de Clément et Raphaèle, ils ne méritent pas ça.

De l'intérieur du bar, Eliott l'observe, alarmé par l'angoisse qu'il lit sur son visage. Voyant qu'elle ne semble pas décidée à bouger, il la rejoint sur le trottoir.

— Lila, ça ne va pas ? Tu as un problème ?

Elle le regarde, les larmes aux yeux.

— Oui.

Elle est incapable d'en dire plus. Il lui prend le bras et l'invite à rentrer avec lui.

— Viens.

Elle le suit, sonnée par la nouvelle. Eliott l'emmène vers une table à l'écart des autres convives et s'assoit à ses côtés sur la banquette, à l'abri des oreilles indiscrètes.

— Raconte-moi tout.

La sollicitude de son ami fait du bien à la jeune femme. Elle lui rapporte les propos de son frère.

— Ne bouge pas, lui ordonne-t-il.

Il se lève et se dirige vers le comptoir. Lila envisage un instant d'appeler Noé pour l'informer des derniers évènements, mais elle ne pourra pas le contacter. À cette heure, il doit être à son travail.

Eliott revient s'installer près d'elle. Il pose une bouteille de rhum vieux sur la table.

— Pour ce soir, décide-t-il, tu as besoin de quelque chose de plus fort que du cidre.

Il remplit le verre de Lila. Elle l'approche de son nez en faisant tourner le liquide ambré contre les parois pour en dégager tous les arômes. Elle prend ensuite une grande gorgée d'alcool et s'affale au fond de son siège en fermant les yeux, laissant le feu se répandre dans son corps et calmer sa nervosité.

Louise les observe de loin, surprise par leur proximité. Elle ne comprend pas à quoi joue sa collègue. Jusqu'à maintenant, Lila a pris soin de maintenir une certaine distance avec Eliott pour ne pas lui donner de faux espoirs, Louise ne l'a jamais vue avoir de gestes équivoques envers lui. Mais ce soir, c'est différent, une étrange intimité semble s'installer entre eux, ce qui n'augure rien de bon.

Au bout de quelques instants, Lila rouvre les paupières et adresse un sourire triste à Eliott.

— Merci d'être là pour moi.

— Tu sais bien que tu pourras toujours compter sur moi, lui répond-il en posant ses doigts sur sa main, à la recherche du moindre contact avec elle.

Oui, Lila en a bien conscience, et ce soir, elle est soulagée de pouvoir s'appuyer sur son ami. Et sur la bouteille de rhum, à laquelle elle est bien décidée à faire un sort.

10.

Perdue dans ses pensées, Lila trempe machinalement les lèvres dans son verre de vin. L'avion est soumis à de violentes turbulences, mais elle n'y prête pas attention. Tout son esprit est tourné vers Noé.

D'ici quelques heures, elle sera enfin avec lui. C'est fou comme il lui a manqué. Elle avait tellement besoin de lui, après l'annonce de la menace qui pèse sur le bébé de Raphaèle, et il n'était pas là. Son absence n'avait jamais paru aussi insoutenable à Lila.

Sa belle-sœur a quitté l'hôpital au bout de deux jours, avec l'ordre formel de rester allongée afin d'avoir une chance que l'hématome responsable du décollement placentaire se résorbe. Lila lui a rendu visite le week-end suivant. Raphaèle s'est voulue rassurante, prétendant très bien se satisfaire de ce repos forcé, mais Clément a semblé très préoccupé.

Heureusement, Lila a pu compter sur la présence d'Eliott, qui s'est révélé être un ami précieux. Chaque soir, elle est allée le retrouver à son bar, après le travail, pour discuter et boire des verres avec lui. Elle a perçu une certaine réticence de la part de Louise à voir cette nouvelle habitude s'installer, même si sa collègue ne lui a fait aucun reproche. Cette désapprobation silencieuse a instillé une pointe de culpabilité chez Lila. Quelque part, elle sait bien qu'elle ne doit pas encourager les sentiments d'Eliott à son égard. Mais pendant cette période compliquée, c'est auprès de lui qu'elle trouve le réconfort nécessaire.

Lila n'a pas dit un mot de ces tête-à-tête à Noé, cela ne ferait qu'exacerber sa jalousie. Et elle ne veut pas qu'il se doute qu'elle consomme régulièrement de l'alcool, il se ferait du souci pour rien.

Cependant, tout cela est derrière elle. Elle va profiter d'une semaine entière avec son compagnon. Cette pause va lui faire du bien. Son monde a été trop chamboulé ces derniers temps, elle a envie de se ressourcer auprès de Noé. Il a eu la belle idée de relouer la maison de Carmel où ils avaient passé un si bon séjour en novembre, leur havre de paix et d'amour. C'est exactement ce qu'il lui fallait pour se vider la tête.

Il l'accueille à la sortie du terminal. Elle se jette dans ses bras et se blottit contre lui. Il plonge le nez dans les cheveux de sa maîtresse et respire son parfum. Il a détesté être loin d'elle alors qu'il aurait dû être présent pour la soutenir. La séparation lui a laissé un goût amer, il se reproche d'être un piètre partenaire, comme s'il profitait des moments agréables sans assurer pendant les coups durs. Mais elle est enfin là, il va pouvoir se rattraper.

Ils vivent une belle soirée de retrouvailles, entre union des corps et complicité des cœurs. Aux côtés de Noé, Lila a le sentiment d'être arrivée à bon port. Elle s'autorise à poser ses bagages trop lourds et à souffler.

Le lendemain matin, le réveil est plus difficile pour la jeune femme. Elle est prise de légères nausées dès la sortie du lit. Noé se préoccupe de sa petite mine.

— Qu'est-ce qui ne va pas ?

— Ce n'est rien, ne t'en fais pas. Ça doit être un truc que j'ai du mal à digérer, ou les effets du décalage horaire, ça va vite passer.

— Tu en es sûre ?

— Oui, ne t'inquiète pas.

Il est hors de question d'être malade pour leur semaine en amoureux. Malgré tout, l'état de Lila ne s'améliore pas de la journée. Lorsque, dans l'après-midi, sa main gauche commence à s'agiter, en proie à de vilains tremblements, elle prend soudain conscience de ce qui est en train de se produire. Elle est en manque. Son corps se met à lui réclamer de l'alcool. Elle réalise avec horreur qu'elle a dépassé une limite qu'elle ne pensait pas franchir à nouveau après son sevrage difficile, celle de la dépendance.

Elle était persuadée que tout était sous contrôle, qu'elle pouvait boire quand elle le voulait et arrêter aussi comme bon lui semblait. Mais c'était un mirage. Elle n'a pourtant pas l'impression d'être allée trop loin. Quoi que... En se repassant le fil de ce début d'année, elle comprend qu'elle a basculé petit à petit vers une consommation excessive. Chaque midi, Eliott agrémentait son plateau-repas d'une bière ou d'un verre de vin choisi avec soin. Tous les soirs, elle le rejoignait pour boire, encore et encore, souvent jusqu'à l'ivresse. De façon insidieuse, l'alcool a repris le contrôle de sa vie. Ce constat implacable et objectif la remplit d'effroi.

Elle se rappelle sa désintoxication mouvementée quand elle était adolescente, l'état lamentable dans lequel elle s'est retrouvée et les difficultés qu'elle a connues pour remonter la pente. Elle refuse que Noé la voie comme ça. Son amour pour elle se transformerait en pitié dans le meilleur des cas, en dégoût plus probablement. Elle doit tenir le coup tant qu'elle est avec lui, elle règlera la question de mettre un terme à cette addiction plus tard, lorsqu'elle sera rentrée.

Lila ne trouve qu'une seule solution : se procurer de quoi boire pour calmer les symptômes du manque. Elle déteste l'idée de faire des cachotteries à Noé, mais elle n'a pas le choix.

Sur la route vers Carmel, elle prétexte une envie pressante pour s'arrêter dans une station-service. Elle demande à Noé de l'attendre dans la voiture pendant qu'elle se rend aux toilettes. Elle fait ensuite un crochet par la boutique et attrape la première bouteille de vodka qu'elle aperçoit. Elle prend également une boîte de pastilles à la menthe pour justifier son passage en caisse. Les bonbons lui permettront aussi de masquer son haleine quand elle aura bu. La simplicité avec laquelle son plan se met en place lui fait froid dans le dos.

La bouteille dissimulée au fond de son sac, Lila est plus sereine pour finir le trajet. Pendant que Noé vide le coffre de la voiture, elle part se cacher dans la chambre pour entamer la vodka à grandes lampées. Elle soupire de soulagement. Ça y est, elle va enfin pouvoir recouvrer ses moyens et profiter de ses vacances avec Noé.

Cette première soirée au bord de la mer tranquillise son amant. Lila a l'air plus apaisée depuis qu'ils sont arrivés à la villa. Elle paraît en meilleure forme et a retrouvé sa joie de vivre.

Mais au cours de la semaine, il doit composer avec les changements d'humeur et d'état de la jeune femme. Plus les jours passent, plus il est inquiet. En l'observant attentivement, il se rend compte que Lila a maigri. Rien de dramatique pour le moment, mais cette perte de poids n'est pas bon signe.

Elle essaye de le rassurer. Ne pouvant jouer la carte du décalage horaire plus longtemps, elle s'invente un vilain virus qui refuse de la lâcher.

— J'espère que je ne vais pas te le refiler, ose-t-elle mentir.

Elle a tellement honte de son comportement, mais elle ne veut pas alarmer son compagnon. Cependant, ses explications ne le convainquent pas. Elle a changé, elle lui semble moins désinvolte, plus dans la retenue. Surtout, elle a instauré une certaine distance entre eux. Ça n'a rien à voir avec un quelconque virus. Noé ne comprend pas pourquoi elle agit différemment.

Et puis il y a ces moments où Lila redevient elle-même, la communion absolue, les regards qui scellent des promesses d'avenir, les silences qui parlent d'amour. Ce sont ces instants, ces éclipses du quotidien, qui redonnent de l'espoir à Noé. Ce n'est que temporaire. Lila traverse une mauvaise période, il faut juste qu'il soit à ses côtés pour l'aider à passer ce cap. À ses côtés… Si seulement c'était possible.

Lorsqu'il la raccompagne à l'aéroport le dimanche suivant, il est anxieux. Ils n'ont pas profité de cette semaine comme ils auraient dû, et la perspective d'une longue séparation l'effraye. Il la prend dans ses bras et colle son front contre le sien.

— Écoute, Lila, j'ai pensé à quelque chose... commence-t-il en hésitant à aller plus loin.

— Oui ? l'encourage-t-elle d'une voix douce.

— Si j'arrivais à me libérer un prochain week-end, pour venir te voir, est-ce que ça te dirait de m'accueillir ?

Il l'a questionnée comme s'il doutait de la réponse. Son regard soucieux brise le cœur de Lila. Comment peut-il croire un seul instant qu'elle ne serait pas heureuse de le retrouver ? Elle pose ses lèvres sur les siennes et l'embrasse avec empressement pour valider sa proposition.

— J'adorerais ça, acquiesce-t-elle avant de lui dire au revoir.

Pourtant, en marchant vers son avion, au lieu de se sentir triste d'être à nouveau séparée de Noé, elle éprouve une horrible sensation de soulagement. Elle a fini de devoir s'isoler pour assouvir sa dépendance. Elle va reprendre ses nouvelles habitudes, et elle va s'accorder un peu de temps avant d'envisager de réduire sa consommation, car ce jeu de cache-cache permanent l'a épuisée.

Tout de suite après le décollage, elle réclame un verre de vin à l'hôtesse. Elle le goûte tranquillement. Puis, bercée par le bruit des moteurs, elle se laisse gagner par l'engourdissement salvateur de l'alcool.

11.

Lila a laissé ses angoisses et sa culpabilité à San Francisco. Elle refuse de regarder en face la situation dans laquelle elle est empêtrée. D'autant plus que la famille est ébranlée par une nouvelle alerte concernant la grossesse de Raphaèle. La future mère doit repasser par l'hôpital à la suite d'une hémorragie plus importante que la première fois. L'échographie confirme que le cœur du bébé bat toujours, mais l'hématome est encore bien présent. Raph est partie pour rester allongée jusqu'au terme. Quant à Clément, il fait peine à voir. Lila leur rend visite à plusieurs reprises pour remonter le moral des troupes, mais son frère se fait un sang d'encre.

La jeune femme doit également affronter une autre réalité : l'état dramatique de ses finances. Ce qu'elle craignait s'est concrétisé, son compte se retrouve dans le rouge depuis la réduction de son salaire. Elle a beau faire attention à ses dépenses, les frais fixes tels que son loyer ou les courses alimentaires engloutissent ses maigres revenus. Pourtant, elle refuse encore de demander de l'aide à Noé. À défaut d'autre chose, elle a toujours son honneur.

Alors, pour s'évader de ce quotidien qui devient sans cesse plus pesant, elle a repris ses habitudes avec Eliott, et avec l'alcool. Personne ne peut être en guerre sur tous les fronts. Le traitement de sa dépendance attendra des jours meilleurs.

Elle a besoin de ces moments de détente, d'oubli. Elle voit bien que Louise se fait de plus en plus de soucis pour elle. Il faut dire que son état physique a tendance à se dégrader. À plusieurs reprises, sa collègue lui fait part de son inquiétude, elle essaye de comprendre ce qu'il se passe. Mais Lila refuse d'évoquer ses ennuis avec qui que ce soit. Tout juste accepte-t-elle d'aborder le problème de grossesse de sa belle-sœur. Mais tout le reste... Elle est trop gênée pour en parler.

Le seul qui ne se plaigne pas, c'est Eliott. Il se réjouit tellement de ce rapprochement qu'il garde ses œillères. Il savoure le bonheur des heures passées en sa compagnie et refuse de voir qu'il y a un problème.

Lila ne s'apaise un peu que lors de ses rendez-vous en vidéo, chaque matin, avec Noé. Cela lui fait du bien de pouvoir lui parler. Et en même temps, petite présence à travers un écran, installé à des milliers de kilomètres de là, il n'est plus qu'une illusion, il lui semble trop loin de sa vie. Et il n'a pas conscience de ce qui lui arrive. Il n'est pas responsable de cet état de fait, c'est elle qui le tient à l'écart. Ses secrets dressent entre eux un mur de plus en plus haut. Pourtant, elle l'aime de tout son cœur et de toute son âme. Mais la situation lui échappe.

Quand, un dimanche matin de février, Noé revient à la charge concernant sa venue à Paris la semaine suivante, Lila sent la panique monter.

— En parlant de ça...

Son regard devient fuyant, elle n'ose pas affronter la caméra.

— Je crois que tu ferais mieux d'annuler pour ce week-end, lui annonce-t-elle de façon abrupte.

— Tu n'es pas sérieuse ? s'exclame-t-il, persuadé d'avoir mal entendu.

Il se faisait une telle joie de la retrouver bientôt.

— Écoute, ça n'aurait aucun sens, essaye-t-elle de lui expliquer. Tu vas passer plus de temps dans l'avion qu'ici.

— Ça, c'est mon problème, pas le tien, rétorque-t-il d'un air buté. Je suis prêt à tout pour pouvoir profiter de quelques heures avec toi.

— Mais Noé, on n'aura pas quelques heures à nous. Je vais être coincée à la boutique, on ne pourra pas se voir. Et puis je vais m'en vouloir de te laisser tout seul chez moi, je n'aurai pas l'esprit tranquille.

— Je pourrais t'accompagner à ton travail, comme je l'ai fait à Noël, lui propose-t-il en désespoir de cause. Tu as Louise maintenant, tu dois pouvoir souffler un peu plus, non ?

— Tu parles ! proteste Lila. Ce sera le week-end de la Saint-Valentin.

Justement, pense Noé, la fête des amoureux, une bonne raison d'être tous les deux. Mais sa compagne poursuit sur sa lancée, implacable.

— On va être débordées, c'est le jour de l'année où tous les hommes se décident à offrir des fleurs à leurs femmes. Chaque fois, c'est la même chose, le magasin ne désemplit pas. Je n'aurai pas une minute à moi.

L'affaire est réglée. Elle ne veut pas de lui à ses côtés. Noé est dévasté par ce constat. Alors qu'il ne supporte plus d'être loin d'elle, sa maîtresse semble parfaitement s'accommoder de la situation.

Lila déteste l'idée de lui faire du mal. Mais elle ne peut pas l'accueillir à son appartement. Il serait avec elle en permanence, elle ne pourrait pas réussir à boire sans se faire prendre. Un instant, elle envisage de lui avouer son problème, mais elle se ravise très vite. Elle a trop honte. Comment lui expliquer qu'elle a replongé après tant d'années d'abstinence ? Ça paraît tellement insensé de faire une deuxième fois la même erreur.

— Il va falloir attendre quinze jours de plus, c'est ça ? se plaint Noé.

Il le vit comme un allongement de peine, alors que Lila a l'impression d'avoir obtenu un sursis pour régler son souci d'alcool. Cependant, elle doit se résoudre à affronter le problème, ça ne peut plus durer, surtout si cela interfère dans sa relation avec Noé.

— Oui, mais au moins on aura le temps d'en profiter, tente-t-elle de le convaincre.

Il repense à la dernière semaine qu'ils ont passée ensemble. Elle lui a laissé un goût d'inachevé. Pourvu que la prochaine fois se déroule mieux.

Lila jette un coup d'œil à sa montre.

— Je vais m'arrêter là, il faut que je finisse de me préparer pour le boulot. Mais j'ai encore un truc à te dire.

— Oui ? s'inquiète Noé, qui n'a pas besoin d'une nouvelle déconvenue pour assombrir son moral déjà au plus bas.

— Je t'aime, lui déclare-t-elle en y mettant toute sa conviction pour se faire pardonner son refus de le voir.

Noé se raccroche à ces trois petits mots et au sourire enjôleur de sa maîtresse comme à une bouée de sauvetage, pour ne pas se noyer.

12.

Voilà maintenant huit jours que Noé vit en apnée. Le dernier séjour de Lila à Carmel l'avait déjà alerté. Mais depuis qu'elle a refusé avec véhémence qu'il vienne la voir à Paris, il est soucieux. Il sent bien qu'elle n'est plus la même, elle semble plus réservée, elle écourte leurs conversations quotidiennes alors que c'est le seul lien qu'il leur reste.

Un autre point le préoccupe, et non des moindres : l'état de santé de la jeune femme. Elle a l'air de plus en plus maigre, ses beaux yeux bleus sont cernés. Noé se demande si elle n'est pas tracassée par un souci qu'elle garderait pour elle.

Il refuse de laisser les choses dégénérer. Si Lila a des ennuis, il faut qu'il soit à ses côtés pour l'aider. Il doit l'obliger à lui parler, sinon il ne pourra rien faire.

Une idée lui trotte dans la tête depuis quelques semaines, un moyen d'arranger la situation. Les récents évènements le poussent à croire que c'est la meilleure solution. Il est grand temps d'en discuter avec Lila.

Fort de cette résolution, il décide de faire une pause dans sa matinée de boulot pour lui téléphoner. Il sort dans le parc de sa société. Le siège de l'entreprise ressemble à une université avec ses immenses bâtiments dédiés au travail, son complexe sportif digne d'un club professionnel et ses espaces verts bien entretenus. Mais Noé n'a que faire de ce luxe. Il est prêt à tout abandonner pour retrouver Lila.

Il commence à arpenter les allées désertes en composant son numéro. Le lundi est sa journée de congé, elle ne sera pas occupée à la boutique.

En effet, sa maîtresse est chez elle, installée sur son canapé, le regard dans le vague, en train de savourer une dose de vodka. Elle sait bien qu'elle devrait ralentir sa consommation. Elle ne devrait pas laisser l'alcool diriger sa vie et l'éloigner de son compagnon. Pourtant, chaque jour, elle trouve une nouvelle excuse pour ne pas affronter ses démons et remettre au lendemain une éventuelle tentative de sevrage.

Quand elle découvre le nom de son conjoint sur l'écran de son portable, elle repose son verre dans un élan de culpabilité.

— Noé ! s'exclame-t-elle en décrochant. Comment ça se fait que tu m'appelles à cette heure-là ? Tu n'es pas au bureau ?

— Si, mais j'avais envie d'entendre ta voix.

Il s'assoit sur un banc, à l'abri des regards. Il ne sait pas comment aborder le sujet qui lui tient à cœur.

— Je suis inquiet, Lila. J'ai besoin que tu me rassures.

La jeune femme retient sa respiration. Elle ne peut pas se justifier, elle n'en a pas la force, ni le courage.

— Je vois bien qu'il y a quelque chose qui ne va pas, poursuit Noé. Tu es de plus en plus distante, tu me fuis. Tu as même annulé notre week-end, alors qu'on ne s'est pas vus depuis plusieurs semaines.

Lila sent une grosse boule d'angoisse dans sa gorge. Elle est incapable de prononcer un mot. Elle refuse de lui révéler la vérité. Comment pourrait-il encore l'aimer en découvrant qu'elle a replongé dans l'enfer de l'addiction ?

— Ça me fait peur. On dirait que tu t'éloignes de moi, que tu as des problèmes que tu me caches.

Elle ne le contredit pas. Elle n'est pas en mesure de lui fournir des explications. Noé attend un signe de sa part, mais rien ne vient.

— Je ne veux pas te perdre, mon amour. On ne peut pas continuer comme ça, c'est trop compliqué. Je pense qu'il vaudrait mieux que je rentre en France, pour de bon, lui annonce-t-il.

— Non, surtout pas !

Lila n'a pas pu retenir cette exclamation sous l'effet de la panique. Il ne peut pas revenir au pays, ce n'est pas possible. Pas tant qu'elle est confrontée à ses problèmes avec l'alcool. Il ne doit pas la voir comme ça, elle refuse de lui faire pitié.

Mais son opposition catégorique préoccupe Noé.

— Pourquoi ? l'interroge-t-il, blessé.

Elle cherche vite une raison crédible.

— Tu m'as promis de respecter ton contrat avec ton employeur, tu ne peux pas tout plaquer comme ça.

— Je m'en fous, c'est toi qui comptes, rien d'autre. Je ne vais pas sacrifier notre histoire juste pour un boulot.

— Je croyais que tu voulais me prouver que tu étais capable de tenir un engagement, réplique Lila, c'est déjà fini, toutes tes bonnes résolutions ?

Les arguments lui viennent tout seuls maintenant, sans avoir besoin de réfléchir. Son instinct de protection a pris le dessus et dirige la manœuvre de défense.

— Je veux bien te prouver tout ce que tu veux, rétorque Noé, mais pas si ça met notre couple en péril.

— Tu ne peux pas changer d'avis quand ça t'arrange, ce n'est pas comme ça que ça marche.

— Mais tu ne comprends donc pas que j'ai besoin d'être avec toi ?

Il a l'air tellement désespéré. Il faut qu'elle le dissuade de rentrer. Pas tout de suite, c'est trop tôt. Elle doit trouver quelque chose. Les mots lui échappent sans qu'elle puisse s'expliquer pourquoi elle s'égare dans cette direction.

— Je… Je vois quelqu'un.

La gifle est magistrale, Noé en a la respiration coupée. Lila ne lui laisse pas le temps de reprendre ses esprits. Elle s'enfonce dans son mensonge comme s'il pouvait la sauver.

— Je ne savais pas comment t'en parler. Je n'avais rien prémédité, mais je me sentais seule, et c'est arrivé comme ça.

Le monde de Noé s'écroule sous ses yeux. Sa plus grande peur est en train de se concrétiser.

— C'est Eliott, c'est ça ? la questionne-t-il dans un souffle.

Lila pourrait hurler de désespoir. Il est si facile à convaincre.

— Oui, c'est lui, confirme-t-elle pour enfoncer le clou.

La chute dans le précipice est vertigineuse. Noé n'oppose aucune résistance, il n'émet aucun doute. Il tombe avec elle, sans parachute.

— Tu comptais me le dire quand ? demande-t-il d'un ton dur, dans lequel la souffrance a cédé la place à la colère.

— Je ne sais pas. Je... Je ne voulais pas te faire de mal.

— Ah bon ? Dans ce cas, il fallait y penser avant de te taper un autre type dans mon dos.

La jeune femme suffoque. Elle souhaiterait revenir en arrière, ravaler cette phrase dévastatrice qui a mis le feu aux poudres. Mais il est trop tard, l'incendie est en train de tout ravager.

— Et c'est quoi, la suite du programme ? poursuit Noé, impitoyable. Tu ne crois quand même pas que je vais accepter de jouer à ce petit jeu ? Un homme sur chaque continent, c'est ça que tu veux ?

Lila pleure en silence.

— Non, ce n'est pas ce que je veux, lui répond-elle d'une voix à peine audible.

— Mais tu n'envisages pas d'arrêter de voir ce gars, c'est bien ça ?

Elle n'arrive pas à répondre. Son mensonge est tellement énorme qu'il l'étrangle. Son silence suffit à Noé.

— C'est très clair. C'est donc moi qui dois dégager.

Lila sanglote au bout du fil, mortifiée par la haine qu'il lui voue désormais.

— Je n'en reviens pas que tu sois lâche au point de ne même pas être capable d'assumer ta liaison, crache-t-il entre ses dents.

Elle mérite son mépris, mais pas pour les raisons auxquelles il pense.

— Je suis désolée.

— Tu parles ! C'est moi qui suis désolé d'avoir perdu mon temps avec toi.

Il laisse planer un silence.

— Adieu, Lila.

Avant qu'elle puisse ajouter le moindre mot, il raccroche.

Elle fixe son téléphone inerte dans ses mains, horrifiée par ce qu'elle a fait. Ses larmes coulent sans retenue, elles tombent en pluie soutenue sur l'écran noir qu'elle ne parvient pas à lâcher, comme s'il s'agissait de son dernier lien avec Noé et qu'il serait rompu à jamais quand elle reposerait son portable. Mais il n'y a plus rien à espérer. Elle a brisé leur histoire pour reprendre sa liberté, mais surtout la liberté de boire.

Elle lève la tête vers la bouteille qui l'attend sur la table devant elle. Elle l'attrape par le goulot et la porte à sa bouche pour avaler une grande gorgée. Puis une autre, et une autre encore.

Après tout, elle a obtenu ce qu'elle voulait. Elle va maintenant pouvoir boire de tout son soûl, sans personne pour la déranger. Oui, c'est tout ce qu'elle demandait. Au léger détail près qu'elle vient de sacrifier l'amour de sa vie pour atteindre son but.

13.

Lila passe la journée suivante en mode automate. Elle est incapable d'avaler quoi que ce soit. Son estomac se montre réticent à l'idée de recevoir la moindre nourriture.

Louise s'inquiète pour elle. Son état de santé se dégrade à vue d'œil. Même Cass semble se faire du souci. Mais Lila leur sert l'excuse désormais habituelle du vilain virus qui fait de la résistance.

Elle essaye de chasser de son esprit sa conversation avec Noé. Elle n'arrive pas à réaliser qu'elle ne le reverra plus, et qu'il doit la détester après ce qu'elle a osé lui faire. Cette simple idée lui donne la nausée. Elle se sent monstrueuse.

Le soir venu, Louise la met à la porte. Refusant son aide pour fermer la boutique, elle lui ordonne d'aller se reposer. Mais effrayée par la solitude, Lila préfère rejoindre Eliott.

— Salut toi ! l'accueille-t-il avec entrain. Tu arrives tôt ce soir !

Son enthousiasme est douché par la mine sombre de la jeune femme. Elle s'assoit devant le comptoir sans un mot. Eliott attrape un verre qu'il remplit de son rhum favori et le fait glisser jusqu'à elle.

— Je finis de tout mettre en ordre et je suis à toi.

Lila prend une grande gorgée pendant qu'il ferme le bar derrière les derniers clients. Il expédie son rangement avant de s'installer avec elle.

— Désolée, s'excuse-t-elle, je ne vais pas être de très bonne compagnie ce soir.

— J'apprécie toujours ta compagnie, la rassure Eliott.

Elle fixe un point au loin, absorbée par ses idées noires. Son ami pose une main sur la sienne pour la tirer de ses pensées. Elle sursaute à son contact.

— Qu'est-ce qu'il t'arrive ? lui demande-t-il, préoccupé.

— Ça ne va pas fort en ce moment, lui confie-t-elle.

— Je vois ça. Tu as des ennuis ?

Lila descend tout le contenu de son verre pour se donner du courage.

— Je… C'est terminé avec Noé.

C'est la première fois qu'elle le formule à voix haute. Cet aveu se révèle très désagréable à dire et à entendre.

— Je suis désolé, compatit Eliott.

Elle lui adresse un sourire triste.

— Vraiment ?

C'est au tour de son ami de sourire.

— Non, pas vraiment. Je n'aimais pas ce type.

— Tu ne le connaissais même pas, s'étonne Lila.

Eliott l'observe intensément.

— Je m'en fous. Il sortait avec toi, c'est ça que je ne supportais pas.

Lila ne lâche pas son regard. Elle a besoin de sentir que quelqu'un tient à elle.

— Tu veux dire que…

Elle laisse sa phrase en suspens. Eliott la fixe toujours. Il pèse rapidement le pour et le contre : il n'aura pas de meilleure occasion de lui avouer ses sentiments. Ce n'est peut-être pas le moment idéal, alors qu'elle vient juste de rompre avec son petit ami. Mais il ne va quand même pas attendre qu'un autre gars entre dans sa vie avant de se déclarer.

— Tu sais très bien ce que je veux dire.

Il se penche vers elle et l'embrasse. Sa bouche, d'abord douce, se fait plus rude, alors qu'il ne réussit plus à contenir son attirance pour elle.

Après un instant d'hésitation, Lila se laisse faire. Elle souhaite juste oublier qu'elle est anéantie, oublier qu'elle a fait souffrir l'homme qu'elle aime. Elle ferme les yeux et tente de ne pas penser aux étincelles que déclenchaient les caresses de Noé sur sa peau.

Elle se fait violence pour rester concentrée sur Eliott qui la désire ardemment. Elle se presse contre son torse et lui rend son baiser enflammé. Pour ce soir, elle sera à lui.

Il l'entraîne vers son bureau à l'arrière de la brasserie. Ils s'allongent sur le canapé installé dans un coin de la pièce, sans cesser de s'embrasser. Leurs vêtements atterrissent sur le sol les uns après les autres. Leur étreinte est sauvage, Lila répond à l'envie de son ancien amant avec fougue. Son corps s'abandonne au plaisir et son cerveau occulte un instant sa tristesse.

Cependant, le répit n'est que passager. Lorsque la fièvre s'apaise, Lila subit de plein fouet le retour de flamme. Elle vient de tromper Noé. Ils ont beau être séparés, à cause de ses mensonges, elle a l'impression d'avoir commis un adultère, parce que son cœur appartient toujours à cet homme à l'autre bout du monde, même s'il doit la détester.

Elle essaye de masquer son trouble pour ne pas blesser Eliott, mais elle ne peut rester plus longtemps à ses côtés. Il l'observe amoureusement tandis qu'ils ramassent leurs habits.

— Je suis content qu'on se soit retrouvés, lui déclare-t-il en arborant un air satisfait.

Lila lève la tête vers lui, interdite.

— Qu'on se soit retrouvés ? Non, Eliott, on ne s'est pas retrouvés. Ce qu'on vient de faire, c'était... juste comme ça. Ça ne veut rien dire.

Il accuse le coup.

— Arrête, tu ne peux pas dire ça, proteste-t-il. On s'est beaucoup rapprochés ces dernières semaines. Toutes ces soirées ensemble...

Elle balaye son argument d'un revers de la main.

— Ça n'a rien à voir, c'est parce que j'avais besoin de...

Elle s'interrompt avant d'aller trop loin. Lui avouer qu'elle passait du temps avec lui pour boire serait une énorme bêtise, et ça lui ferait trop de mal.

— C'est parce que j'avais besoin d'un ami, parce que je me sentais un peu seule, OK ? Ça s'arrête là.

Il semble aussi blessé que si elle l'avait frappé.

— Comment peux-tu me faire ça ? l'implore-t-il. Tu sais ce que je ressens pour toi, tu ne peux pas me dire que ce qu'il vient de se passer ne compte pas.

Et pourtant... Elle doit l'empêcher de se bercer d'illusions.

— Je suis désolée, mais je crois qu'on va en rester là.

Il prend sa tête entre ses mains et la congédie sans même lui accorder un dernier coup d'œil.

— Va-t'en !

Lila finit de se rhabiller, ravagée par la honte. Elle n'ose pas regarder vers Eliott et sort précipitamment du bar. Elle marche à grandes enjambées vers son appartement, la vue brouillée par les larmes. Elle se dépêche de rentrer, et sitôt arrivée, elle se rue aux toilettes pour vomir.

Elle prend ensuite une longue douche brûlante pour essayer de se nettoyer, mais le dégoût de soi ne s'efface pas avec de l'eau chaude.

Elle a utilisé Eliott, d'abord pour boire encore et encore, puis pour oublier Noé et la souffrance qu'elle lui a causée. Elle se répugne. Comment peut-elle être à ce point égoïste et se servir des autres de la sorte pour obtenir ce qu'elle veut ? Son comportement est immonde.

Elle pleure aussi sur tout ce qu'elle a osé faire à Noé. À une journée près, le mensonge inventé pour le repousser n'en est déjà plus un.

14.

Lila a été obligée de s'assommer d'alcool pour trouver le sommeil. Elle s'est mise dans un tel état que le lendemain, elle oublie de se réveiller pour aller au travail. C'est un coup de fil inquiet de Louise qui la tire de ses cauchemars.

Elle s'extirpe du lit avec difficulté et passe rapidement par la salle de bain avant de se rendre à la boutique. Sa collègue est catastrophée de la voir débarquer avec une mine aussi défaite.

— Mon Dieu, Lila, qu'est-ce qu'il t'arrive ? lui demande-t-elle, incapable de rester silencieuse plus longtemps devant sa descente aux enfers.

Elle semble sincèrement inquiète.

— Tu es malade, c'est ça ? Je peux très bien m'occuper de la boutique si tu préfères rentrer chez toi.

— Non, ce n'est pas ça.

Pourquoi garder tous ses secrets ? Louise va bien finir par se rendre compte que Noé ne fait plus partie de l'équation. Autant crever l'abcès dès maintenant et lui parler au moins de ça, afin de faire diversion et occulter tout le reste.

— J'ai rompu avec Noé, se décide-t-elle à lui révéler. On va dire que j'ai un peu de mal à m'en remettre.

Quel doux euphémisme...

— Oh, Lila, je suis tellement désolée pour toi, la plaint Louise, attristée d'apprendre leur séparation.

Ils avaient l'air si épris l'un de l'autre, ils étaient si bien assortis. Elle se demande ce qu'il a bien pu se passer pour qu'ils en arrivent à cette extrémité. Est-ce à cause de l'éloignement ? Mais elle ne pose aucune question. Sa réserve naturelle l'enjoint à soutenir Lila sans chercher à en savoir plus.

— Qu'est-ce que je peux faire pour t'aider ? l'interroge-t-elle avec empathie.

— Pas grand-chose, mais merci quand même.

Afin de la rassurer, Lila tente une pointe d'humour.

— Si tu as peur que ma tronche de déterrée effraye les clients, je m'enfermerai dans l'atelier avec Cass.

Elle n'est pas décidée à partir. Il est inenvisageable qu'elle tourne en rond dans son appartement, elle ne pourrait que sombrer davantage.

— Ne dis pas de bêtise, proteste Louise, tu sais bien qu'ils viennent tous pour toi.

Mais ce temps-là est révolu. Devant l'humeur dépressive de Lila, les habitués préfèrent faire appel à la petite nouvelle, qui a trouvé sa place à force de gentillesse et d'attention. Elle est finie, l'époque où Lila régnait en maîtresse des lieux. Désormais, les gens la fuient. Ils venaient chercher sa lumière, ils ne veulent pas se retrouver plongés dans l'ombre.

Lila encaisse le choc. Et la perspective d'une autre confrontation la perturbe. Toute la matinée, elle appréhende de voir Eliott lorsqu'il lui déposera son déjeuner.

Il règle le problème à sa manière : il préfère envoyer l'un de ses collègues le lui amener à sa place. Visiblement, il ne veut plus avoir affaire à elle.

Elle rattrape l'employé du bar sur le pas de la porte : elle lui demande de lui rapporter sa note quand il reviendra dans l'après-midi pour récupérer son plateau. Les menus de la brasserie, c'est terminé pour elle. De toute façon, elle n'a plus les moyens de se payer ce luxe, avec son compte qui vire au rouge foncé. Elle se débrouillera autrement. Elle pourra même sauter un repas de temps en temps, vu que son estomac joue les capricieux.

Le soir, en sortant de la boutique, elle jette un coup d'œil désabusé vers le café. Aller boire un verre là-bas n'est plus d'actualité. Ça non plus, elle n'y a plus droit. Ce qui veut dire que son budget déjà fortement contraint va devoir également servir à payer sa ration quotidienne d'alcool. Elle se dirige vers l'épicerie pour acheter de quoi noyer sa détresse.

— On a des invités à la maison ce soir ? la questionne le commerçant avec bienveillance.

— Oui, c'est ça, élude Lila avant de s'enfuir.

Sa vie entière est un énorme mensonge. Il faudra qu'elle prenne soin d'aller se ravitailler ailleurs pour ne pas éveiller les soupçons. Dans un endroit plus éloigné, moins familier. Un endroit où elle ne sera pas Lila, la fleuriste du quartier, que tout le monde connaît, mais une cliente anonyme.

De son côté, Noé s'est effondré. Il passe par tous les états : le déni, l'abattement, la frustration, la colère, le dégoût. Lila lui a arraché une partie de son cœur en le trompant. Il l'aimait, comme il ne se serait jamais cru capable d'aimer quelqu'un. Il voulait éviter ça à tout prix, il se doutait que l'attachement risquait de le conduire à la souffrance. Pourtant, il a accepté de la suivre dans cette histoire, d'assumer ses sentiments et de la laisser entrer dans sa vie. Et voilà où ça l'a mené.

Il ne cesse de ressasser leurs dernières conversations. Comment a-t-il fait pour ne se rendre compte de rien ? Son amour pour elle l'a aveuglé. Mais c'est terminé, il ne se fera plus avoir comme ça. Il va revenir à ce qu'il sait faire de mieux, passer d'une femme à une autre pour ne plus souffrir, oublier Lila et ne plus prononcer son nom, faire comme si elle n'avait jamais existé.

Après une semaine passée à s'apitoyer sur son sort, il se résout à combattre le mal par le mal : il accepte l'invitation de ses collègues pour aller boire un verre. Puisqu'il paraît qu'il est célibataire, autant profiter de la vie. Il est bien décidé à vérifier si son légendaire pouvoir de séduction fonctionne encore, et si les Américaines ne sont pas immunisées contre le charme à la française.

15.

Voilà plusieurs jours qu'Eliott rumine. Qu'est-ce qu'il lui a pris de s'énerver comme ça après Lila et de la jeter dehors de cette façon ? Elle venait tout juste de se séparer de ce type et il l'a brusquée, c'était idiot de sa part.

Il rêvait depuis des mois de la retrouver et de lui faire l'amour, et quand enfin ce petit miracle se produit, il trouve le moyen de lui faire une scène ! Si Lila avait juste envie de s'amuser, pourquoi pas, après tout ? Il suffisait de la laisser se remettre de sa rupture avant de parler d'avenir.

Comme un con, il a boudé le lendemain au lieu d'aller s'expliquer avec elle. Et maintenant, elle le fuit, il ne la voit plus. La semaine suivante, il veut renouer le contact avec elle, mais elle est absente. Louise, désolée, lui apprend qu'elle est en congé. Ça l'étonne. Si elle ne sort plus avec ce gars, pourquoi continue-t-elle sur ce rythme ? Elle n'a plus besoin de toutes ces vacances.

Lila aurait souhaité que ce soit possible, mais elle connaît les finances du magasin. L'embauche d'une troisième fleuriste a fortement entamé la trésorerie, il n'est pas envisageable qu'elle reprenne à plein temps.

Ce qui veut dire que cette semaine qu'elle aurait dû vivre dans les bras de Noé, à s'aimer à n'en plus finir, elle doit la passer seule, en tête à tête avec l'alcool, à broyer du noir. Sa consommation ne fait que s'amplifier au fil du temps, car plus elle s'enivre, plus elle a besoin de boire pour s'étourdir et cesser de se mépriser.

Elle commence au réveil, pour ne plus s'arrêter jusqu'au soir. Dès qu'elle sent une pointe de lucidité refaire surface, elle reprend un verre. Elle ne veut surtout pas réfléchir ni affronter ses ennuis. Elle ne saurait comment y faire face. Elle se déteste, elle ne supporte plus son reflet dans la glace. Elle n'y voit que l'image de celle qui a brisé son couple, qui a blessé Noé et qui l'a sorti de sa vie. Elle crève d'envie de lui téléphoner pour lui avouer la vérité, lui crier qu'elle tient toujours à lui et le supplier de lui pardonner ses mensonges.

Mais elle ne peut pas. Parce qu'elle l'a trompé avec Eliott. Et parce qu'il est impossible qu'il puisse encore aimer l'ivrogne qu'elle est devenue. Alors elle boit, pour oublier qu'elle a tout foutu en l'air.

Pour ne rien arranger, son compte bancaire se vide aussi vite que ses bouteilles. Elle a réussi tant bien que mal à payer son loyer du mois de mars, mais sa situation est catastrophique. Et puisqu'il est hors de question qu'elle tire un trait sur l'alcool, elle renonce à tout le reste, y compris la nourriture. À vrai dire, ce n'est pas très difficile, ses intestins ne semblent plus aptes qu'à recevoir du liquide.

C'est un calvaire de devoir reprendre son poste le mardi suivant. Elle sait que son apparence va alarmer ses collègues, mais elle ne peut rien faire pour l'améliorer. Elle est incapable de masquer les poches qui cernent ses yeux. Ses joues sont creusées, ses pommettes saillantes. Elle fait vraiment peur à voir. Mais elle n'a pas le choix, elle doit assurer au travail. Perdre son emploi serait la fin de tout.

Pour se donner du courage, elle boit plusieurs verres de vodka avant de sortir de chez elle. Elle rejoint le magasin d'une démarche titubante.

Alors qu'elle ouvre le rideau métallique, avec difficulté tellement les forces lui manquent et ses gestes sont désordonnés, elle entend quelqu'un s'approcher. Elle se retourne et aperçoit Eliott, qui visiblement guettait son arrivée. Il a un mouvement de recul en découvrant son visage. Elle déteste le regard de pitié qu'il pose sur elle.

— Lila, bon sang, qu'est-ce qu'il se passe ? s'inquiète-t-il.

Il ne s'attendait pas à la trouver si mal-en-point. Elle n'avait pas l'air en grande forme ces derniers temps, mais là son état est devenu préoccupant.

— Qu'est-ce que tu me veux ? le tance-t-elle d'une voix pâteuse.

Les mots sortent difficilement, comme si elle ne se rappelait plus comment construire des phrases. Elle n'a pas l'énergie nécessaire pour jouer la comédie. La dernière chose qu'elle souhaite est de lui faire la conversation et de lui présenter des excuses pour ce qu'elle lui a fait. Elle désire simplement qu'il la laisse tranquille.

— Je voulais juste savoir comment tu allais, lui répond Eliott pour se justifier.

Il refuse de reconnaître l'évidence, lui qui pourtant a déjà eu affaire à l'alcoolisme à plusieurs reprises au bar. L'idée que Lila puisse être confrontée à ce fléau ne lui effleure même pas l'esprit.

— Ça va très bien, OK ? réplique-t-elle d'un ton abrupt. Tu permets que je me mette au boulot ?

Il comprend qu'il ne sert à rien d'insister.

— Je retourne à la brasserie. Est-ce que tu as besoin que je t'apporte ton déjeuner ce midi ?

Elle lui jette un regard blasé.

— J'ai dit à ton collègue que c'était terminé. Il ne t'a pas passé le message ?

— Si, mais je pensais…

— Eh bien, tu pensais mal !

Elle met un terme à leur conversation en refermant la porte derrière elle. Mais elle n'en a pas fini avec les explications. La réaction de Louise à son arrivée est encore plus violente. Elle essaye de la renvoyer chez elle, mais Lila refuse. La boutique est la dernière chose à laquelle elle se raccroche, même s'il est difficile de faire semblant devant les clients.

Cependant, même les habitués ne paraissent plus très enclins à faire appel à ses services. C'est comme si elle était devenue transparente, une sorte de fantôme désœuvré errant dans le magasin.

Heureusement, elle a apporté des munitions : une bouteille d'eau qu'elle a remplie de vodka pour rester discrète. Elle prend régulièrement quelques gorgées pour faire face à la situation. Cette attitude éveille les soupçons de Louise. Toute la journée, elle observe sa collègue se raccrocher à sa boisson. En mettant en parallèle cette manie avec l'apparence physique de Lila, elle finit par comprendre. Elle est horrifiée par sa découverte. Elle n'ose pas lui en parler. Si elle se trompait ? Malgré les signes évidents, elle préférerait avoir tort.

Lila ne se doute pas de la clairvoyance de la jeune femme. Elle tente juste de tenir le coup, mais elle sombre. Sa vie est un champ de ruines. Elle avance péniblement au jour le jour, sans entrevoir la moindre lueur d'espoir au bout du tunnel.

16.

Raphaèle s'ennuie. Cela fait deux mois qu'elle est alitée et elle n'en peut plus de ne rien faire. Par un aussi beau dimanche de printemps, elle aurait dû se lever tôt pour aller chiner aux puces avec Clément. Ils auraient pris un brunch en amoureux puis ils auraient enchaîné avec une balade sur les bords de Seine ou en forêt.

Mais au lieu de cela, elle végète sur son canapé. Interdiction formelle de bouger. Elle sait que c'est pour le bien du bébé, mais les jours lui paraissent d'une longueur affligeante.

Son portable est devenu son meilleur ami pour tuer le temps. Elle passe des heures à traîner sur les réseaux sociaux ou à téléphoner à ses proches. D'ailleurs, elle réalise que cela fait des lustres qu'elle n'a pas parlé avec Noé et Lila. Les tourtereaux sont si occupés à roucouler qu'ils en oublient de donner signe de vie !

Raphaèle calcule rapidement afin de vérifier si c'est une heure décente pour appeler la Californie. Il est dix heures là-bas, c'est le week-end donc elle ne risque pas de déranger son ami au bureau. Et s'il envisageait de faire la grasse matinée, c'est tant pis pour lui !

— Salut l'Américain ! lance-t-elle joyeusement lorsque Noé décroche au bout de quelques sonneries.

— Salut Raph, répond-il avec beaucoup moins d'entrain.

— Alors, tu dois être drôlement débordé pour ne même pas penser à passer un coup de fil de temps en temps, le taquine-t-elle.

— On va dire ça.

Il n'a aucune envie de lui parler. Elle n'a rien fait de mal, cependant elle lui rappelle trop quelqu'un qu'il essaye désespérément d'effacer de sa mémoire.

— Raconte-moi tout, poursuit Raph pour lui tirer les vers du nez, c'est pour quand ton prochain voyage parisien ? Ça me ferait plaisir de te voir, mais ce n'est pas moi qui vais pouvoir faire le trajet !

— Je n'en sais rien. Ce n'est pas d'actualité pour le moment.

Il ne compte pas remettre les pieds en France de sitôt.

— Alors c'est Lila qui vient te rendre visite bientôt ? s'enquiert Raph.

Noé tique en entendant ce nom.

— Elle ne vous en a pas parlé ?

Raphaèle est perdue.

— Parlé de quoi ?

— Incroyable ! Tout ça ne voulait vraiment rien dire pour elle si elle n'a même pas pris la peine de vous prévenir.

Son amie s'inquiète de son ton sec.

— Noé, que s'est-il passé ?

— C'est terminé.

— Qu'est-ce qui est terminé ?

— Notre…

Il s'apprêtait à dire « *notre couple* », mais est-ce qu'ils n'en ont jamais formé un, au regard de la façon dont Lila s'est moquée de lui ?

— Elle et moi, finit-il par lâcher.

— Qu… Quoi ? bégaye Raph, sonnée par la nouvelle.

— Si tu veux plus de détails, tu n'auras qu'à lui en demander. Moi, je n'ai plus envie d'entendre parler d'elle. Fin de l'histoire.

Raphaèle n'en revient pas. Lila et Noé avaient l'air tellement heureux tous les deux. Elle souhaiterait comprendre, mais l'agressivité de Noé n'engage pas à poursuivre, ni sa façon de cracher le mot « *elle* » entre ses dents pour ne surtout pas prononcer son prénom.

— Je suis désolée de l'apprendre. Est-ce que tu vas bien ? l'interroge-t-elle avec sollicitude.

— À merveille, rétorque son ami, ouvertement sarcastique.

Elle en doute, et elle craint de deviner comment il trompe sa solitude.

— J'espère que tu ne fais pas de bêtise ? le houspille-t-elle dans un élan maternel.

— Raph, ne pose pas de question si la réponse risque de te déplaire, OK ?

Il sait très bien qu'elle n'a jamais approuvé sa façon d'enchaîner les aventures sans prendre le temps de s'attacher, mais la tournure des évènements avec Lila lui a prouvé qu'il valait mieux se cantonner à des coups d'un soir. Il n'a aucune envie de devoir justifier son comportement à Raphaèle. Le lien de parenté de son amie avec son ancienne maîtresse lui retire d'ailleurs tout droit de lui faire la morale.

— Est-ce que tu m'autorises au moins à me faire du souci pour toi ?

— Pas la peine, la rabroue-t-il, je te dis que je vais très bien. Prends plutôt soin de toi et de ton bébé.

Il semble enfin se rappeler sa situation.

— Comment se passe ta grossesse ?

Ils échangent quelques banalités avant de raccrocher. Raphaèle est ébranlée par la découverte de leur séparation. Elle était pourtant persuadée qu'ils étaient faits l'un pour l'autre, et leur bonheur quand ils étaient ensemble crevait les yeux. Elle ne comprend pas. Elle décide d'appeler Lila pour en savoir un peu plus.

En voyant son nom sur l'écran, la jeune femme hésite à décrocher. Mais elle ne peut décemment pas faire la morte, Raph a peut-être un problème.

La future mère choisit de jouer franc-jeu avec elle.

— Noé vient de me dire, pour vous deux.

— Ah bon ? Qu'est-ce qu'il t'a raconté ? se renseigne Lila.

— Juste que vous avez rompu, c'est tout.

Elle respire mieux, Raphaèle n'est pas au courant de sa prétendue liaison.

— Je n'ai pas très envie d'en parler.

— Je m'en doute. Mais ça va, toi ?

Lila a un rire triste. Si sa belle-sœur l'avait en face d'elle, elle serait vite fixée sur son état lamentable.

— Ça va, rassure-toi.

La même réponse vague que Noé. Raphaèle ne la trouve pas plus convaincante que son ex-compagnon. Elle tente une autre approche.

— Ça fait longtemps qu'on ne t'a pas vue. Ça te dirait de nous rendre une petite visite demain, puisque c'est ton jour de repos ?

Lila frissonne. Il est hors de question de se soumettre à leurs regards inquisiteurs. Ils seraient capables de deviner ce qu'il se passe.

— Il ne vaut mieux pas. J'ai attrapé un mauvais virus qui ne veut pas me lâcher. Je ne voudrais pas risquer de te le refiler.

Ce fameux bon vieux virus... Personne ne se doute qu'il porte le vilain nom d'alcoolisme.

Raphaèle n'est pas dupe. Sa voix est bizarre, voilée, elle lui cache quelque chose. Mais elle n'en apprendra pas plus, Lila l'expédie rapidement. Quoi qu'il se soit passé entre Noé et elle, ils n'en sont pas sortis indemnes.

17.

Il est allongé sur le sable brûlant. Elle se repose à ses côtés. Il tourne la tête vers elle. Sous le soleil écrasant, il distingue ses traits délicats. Elle est toujours aussi belle. Elle lui adresse un sourire radieux. Il ne résiste pas à l'envie de l'embrasser. Il aime tellement son contact, la douceur de sa peau, la caresse de sa bouche. Il n'y a personne autour d'eux, ils pourraient aller bien plus loin que ce simple baiser. Soudain, elle se met debout, lui envoie un clin d'œil et disparaît sans prévenir, le laissant seul sur la plage. Il commence à la chercher, mais elle n'est plus là. Il se rend compte qu'il tourne en rond et que cette île minuscule est déserte. Il est perdu au milieu de nulle part. Elle l'a abandonné sans lui accorder la moindre chance de s'en sortir...

Noé se réveille en sursaut. Il est en sueur. Il dévisage la femme qui dort paisiblement à côté de lui. Ce n'est pas celle de son rêve. Il est rare qu'il se fasse surprendre par le sommeil dans un autre lit que le sien, cependant cette fois il n'a pas tenu le coup. Il est épuisé par ses nuits trop courtes.

Il se lève sans bruit, récupère ses affaires, s'habille en vitesse et quitte l'appartement en refermant discrètement la porte derrière lui. Il ne reverra jamais sa maîtresse d'un soir, dont il a déjà oublié le prénom.

Il décide de faire le trajet à pied, il n'habite pas très loin. Il marche d'un bon pas pour achever de se réveiller. Il se rappelle la conversation qu'il a eue avec Raphaèle dans l'après-midi. Quand il pense qu'elle n'a même pas daigné avertir son frère et sa belle-sœur… Elle s'est moquée de lui jusqu'au bout. Il a bien fait de reprendre sa vie en main.

Fini de jouer les hommes fidèles et attentionnés. Puisqu'elle a choisi de lui rendre sa liberté, de la pire des manières qui soit, il est bien résolu à profiter de son statut de célibataire.

Alors il sort. Très souvent. Il s'amuse. Il drague. Et il conclut. Il est devenu la coqueluche des Américaines. C'est tellement facile. Ses copains l'idolâtrent, ils veulent tous connaître son secret. Mais il n'y en a pas. Pourtant, il ne repart jamais bredouille.

Dans les premiers temps, il a fait l'erreur d'amener des femmes à son domicile. Mais il était toujours délicat de les mettre à la porte en pleine nuit après leurs ébats. Certaines se sont vexées d'être congédiées, malgré le taxi que Noé appelait systématiquement pour qu'elles rentrent en sécurité.

Quand l'une d'elles a manifesté le désir de le revoir, en le relançant jusqu'au pied de son immeuble, il a préféré changer de stratégie. Depuis, ils vont chez ses conquêtes. Ainsi, il peut s'éclipser sans avoir de comptes à rendre.

Il ne cherche rien de sérieux, surtout pas. Il veut juste s'étourdir en passant d'un lit à l'autre, jamais deux fois le même. Il n'a pas besoin de forcer son talent, il a toujours connu beaucoup de succès auprès des femmes.

Il essaye d'oublier le mal qu'elle lui a fait, en vain. Il a l'impression d'être la victime d'une immense farce du destin. Il était tellement amoureux d'elle. Il s'était pris à imaginer un avenir ensemble. Des choses qu'il n'aurait jamais envisagées, comme s'engager, avoir des enfants. Cette idée lui paraissait inconcevable avant de la rencontrer, mais avec elle tout devenait possible. Leur histoire lui avait même offert une famille.

Et d'un coup, du jour au lendemain, il a tout perdu. Il pensait qu'elle l'aimait. Malgré tout, elle n'a pas hésité à le trahir, à le tromper avec ce type, cet hypocrite dont il s'était méfié dès le début.

Il ne veut plus jamais avoir affaire à elle. Il n'a même plus envie d'entendre parler de Raphaèle, son amie de toujours, et encore moins de Clément. Il fait tout ce qu'il peut pour l'effacer de sa vie. Et ça s'avère très compliqué, parce que malgré l'horreur de ce qu'elle lui a fait, elle refuse de le laisser tranquille. Elle hante ses nuits. Il se réveille chaque matin dévasté par des rêves dans lesquels elle apparaît sans cesse, tantôt charmeuse, tantôt venimeuse. Il n'en peut plus de la voir débouler dès qu'il ferme les yeux, il voudrait lui crier de lui foutre la paix une bonne fois pour toutes.

Il s'est fait avoir par une illusion, manipulé par ses émotions. Mais cela n'arrivera plus. Seule la colère a cours désormais. Elle est devenue sa nouvelle compagne. Elle ne le quitte plus. Elle est toujours là, tapie au fond de son cœur. Elle se met parfois en sourdine, mais elle reste présente, pour lui rappeler de ne plus jamais faire confiance.

Une liaison. Il trouvait ça inconcevable de sa part, et en même temps ça expliquait tout : la distance qu'elle instaurait entre eux, son refus de le voir débarquer pour un week-end. Elle voulait pouvoir se faire sauter tranquillement par ce connard sans être dérangée par son petit ami. Son petit ami… Est-ce que ce mot n'a jamais signifié quoi que ce soit à ses yeux ? Est-ce qu'elle n'a jamais accordé un minimum de valeur à leur relation ?

Il doit arrêter de se torturer avec toutes ces questions, arrêter de chercher à comprendre pourquoi elle s'est comportée comme ça avec lui.

Demain soir, il ira retrouver des collègues dans un bar. Il s'autorisera à boire un verre ou deux, car il n'a plus à faire attention à la ménager. Et puis il fera du charme à une femme, il la raccompagnera chez elle et il couchera avec elle avant de rentrer à son appartement pour finir la nuit. Libre.

18.

Alors que Noé s'imagine qu'elle file le parfait amour avec Eliott, Lila poursuit sa descente aux enfers. Elle pensait déjà avoir touché le fond, pourtant sa chute inexorable continue.

En ce début avril, elle atteint un nouveau palier dans la déchéance : se sachant incapable de payer son loyer, elle annule le virement prévu. Elle se demande à quoi cela rime de faire ça, il y aura forcément un moment où elle devra rendre des comptes. Mais elle a paré au plus pressé.

Il ne faut pas longtemps à l'agence de location pour s'alerter et essayer de la contacter. Ces sollicitations viennent s'ajouter à celles du banquier qui devient chaque fois plus menaçant. Lila se met à filtrer ses appels. Elle ne trouve pas d'explications à fournir, elle n'a aucune idée de la façon dont elle va pouvoir s'en sortir. Alors elle ne répond plus à son téléphone. Ça lui évite d'avoir à inventer des prétextes bidons pour calmer les colères légitimes de chacun.

En désespoir de cause, son bailleur contacte Clément qui s'est porté garant pour elle. Celui-ci tombe des nues en apprenant ce qu'il se passe.

— Vous êtes certain que ça concerne ma sœur ? demande-t-il, persuadé qu'il doit s'agir d'une méprise.

— Oui, lui confirme son interlocuteur. Nous tentons de la joindre depuis dix jours, sans aucune réponse. Si la situation n'est pas régularisée rapidement, nous serons obligés de faire intervenir un huissier pour réclamer la somme due.

— Non, inutile d'en arriver là, l'arrête Clément, je vais vous faire un virement dès maintenant.

Il note les coordonnées bancaires sur un post-it avant de raccrocher. Dans la foulée, il appelle Lila, mais il tombe sur son répondeur. Il réessaye plusieurs fois dans l'après-midi, sans plus de réussite. Ce silence radio commence à le stresser. À bien y réfléchir, cela fait plusieurs semaines qu'elle ne lui a pas donné de nouvelles. Lorsqu'il a appris sa rupture avec Noé, il a cherché à la joindre sans succès. Sa femme l'a convaincu de ne pas insister, Lila devait avoir besoin de digérer cette séparation. Il n'était pas persuadé que ce soit une bonne idée de la laisser seule avec sa tristesse, mais il avait tellement de choses à gérer, avec les problèmes de Raphaèle, qu'il n'a pas persévéré.

Il décide de faire un crochet par l'appartement de sa cadette. Il attendra dix-neuf heures trente, pour avoir une chance de la trouver chez elle, plutôt qu'à la boutique.

Quand il se présente chez Lila, il a eu le temps d'échafauder tout un tas de théories pour justifier le comportement de sa cadette, mais aucune qui ne soit à même de le rassurer. Il tambourine contre le battant avec énergie. Au bout d'une minute, elle vient lui ouvrir, la chaîne de sécurité toujours en place. Elle reste cachée derrière la porte, mais le peu qu'il aperçoit d'elle finit de l'inquiéter.

— Salut. Qu'est-ce que tu fais là ? le questionne-t-elle, surprise de le voir.

— Je voudrais te parler. Laisse-moi entrer s'il te plaît.

— Non, répond-elle en essayant de se soustraire à son inspection.

Clément note son attitude fuyante. Il s'approche de l'entrebâillement.

— Ton propriétaire m'a appelé. Il paraît que tu ne payes plus ton loyer ?

Merde. Elle n'avait pas envisagé qu'il serait mis au courant. Voilà qui ne va pas arranger ses affaires. Il s'obstine.

— Lila, ouvre-moi tout de suite !

La jeune femme sent des palpitations dans sa poitrine. Elle n'est pas en mesure de se battre contre lui. Mais son frère n'est pas décidé à la laisser tranquille.

— Ouvre-moi, répète-t-il, ou j'enfonce la porte.

Il le fera, elle en est certaine. La boule au ventre, elle consent à le faire entrer.

Clément pénètre dans le studio avant qu'elle change d'avis. Il se tourne vers elle et reste sidéré par ce qu'il découvre. Elle est maigre à faire peur, il ne l'a jamais vue dans cet état. Elle se recroqueville sur elle-même, les bras croisés devant sa poitrine, et se ronge les ongles. Il ne peut que constater les dégâts, et c'est horrifiant. Ses yeux terrorisés sont enfoncés dans leurs orbites, elle ressemble à un animal blessé, à bout de force.

— Mon Dieu, qu'est-ce qu'il t'est arrivé ?

Lila sent l'exaspération la gagner. Encore et toujours de la pitié. Pourquoi sont-ils tous incapables de ravaler leur commisération ? Après tout, elle n'a sollicité personne.

— Je suis patraque depuis quelque temps, mais ça va passer.

Comment peut-elle espérer qu'il va gober ce bobard ? Elle jette un regard paniqué en direction du meuble où elle dissimule ses réserves. Clément capte son coup d'œil furtif.

— Qu'est-ce que tu me caches ?

— Rien du tout !

Il ne faut pas qu'il devine qu'elle a replongé, sinon il va lui pourrir la vie. Mais il ne l'écoute pas. Il se dirige vers la cuisine avant qu'elle ait le temps de réagir et ouvre le placard. Il découvre alors les bouteilles de Lila. Il les contemple un instant puis il en saisit une et la brandit sous le nez de sa sœur.

— Tu peux m'expliquer ce que c'est que ça ? gronde-t-il dans un accès de colère.

— Je te pensais plus malin, le provoque-t-elle pour se défendre.

— Arrête de te foutre de moi ! rugit Clément.

Il ne parvient pas à y croire. Ce n'est pas possible qu'elle ait recommencé, pas après l'enfer qu'ils ont connu huit ans plus tôt. Pourtant, ça explique l'état lamentable dans lequel elle se trouve. Une ivrogne, voilà ce qu'il a sous les yeux.

— Est-ce que je dois te rappeler comment ça s'est terminé la dernière fois ? l'invective-t-il. Tu veux revivre ça ? Ou peut-être que tu vises d'y rester ce coup-ci ?

Elle était passée si près de la mort, comment a-t-elle pu oser retomber dans ses travers ?

— Je ne t'ai rien demandé, riposte Lila, alors fous-moi la paix.

— Tu crois que je vais te regarder sombrer sans rien faire ?

Il nage en plein cauchemar. C'est insensé. Pourquoi Lila s'est-elle remise à boire après toutes ces années ?

— C'est à cause de ta rupture avec Noé ? tente-t-il de comprendre. Je sais que tu l'aimais beaucoup, la séparation a dû être dure à vivre, c'est pour ça que tu as replongé ?

Il faut toujours qu'il cherche une raison à tout. Lila le dévisage d'un air dédaigneux.

— Tu ne pigeras jamais rien, hein ? Ce n'est pas à cause de Noé que je me suis mise à boire, c'est tout l'inverse.

Ses explications ne font que perturber davantage Clément.

— Qu'est-ce que tu veux dire ?

— C'est parce que j'ai recommencé à boire que j'ai dégagé Noé. Je n'avais pas envie de l'avoir sur le dos, je préférais être tranquille. Il n'a pas été difficile à convaincre, un petit mensonge de rien du tout et il s'est fait la malle.

Lila essaye de ne pas écouter son cœur qui s'emballe à l'évocation de leur rupture. Elle s'approche de Clément et se plante devant lui. Son regard brille d'une haine féroce. Elle s'apprête à lui faire mal, pour qu'il souffre comme elle souffre, afin qu'il s'en aille et ne revienne plus l'accabler.

— Noé n'y est pour rien dans tout ça. Tu veux savoir à cause de qui je me suis rappelé à quel point j'aime l'alcool ? C'est grâce à toi, mon cher grand frère. Grâce à ce verre que je me suis tapé, à Lacanau, pour te faire payer ton comportement d'enfoiré, que j'ai repris goût à la boisson. Félicitations, Clément, tout est ta faute, c'est toi qui m'as aidée à redevenir alcoolique ! Ça t'en bouche un coin, hein ? triomphe-t-elle, hargneuse.

Il recule d'un pas, sonné par le coup qu'il vient de recevoir. Aurait-il vraiment une part de responsabilité dans ce qui est arrivé ? Lila savoure sa victoire, même si elle a un goût amer.

— Rentre chez toi, le chasse-t-elle. Va retrouver Raphaèle et oublie-moi.

Clément n'envisage pas un instant de lui tourner le dos.

— Je ne vais pas t'abandonner.

— Je n'ai pas besoin de ton aide, je vais très bien.

Son mensonge est si énorme qu'il en devient pathétique, mais elle refuse qu'il prenne le contrôle de sa vie.

— Je ne suis plus une gamine, poursuit-elle, tu ne pourras pas m'enfermer comme la dernière fois. Alors, lâche l'affaire et dégage !

Clément voudrait la secouer pour lui faire retrouver la raison. Cependant, il voit bien qu'il est inutile d'insister, elle s'est braquée contre lui. Il devra attendre qu'elle se calme avant de revenir à la charge.

Il se dirige vers la sortie. Sur le seuil de l'appartement, il se retourne une dernière fois vers elle.

— Je vais m'occuper de ton loyer.

— Tu ne devrais pas, persiffle Lila au lieu de le remercier, ça me fera plus d'argent pour m'acheter de l'alcool.

Son air de défi est terrifiant. Rien de ce qu'il pourra dire ou faire ne changera quoi que ce soit à la situation, elle ne veut rien entendre.

— Tu devrais plutôt t'acheter de quoi manger, lui conseille-t-il avant de partir, tu n'as plus que la peau sur les os.

Elle lui claque la porte au nez pour ne plus avoir à supporter ses remontrances et elle se précipite vers la bouteille qu'il a laissée sur la table. Elle doit boire, tout de suite, pour oublier la honte et effacer les reproches.

19.

Pendant le chemin du retour, Clément se repasse en boucle les derniers évènements. Il n'en revient pas. Et pourtant, il en avait l'horrible preuve sous les yeux.

Lorsqu'il arrive à la maison, la voix impatiente de Raphaèle s'élève du salon.

— Il était temps, je meurs de faim ! Tu as pris des pizzas à quoi ? Tu les as demandées sans anchois, j'espère ?

Les pizzas ? Clément contemple ses mains vides. Quand il a prévenu sa femme qu'il rentrerait tard, il lui a précisé qu'il rapporterait le dîner. Encore sous le choc de la découverte de la rechute de Lila, il a oublié de s'en occuper.

Il fait quelques pas pour se poster à l'entrée de la pièce et regarde Raph d'un air hébété. Elle s'alarme en voyant sa tête.

— Que se passe-t-il ? l'interroge-t-elle en se redressant.

Il voudrait lui éviter de s'inquiéter, il devrait la ménager en cette période compliquée. Mais il est impossible de lui cacher la vérité, elle a toujours su deviner ses émotions et elle ne le laissera pas tranquille tant qu'il ne lui aura pas tout dit.

— Lila s'est remise à boire, lâche-t-il dans un souffle.

Raphaèle ouvre de grands yeux.

— Tu n'es pas sérieux ?

Mais jamais Clément ne serait capable de plaisanter sur ce sujet. Elle lui fait signe de venir s'assoir à côté d'elle.

— Raconte-moi tout.

Son mari lui explique le coup de fil de l'agent immobilier, le loyer impayé, son stress en attendant de connaître le fin mot de l'histoire. Le constat alarmant de l'état de sa sœur, sa maigreur extrême, les marques sur son visage. La découverte des bouteilles, et l'aveu de Lila.

Raphaèle est catastrophée par cette nouvelle. Elle n'en revient pas que la jeune femme ait pu replonger. Elle a également très peur de la réaction de Clément. Elle devine qu'il va s'accabler, comme chaque fois qu'il arrive quelque chose à sa cadette.

Effectivement, il est en état de choc et il culpabilise de ne pas s'être rendu compte que les choses dégénéraient, trop obnubilé qu'il était par les complications de la grossesse. Il a relâché sa surveillance et voilà ce qu'il s'est passé.

— Tu sais depuis combien de temps ça dure ? le questionne sa femme.

— Je n'en ai aucune idée.

Maintenant qu'ils y réfléchissent, les dernières fois qu'ils ont vu Lila, elle n'avait pas l'air en grande forme, mais pas au point d'envisager le pire.

— Tu crois que Noé était au courant ? demande encore Raph.

Clément secoue la tête en signe de dénégation.

— Je ne pense pas. Elle m'a dit qu'elle lui a menti pour se débarrasser de lui et pouvoir boire tranquillement.

— Menti à propos de quoi ? s'enquiert son épouse.

— Aucune idée. Mais ce serait ça qui aurait entraîné leur séparation.

Raphaèle était certaine qu'il avait dû se produire quelque chose de grave entre eux pour qu'ils se quittent aussi brutalement.

Clément fixe ses mains, comme s'il leur reprochait son impuissance à aider Lila.

— Elle m'a balancé que tout est ma faute, avoue-t-il à Raph.

— Ta faute ? s'insurge-t-elle. Comment ça ?

— Tu te rappelles à Lacanau ? Le verre qu'elle a pris ? Elle dit que c'est ce qui a tout déclenché.

— Et alors ? s'énerve Raphaèle. Ce n'est pas toi qui l'as forcée à boire ce verre.

— Non, mais elle l'a fait pour me contrarier parce que je m'étais comporté comme un con avec elle. Je suis responsable. Elle me l'a bien fait comprendre.

Raph se penche vers lui et prend son visage entre ses mains.

— Ne fais pas ça.

— Faire quoi ?

— T'accuser de tout ça. Tu n'y es pour rien.

— Mais Lila m'a bien dit que...

— Lila sait exactement ce qu'il faut dire pour te blesser, l'interrompt sa femme. Je suis certaine qu'elle a essayé de te faire du mal pour t'éloigner, comme elle l'a apparemment fait avec Noé.

Clément ne semble pas convaincu.

— Ne la laisse pas gagner, insiste Raph.

— Mais c'est ma sœur ! Je ne peux pas l'abandonner.

— Non, ce n'est pas Lila, mais l'alcoolique qui a pris sa place. Ce n'est pas ta sœur qui cherche à te blesser, mais la mauvaise version d'elle. Tu n'es pas responsable de son état, je t'interdis de dire ça.

Clément aimerait réussir à la croire, mais il revoit l'image de Lila et ne peut s'empêcher de se sentir coupable.

— Qu'est-ce que je vais bien pouvoir faire pour la sortir de cet enfer ? se lamente-t-il.

— Toi ? Rien du tout, répond Raphaèle d'un ton catégorique.

Elle pense à un homme à des milliers de kilomètres de là. Un homme qui trompe son chagrin en multipliant les aventures pour oublier la jeune femme qui lui a brisé le cœur.

— Ce n'est pas à toi de la sauver, poursuit-elle.

— Je ne peux quand même pas la regarder sombrer sans rien faire ! s'offusque son mari.

— Ce n'est pas ce que je te demande. Mais ce n'est pas grâce à toi qu'elle s'en sortira.

— Parce que tu crois peut-être qu'elle est capable d'y arriver toute seule ? C'est impossible.

— C'est vrai, lui accorde son épouse. Mais tu n'es pas la personne la mieux indiquée pour l'épauler dans cette épreuve. Vos relations sont trop conflictuelles pour qu'elle accepte ton soutien.

Clément en a bien conscience et c'est ce qui l'inquiète le plus. Si Lila refuse son aide, qui pourra lui porter secours ?

— C'est à Noé de s'en occuper, assure Raphaèle.

— Noé ? s'exclame son mari, surpris d'entendre ce nom.

— Oui. C'est à lui d'intervenir. Je suis persuadée qu'il doit le faire pour réussir à reprendre sa vie en main. Du peu que j'en sais, il est parti en vrille depuis que Lila l'a quitté.

Clément s'énerve.

— Je suis désolé, mais je m'en fous s'il a recommencé à baiser à tout va pour se remettre de leur rupture. Ça montre surtout qu'il est instable.

— Tu ne comprends pas, s'entête Raph. Je pense qu'ils doivent se retrouver afin de s'en sortir, tous les deux. Lila t'a bien dit qu'elle l'a quitté pour qu'il ne la voie pas comme ça ? Elle l'aime toujours, j'en suis convaincue. Quant à lui, il en crève à petit feu d'avoir perdu ta sœur. Je crois qu'au rythme où il va, il aura couché avec toutes les célibataires de Californie avant la fin de l'année. Il déraille complètement, il fait ce qu'il peut pour oublier Lila, mais je sais bien que ça ne marche pas. Laisse-le la sauver, il n'y a que comme ça qu'ils iront mieux.

— Et comment va-t-il faire, objecte Clément, depuis San Francisco, pour venir en aide à Lila ?

Raphaèle n'envisage qu'une seule solution.

— Je crois qu'il est grand temps que notre ami rentre au bercail.

Agacé, Clément se lève pour clore le débat.

— Non, Raph. Ce n'est pas à Noé de s'en occuper, c'est trop risqué. Qu'est-ce qu'on fera s'il se tire comme il l'a déjà fait ? Il n'est pas fiable. Il est hors de question que je joue l'avenir de Lila en pariant sur lui.

20.

À force de passer toutes ses journées allongée, Raphaèle n'est plus fatiguée. Ses nuits ressemblent à un enchaînement interminable d'heures blanches. En temps normal, elle s'installe dans le salon pour ne pas déranger son mari et elle lit beaucoup, jusqu'à ce que l'épuisement finisse par se manifester et qu'elle sombre enfin dans le sommeil.

Mais cette fois, la lecture n'est pas au programme. Elle ressasse sans fin les mots de Clément et son inquiétude. L'alcoolisme de Lila est un boulet accroché au pied de la jeune femme, il l'attire inexorablement vers le fond. Il pèse si lourd qu'elle entraîne dans sa chute ceux qui essayent de la maintenir hors de l'eau. C'est ce qui semble être arrivé à Noé, et c'est ce qui risque de se passer avec Clément. Ce fléau menace d'anéantir sa famille et Raphaèle ne peut pas assister à ce terrible spectacle sans rien faire. Elle doit intervenir. La seule solution pour éviter le naufrage est d'unir leurs forces. Peut-être qu'en s'y mettant tous ensemble, ils parviendront à remonter Lila vers la surface.

Raphaèle sait ce qu'elle doit faire, même si Clément est contre. Il a peur, il n'a pas les idées claires. Elle, au contraire, est parfaitement lucide. Elle a beau être coincée dans son canapé, elle peut faire quelque chose pour essayer d'arranger la situation.

Elle prend son téléphone. Il est quatre heures du matin en France, donc dix-neuf heures en Californie.

Noé s'apprête à sortir pour une nouvelle virée avec des copains quand son portable sonne. Il est sur le point d'ignorer son coup de fil lorsqu'il réalise l'heure qu'il est à Paris. De mauvaise grâce, il décroche.

— Salut Raph. Pourquoi m'appelles-tu si tôt ?

— Si tôt ? s'exclame-t-elle en vérifiant sa montre. Je croyais que c'était le soir pour toi.

— Je parle de l'heure qu'il est chez toi. Tu devrais être en train de dormir.

— J'ai des insomnies à cause de la grossesse, lui explique-t-elle. Il faut qu'on discute, c'est important.

Noé se raidit. Il n'a aucune envie qu'on lui prenne la tête.

— Qu'est-ce qu'il y a ?

— C'est à propos de Lila.

— Stop ! Je ne veux rien savoir, l'arrête-t-il avant qu'elle aille plus loin.

— Que les choses soient bien claires, se fâche Raphaèle. Tu vas m'écouter attentivement parce que tu dois à tout prix entendre ce que j'ai à te dire. Si tu raccroches, je rappellerai jusqu'à ce que tu acceptes de me parler. Et si je n'arrive pas à te joindre, je finirai par débarquer à San Francisco et je te garantis que tu passeras un sale quart d'heure si tu m'obliges à venir jusque là-bas.

— Tu es clouée au lit en attendant d'accoucher, la tance Noé, je suis tranquille avant que tu rappliques.

— Tu as raison, je ne pourrai pas bouger avant un bail. Mais je t'enverrai Clément à la place, et c'est lui qui te fera vivre un sale quart d'heure. Je ne suis pas certaine que tu y gagnes au change.

— OK, c'est bon, Raph, soupire Noé, j'ai compris, tu as un truc important à me dire et je ne raccrocherai pas avant que tu aies terminé, ça te va ?

— Oui, c'est parfait.

À présent qu'elle peut lui parler, Raphaèle ne sait pas comment amener le sujet pour le convaincre d'aider sa belle-sœur.

— Alors, tu te décides ? s'impatiente son ami.

Elle prend une grande inspiration puis elle se lance.

— Lila a des problèmes.

— En quoi ça me concerne ? réplique Noé d'un ton dédaigneux.

— Laisse-moi t'expliquer. Elle va mal. Elle a replongé dans l'alcool.

Noé retient son souffle. Il voudrait que cette information glisse sur lui sans le toucher, mais il sent son cœur s'agiter dangereusement dans sa poitrine. Il se remémore les paroles de Clément sur l'accident de Lila quand elle était adolescente.

— Est-ce que c'est grave ? Elle est à l'hôpital ? ne peut-il s'empêcher d'interroger Raphaèle.

— On n'en est pas encore là, le rassure-t-elle. Mais elle ne va pas bien. Elle a beaucoup maigri, elle ne doit pas manger grand-chose. Elle a aussi des soucis d'argent, elle n'arrive plus à payer son loyer. Elle risque de se retrouver à la rue si ça continue.

Noé se rappelle la réticence de Lila à réduire ses heures à la boutique. Il était censé l'aider en cas de besoin. Il ne s'est pas soucié de ce détail lors de leur séparation. Est-ce qu'elle a des ennuis à ce point ? Il tente de se raccrocher à ses certitudes.

— Je ne vois pas ce que ça change pour moi. Lila a été très claire, elle ne veut plus avoir affaire à moi.

Raphaèle sent que tout se joue maintenant. Noé tient toujours à Lila, elle en est persuadée. Il y a trop d'inquiétude dans sa voix pour feindre l'indifférence. Elle doit le convaincre de rentrer en France pour venir au secours de la jeune femme, et pour ça, elle doit utiliser son va-tout, sans savoir exactement où elle met les pieds.

— Elle t'a menti, lui révèle-t-elle. Je ne suis pas au courant des détails, j'ignore ce que vous vous êtes dit, mais elle t'a menti pour être sûre que tu ne t'accroches pas à elle. Elle voulait avoir le champ libre pour boire. Ce n'est pas la Lila que tu connais qui a rompu avec toi, c'est sa version alcoolisée.

Noé serre son téléphone entre ses doigts, sonné par cette révélation. Il garde le silence.

— Tu es toujours là ? demande Raphaèle.

— Oui. J'essaye juste de digérer tout ça.

Il marque une nouvelle pause.

— Elle va vraiment mal ?

— Ça a l'air très sérieux, lui confirme son amie. Clément a peur, il ne sait pas quoi faire pour l'aider. Tu te souviens comment est leur relation ? Ça s'était arrangé, mais avec la rechute de Lila, elle refuse que son frère intervienne.

— C'est pour ça que tu m'as prévenu, n'est-ce pas ? devine Noé. Tu veux que moi, je m'en occupe ?

Raphaèle n'ose pas lui avouer qu'elle est persuadée que c'est la seule façon pour eux de remonter la pente.

— Je te rappelle, déclare-t-il soudain, pressé de mettre fin à leur conversation.

Il raccroche avant de laisser le temps à Raphaèle d'insister. Il étouffe, il a besoin d'aller prendre l'air. Il attrape son manteau et sort dans la rue.

Il commence à marcher sans savoir où il va. Le vent frais du soir l'aide à remettre ses idées en place. Il a l'impression de se réveiller d'un long sommeil en réalisant la gravité de la situation, comme s'il dormait les yeux ouverts depuis leur rupture.

Il se poste en haut de la colline, les mains enfoncées dans les poches de son blouson, et il observe le paysage citadin qui s'étend à ses pieds. Comment a-t-il pu ne pas se rendre compte de ce qu'il se passait ? Si Raph a dit vrai, Lila a cherché à l'éloigner, non pas parce qu'elle ne l'aimait plus, mais parce qu'elle était en train de plonger. Au lieu de se battre pour elle, il a baissé les bras, il a jeté l'éponge avant même le combat. Il l'a abandonnée. Il avait tellement peur qu'elle le quitte, que leur histoire magique se fane, qu'il a accueilli l'annonce de sa liaison presque avec fatalité.

Malgré tout, il n'a jamais cessé de l'aimer. Il a eu beau essayer de se convaincre du contraire, tout faire pour l'effacer et prétendre qu'elle n'avait été qu'une erreur de parcours monumentale, son cœur s'emballe rien qu'à l'évocation de son prénom. Il n'a qu'à fermer les yeux pour revoir son visage, son regard pétillant et sa bouche sensuelle. Il peut encore entendre son rire et sentir son parfum.

Sa Lila… Elle ne l'aurait donc pas trompé ? Une partie de lui refusait de croire qu'elle soit capable d'une telle trahison. Cette révélation pourrait le rendre fou de joie si elle ne s'accompagnait pas d'un revers beaucoup plus sombre. L'alcool… Cette saloperie l'entraîne vers les ténèbres, il doit à tout prix intervenir avant qu'il ne soit trop tard.

Son téléphone sonne. Ses compagnons de soirée se demandent ce qu'il fabrique. Il a oublié qu'il devait les rejoindre. Il les avertit par texto qu'il ne viendra pas.

Il sait très exactement ce qu'il a à faire. Il doit rentrer en France au plus vite. S'il s'écoutait, il sauterait dans un taxi en direction de l'aéroport et prendrait le premier vol pour Paris. Il ne supporte pas l'idée que Lila soit seule face à cet enfer. Mais s'il veut pouvoir se montrer utile, il doit faire les choses dans les règles.

Il envoie un message à Raphaèle pour la prévenir qu'il s'organise afin de rentrer dès que possible.

21.

Noé n'entend plus s'éterniser aux États-Unis. Dès le lendemain, il réclame un entretien avec son responsable. Il y a un avantage à vivre dans un pays avec une réglementation du travail aussi flexible. Il annonce sa démission. Il explique qu'un membre de sa famille est malade et qu'il doit rentrer en France au plus vite. Ce n'est pas un mensonge, Lila est sa seule famille.

Son employeur ne se formalise pas, il lui demande simplement de rester encore une journée ou deux, le temps de transmettre ses dossiers à ses collègues. Noé accepte de s'attarder jusqu'au lendemain, mais pas plus tard.

Il profite de ses derniers moments à San Francisco pour vider son meublé de ses affaires et plier bagage. Le vendredi suivant, il s'envole pour Paris.

La nuit qu'il passe à bord de l'avion est chaotique, il n'arrive pas à trouver le sommeil. Il pense à Lila. Il est obsédé par l'idée de lui venir en aide depuis que Raph lui a appris sa rechute. Mais en sera-t-il capable ? Parviendra-t-il à la sortir de cette terrible situation ? Lui permettra-t-elle même d'intervenir ?

À l'aéroport, il prend un taxi pour se rendre chez ses amis. Raphaèle lui a proposé de l'héberger pendant quelque temps.

C'est Clément qui lui ouvre la porte. Il ne semble pas ravi de l'accueillir. Il lui adresse un « *Salut* » hostile avant de le laisser entrer. Son épouse attend Noé dans le salon, allongée sur le sofa. Elle lui tend les bras pour qu'il vienne l'embrasser. Il est heureux de la revoir, même s'il aurait préféré que cela se passe dans d'autres circonstances. Elle a changé depuis Noël, elle a pris des rondeurs. Malgré son déroulement mouvementé, la grossesse lui va bien.

Noé prend place dans un fauteuil, tandis que le futur père reste debout et l'observe d'un air peu engageant.

— Est-ce que vous avez des nouvelles de Lila ? s'enquiert le nouvel arrivant.

— Non, aucune, répond Clément d'un ton brusque. Écoute, je ne vois pas bien ce que tu viens faire dans cette histoire. Vous êtes séparés, tu n'as plus ton mot à dire.

— C'est ta femme qui m'a prévenu, lui rappelle Noé.

— Je sais. Une fois de plus, elle n'en a fait qu'à sa tête en te téléphonant contre mon avis. Mais tu n'as rien à faire ici.

Le verdict est sans appel, cependant Noé n'est pas décidé à se laisser faire.

— Si, ma place est ici, car j'aime toujours Lila et elle a besoin de moi.

— De toi ? Tu plaisantes ! ironise Clément. Je t'assure qu'en ce moment, elle a besoin de tout sauf d'un ancien amant qui baise à tout va pour passer le temps.

Noé sent la colère monter en lui.

— Je sais que tu n'as jamais apprécié que je sorte avec ta sœur, mais je t'interdis de me parler comme ça.

— Tu me l'interdis ? Bordel, pour qui tu te prends ? explose Clément. Je n'en ai rien à foutre de tes états d'âme. Tu n'as rien vu ! Elle s'est remise à boire sous ton nez et tu ne t'en es même pas rendu compte !

Noé baisse la tête, honteux. C'est la vérité, il n'a pas compris ce qui était en train d'arriver.

— Tu m'excuseras, poursuit son ami, mais j'ai du mal à te faire confiance. Dès qu'il y a eu un problème, tu t'es tiré.

— Clément, arrête, le rabroue Raphaèle. Tu ne sais pas ce qu'il s'est passé entre ta sœur et Noé.

— Toi non plus, riposte son mari.

Elle soutient son regard.

— Non, et ce ne sont pas nos affaires.

Noé ferme les yeux. Il se remémore cette horrible conversation pendant laquelle il a cru que l'impensable s'était produit.

— Lila m'a dit qu'elle voyait quelqu'un d'autre.

Il rouvre les paupières. Le couple le fixe, stupéfait. Ils ne s'attendaient pas à une telle révélation.

— Elle a prétendu avoir une liaison et effectivement, j'ai rompu pour cette raison, avoue-t-il. Mais d'après Raph, elle t'a raconté qu'elle m'a menti, c'est bien ça ? Elle aurait essayé de m'éloigner d'elle parce qu'elle avait recommencé à boire ?

— Tu sais, lui répond Clément, vu l'état dans lequel elle est, c'est difficile de déterminer où se trouve la vérité.

— Je m'en fiche, rétorque Noé. Quoi qu'il se soit passé, je veux être là pour elle.

Il y a bien réfléchi. Mensonges ou pas, il aime toujours Lila et il est hors de question qu'il la laisse se faire du mal. Peu importe si ce type est encore dans sa vie, il n'a pas l'air de réagir face à sa dépendance et aux risques pour sa santé, mais lui ne restera pas sans rien tenter.

Clément continue à l'observer, suspicieux.

— J'ai tout quitté pour rentrer en France afin de soutenir Lila, s'agace Noé. Qu'est-ce que je peux faire de plus pour te prouver ma bonne volonté ?

— Le problème, c'est justement que tu es très doué pour foutre le camp du jour au lendemain. Comment peut-on te faire confiance ? contre-attaque Clément. La désintoxication, c'est une étape difficile, Lila va morfler, si tant est qu'elle veuille bien se lancer là-dedans. Elle aura besoin de soutien, il ne faudra pas l'abandonner, même si c'est dur.

Noé contemple ses mains qu'il triture nerveusement.

— Que les choses soient bien claires, gronde-t-il. Je ne suis pas venu ici pour te demander ta permission. Je veux aider Lila, si elle accepte que je sois à ses côtés dans cette épreuve. Je comprends que tu sois inquiet pour ta sœur, mais je ne me mettrai pas en retrait pour te faire plaisir.

Clément garde un visage fermé. Raphaèle prend la parole pour essayer de le ramener dans de meilleures dispositions.

— Lila va avoir besoin d'être bien entourée pour réussir à arrêter de boire. Si Noé veut intervenir, tu n'as pas le droit de le repousser comme ça, tente-t-elle de le raisonner.

Son ami lui adresse un clin d'œil pour la remercier.

— Clément, ajoute-t-il, je préfèrerais qu'on n'en vienne pas aux mains pour se mettre d'accord. Vu ta carrure, je ne partirais pas gagnant, mais je te garantis que ce n'est pas ça qui m'arrêtera.

Le frère de Lila semble hésiter à baisser la garde.

— Tu ne sais pas dans quoi tu t'embarques, finit-il par marmonner.

Noé saisit la perche qu'il lui tend.

— Alors, explique-moi. Je veux être prêt pour elle. Je ferai tout ce qu'il faut pour la secourir.

Clément vient s'assoir sur le canapé, aux pieds de sa femme. Il a déjà beaucoup réfléchi à la question.

— Le plus sûr, détaille-t-il, ce serait de la faire hospitaliser. Mais la connaissant, elle n'acceptera jamais. Tu sais comment elle est, plutôt mourir que de renoncer à sa liberté.

Noé acquiesce d'un hochement de tête.

— Ça veut dire que c'est à nous de l'aider, conclut Clément. Seule, elle ne s'en sortira pas.

Noé l'arrête.

— Vous avez déjà assez à faire avec la grossesse de Raph. C'est à moi de m'en occuper.

Sa proposition laisse Clément perplexe.

— Tu en es bien certain ? Même si ça met un terme définitif à votre histoire ?

Noé avale sa salive avec difficulté.

— Parce que crois-moi, continue Clément, elle va te haïr. Tu seras celui qui lui interdira de faire la chose qu'elle désire le plus au monde. Tu vas devoir la surveiller en permanence, fouiller dans ses affaires pour t'assurer qu'elle n'a pas caché de bouteilles. Il faudra la fliquer, ne jamais la laisser seule. Si tu penses que l'accompagner dans son sevrage est chevaleresque et qu'elle va t'en être reconnaissante, tu te goures complètement. Elle te détestera parce que tu l'empêcheras de boire, elle essayera de tromper ta vigilance, de te filer entre les pattes, elle te balancera les pires horreurs pour te faire fuir. Et quand le plus dur sera derrière elle, il se peut qu'elle t'en veuille d'avoir assisté à tout ça. Votre couple ne s'en remettra peut-être pas. Es-tu prêt à courir ce risque ?

— Je suis prêt à tout pour elle, martèle Noé, y compris à risquer de la perdre pour de bon si c'est la seule façon qu'elle s'en sorte. Depuis que Raphaèle m'a prévenu de la situation, je ne vis plus, Clém, j'ai du mal à respirer. C'était plus facile de détester Lila quand je croyais qu'elle m'avait trompé. Maintenant que je sais qu'elle est en danger, j'ai peur à chaque minute de ce qu'il pourrait lui arriver. Alors si le prix à payer pour la sauver est de devoir renoncer à elle, je le ferai. Pour son bien.

Le regard de Raphaèle passe de son ami à son mari, tandis qu'un sourire se dessine sur ses lèvres. Il semblerait qu'ils aient enfin réussi à s'entendre. Il ne reste plus qu'à convaincre la principale intéressée d'accepter leur aide. Le sourire de Raph s'efface aussitôt. Cette partie du programme s'annonce encore plus difficile que de persuader Clément de faire confiance à Noé.

22.

Ils décident de faire venir Lila le lendemain après-midi. Le dimanche, la boutique n'est ouverte que le matin, elle n'aura donc pas l'excuse du travail pour se défiler.

C'est Raphaèle qui est chargée de l'amadouer, sans évoquer la présence de Noé qui risquerait de l'alarmer. Elle espère que sa belle-sœur va daigner décrocher son téléphone.

Effectivement, lorsque Lila voit son nom s'afficher sur l'écran, elle hésite à prendre l'appel. Mais l'ombre des soucis du bébé plane toujours au-dessus de sa tête, et c'est ce qui la décide à répondre.

— Allô ?

— Salut Lila ! s'exclame Raphaèle, soulagée d'avoir réussi à la joindre. Comment vas-tu ?

— À ton avis ?

La jeune femme est sur la défensive. Pourquoi Raph lui joue-t-elle la comédie ? Elle doit bien être au courant de la situation, Clément lui raconte tout.

— Écoute, ça nous ferait plaisir que tu passes à la maison demain, pour le café. Comme mon unique distraction en ce moment, c'est de m'empiffrer, Clément va préparer un gâteau pour le goûter, tu devrais venir en manger un peu pour éviter que je me gave et que je finisse cette grossesse comme une baleine.

— Pourquoi voulez-vous me voir ? se méfie Lila.

Elle n'imagine pas un seul instant que son frère ait pu tourner la page si vite après leur horrible dispute. Pourtant, Raphaèle fait comme si de rien n'était, elle trouve cela très suspect. Mais la future mère a bien travaillé son discours et préparé ses arguments.

— Parce que tu nous manques, Lila. Quoi qu'il t'arrive en ce moment, on forme une famille. Ça fait trop longtemps qu'on n'a pas discuté toutes les deux. Si je pouvais, je me déplacerais moi-même, mais je n'ai pas le droit de bouger. Viens passer une heure ou deux avec moi, je te montrerai les images de la dernière échographie. C'est incroyable, on arrive déjà à apercevoir le visage du bébé. Et tu pourras jouer à deviner si c'est une fille ou un garçon !

Avec Clément, ils ont décidé de garder la surprise du sexe de leur enfant jusqu'à la naissance, au grand dam de Lila qui est impatiente de le découvrir. Raph sait trouver les mots pour la toucher et l'inciter à accepter. Elle a besoin d'une trêve dans son quotidien difficile. Voir le bébé… Elle n'en revient pas qu'il soit possible de distinguer ses traits, ça l'intrigue. Dans un soupir, elle cède.

— C'est d'accord.

— Génial ! s'écrie Raph avec un peu trop d'enthousiasme pour une simple visite. Ton frère doit se rendre sur Paris pour récupérer du matériel de puériculture chez des amis, tu veux qu'il vienne te chercher au retour ?

— Non, ça ira, merci, refuse Lila.

Elle consent à faire le déplacement, mais un tête-à-tête en voiture avec son aîné serait au-dessus de ses forces.

Le jour suivant, quand arrive l'heure de quitter son appartement, Lila regrette d'avoir accepté l'invitation. Elle a voulu faire plaisir à Raph, mais elle est persuadée que Clément va lui chercher des noises.

Elle hésite à annuler, puis elle pense au bébé. Peut-être que Raphaèle la laissera poser la main sur son ventre pour sentir les mouvements du fœtus. Elle a toujours eu envie de savoir ce que ça fait.

Elle se résigne à partir. Elle n'a pas fait un aussi long trajet depuis des mois et l'épuisement qui en résulte lui prouve que son état de santé s'est dangereusement dégradé. Métro, RER, plus un peu de marche jusqu'à la maison de Raph et Clément, elle est aussi fatiguée qu'après un marathon quand elle arrive devant la porte pour sonner.

C'est son frère qui vient lui ouvrir. Il tente de rester naturel malgré leur récente confrontation, mais son accueil est crispé. Il la laisse passer et se diriger vers le salon.

Quand elle débarque dans la pièce, Lila trouve sa belle-sœur allongée sur le canapé. Le contraste entre les deux femmes est frappant. Raph est toute en rondeurs, épanouie, pleine de vie, alors que Lila est squelettique, éreintée, marquée par les abus.

Fascinée par la vision de la future mère, Lila ne réalise pas tout de suite qu'elle n'est pas seule. Ce n'est que lorsque Noé se met debout qu'elle se rend compte de sa présence. Il l'observe en silence, choqué par son apparence. Il n'arrive pas à croire qu'il s'agit bien de sa Lila. Elle ne se ressemble plus, elle n'est plus que l'ombre d'elle-même, son fantôme.

Elle est sidérée de le découvrir là. Et surtout, le regard qu'il porte sur elle lui donne envie de s'arracher la peau et de disparaître de la surface de la Terre. Il a pitié d'elle. Elle refusait qu'il la voie dans cet état. Jamais ! Il n'aurait dû garder que le souvenir de celle qu'elle était avant. Pas celui de l'épave qu'elle est devenue.

— Pourquoi vous m'avez fait ça ? leur reproche-t-elle, à tous les trois, accablée par leur trahison.

Elle veut s'enfuir. Elle aurait dû écouter son instinct qui lui soufflait que cette invitation était trop louche pour être honnête. Elle a essayé de croire qu'elle avait encore droit à un peu de normalité, à un moment de répit en compagnie de sa famille, alors qu'en fait ce n'était qu'un vulgaire leurre.

Elle recule, mais Clément lui barre la route, il l'empêche de sortir.

— Qu'est-ce que tu fais ? le rabroue-t-elle. Je veux passer.

Son frère ne bouge pas. Raphaèle prend la parole d'une voix douce.

— Nous t'avons fait venir parce qu'on tient à toi et qu'on s'inquiète pour toi.

Lila fait volte-face et lui jette un coup d'œil mauvais.

— Vous tenez à moi ? La bonne blague ! On dirait un tribunal !

Elle n'en revient pas, ils lui ont tendu un piège. Elle est tombée dans un véritable guet-apens. Elle se tourne vers son frère.

— Je m'en vais, tu ne m'en empêcheras pas.

— Non, Lila. Tu dois d'abord nous écouter.

— Il n'en est pas question. Je me tire d'ici.

Clément ne bouge toujours pas. Elle s'approche de lui.

— Qu'est-ce que tu vas faire ? Me retenir par la force ? Me séquestrer ? C'est fini ce temps-là.

Au moment de sa désintoxication, il avait exigé de l'accueillir chez lui pour pouvoir la surveiller, contre son gré et en dépit du désaccord de leurs parents. Il avait eu recours à un chantage ignoble pour les faire céder. Lila était mineure, elle n'avait pas eu son mot à dire. Mais cette époque est révolue. Cette fois, elle ne permettra à personne de prendre l'ascendant sur elle.

Furieuse, elle essaye de contourner Clément, il fait un pas de côté pour l'en empêcher. Elle n'a aucune chance d'avoir le dessus physiquement. Perdant son sang-froid, elle se met à hurler.

— Dégage de mon chemin !

Le peu de couleurs qui habitait son visage déserte ses joues. Ses yeux exorbités lui donnent une allure démente. Elle a le souffle court, comme si le simple fait de crier lui avait demandé un effort surhumain.

La voix de Noé s'élève derrière elle.

— Laisse-la partir, Clément.

Lila baisse la tête, vaincue. Il ne veut plus l'avoir dans son champ de vision, le spectacle est trop pitoyable, elle le dégoûte. Pour effacer cette humiliation, cette défaite, elle pense à la bouteille qui l'attend chez elle. Elle n'a aucune raison de se retenir, elle va la boire jusqu'à tout oublier.

Son frère n'a toujours pas esquissé le moindre mouvement. Raphaèle se range à l'avis de Noé.

— Chéri, ramène ta sœur chez elle.

Lila préfèrerait ne pas s'imposer la présence de Clément, mais l'idée de faire le chemin du retour en voiture l'emporte sur sa réticence. Plus vite elle sera rentrée, plus vite elle pourra se soûler.

Elle ne lui adresse pas un mot de tout le trajet. En arrivant au pied de son immeuble, elle s'accorde tout juste le temps de lui cracher sa haine au visage.

— Inutile d'essayer de me recontacter, tu n'es pas près de me revoir.

Elle claque la portière derrière elle. Elle monte les escaliers avec difficulté, elle est obligée de s'arrêter à chaque étage. Quand elle entre dans son appartement, elle ne prend pas la peine d'enlever son manteau et ses chaussures. Elle se précipite vers le placard pour en sortir la vodka. Elle attrape un verre sur le rebord de l'évier, le remplit et le descend d'une traite. Elle s'affale sur une chaise, se sert une autre rasade et la boit à la même vitesse. Elle se prépare une troisième tournée, pour être certaine que l'état de léthargie la submerge rapidement. Elle ne veut plus penser à rien, elle souhaite effacer de sa mémoire leurs regards de pitié, la honte qu'elle a ressenti à se voir à travers leurs yeux.

Elle va ensuite s'allonger sur le canapé, la bouteille posée à côté d'elle au cas où l'anesthésie ne serait pas suffisante. Elle sent rapidement les effets de l'alcool, mais il ne lui procure pas le soulagement escompté. Elle se repasse en boucle l'affrontement avec ces traitres. Comment ont-ils pu oser lui faire subir ça ?

23.

Une demi-heure plus tard, alors qu'elle végète dans un état comateux, quelqu'un cogne à la porte. Elle ne bouge pas, pour ne pas produire le moindre son. Elle retient même son souffle. De nouveaux coups sont frappés.

— Lila, c'est moi, Noé. Ouvre-moi, s'il te plaît.

Elle laisse échapper un hoquet de stupeur. Qu'est-il venu faire ici ? Il lui semblait pourtant que leurs retrouvailles un peu plus tôt dans l'après-midi lui avaient ôté l'envie de la revoir, il était d'ailleurs pressé qu'elle s'en aille.

— Je sais que tu es là, insiste Noé. Ton frère n'est pas reparti après t'avoir déposée, il s'est assuré que tu n'es pas sortie. Lila, parle-moi, dis-moi quelque chose, je t'en supplie.

Elle se lève en essayant de ne faire aucun bruit et s'approche de la fenêtre. La voiture de Clément est toujours garée dans la rue en bas de chez elle.

— Lila, s'obstine Noé, je vais commencer à m'inquiéter si tu ne réponds pas, il ne faudrait pas qu'il te soit arrivé quelque chose. Dis-moi au moins si tu m'entends.

Elle se tourne vers la porte close.

— Va-t'en ! tente-t-elle de crier.

Mais le coassement lamentable qu'elle produit n'a rien d'impressionnant.

— Non, Lila, je ne bougerai pas d'ici, refuse Noé à travers le battant.

Elle ne veut pas qu'il reste. Elle espère juste pouvoir boire en paix et tout oublier, c'est impossible s'il campe sur son palier.

— Tire-toi ! réussit-elle à articuler avec plus de véhémence. Je ne veux pas te voir.

— Mais moi, j'en ai besoin.

— Tu mens !

— C'est la vérité. Je ne vais pas partir, j'attendrai le temps qu'il faudra.

Elle se sent cernée, dans l'impossibilité d'échapper à l'ennemi. Elle retourne s'assoir, perdue, se demandant comment elle va réussir à se sortir de cette situation.

Noé reprend la parole.

— Lila, je dois vraiment te parler. Je veux m'excuser de t'avoir abandonnée. Pardonne-moi de ne pas avoir réalisé ce qu'il se passait, de ne même pas avoir cherché à comprendre.

— Arrête !

Lila refuse d'entendre ces mots. Elle saisit son verre et le balance de toutes ses forces contre la porte, sur laquelle il se fracasse dans une explosion de débris.

— Ça suffit ! hurle-t-elle en plaquant ses mains sur ses oreilles. Tais-toi ! Je ne veux plus t'écouter ! Laisse-moi tranquille !

Elle s'effondre en larmes. Pendant plusieurs minutes, elle n'entend plus un bruit. Est-ce que Noé se serait enfin décidé à partir ?

Pas du tout. Il attend que l'orage passe. Il a envie de crier de désespoir. Il a été bouleversé de la revoir. Elle avait l'air d'une bête traquée, d'un animal blessé. Ils s'étaient trompés, ils n'auraient jamais dû la piéger comme ils l'ont fait, ils auraient dû se douter qu'elle réagirait mal. Lui, il aurait dû le deviner, il la connaît si bien. Elle déteste qu'on lui dicte sa façon de faire. Il aurait dû convaincre Clément de la voir seul à seul, ça aurait été moins brutal, moins agressif.

Tout ce qu'ils ont obtenu avec leur coup de force, c'est de la braquer. Maintenant, elle refuse de lui parler. Il entend ses sanglots, étouffés par la porte. Il voudrait tellement être auprès d'elle pour la rassurer et lui promettre qu'elle va s'en sortir.

Il ne baissera pas les bras. Il ne la laissera pas tomber. Pas cette fois.

— Lila. Ma Lila, l'implore-t-il. Je t'en supplie. Ouvre-moi.

Ma Lila… Le cœur de la jeune femme se serre. Elle se lève sans même réfléchir. Pourquoi l'appelle-t-il ainsi, avec autant de tendresse ? Elle fait un pas vers l'entrée puis elle se ressaisit. Ça doit encore être une ruse. Il tente de l'amadouer avant de… De quoi, au juste ? De lui sauter dessus et de l'emmener de force pour la faire enfermer ? Pas Noé. Il ne lui ferait jamais ça. Son frère peut-être, mais pas Noé.

Quel supplice de le savoir si près d'elle et de ne pouvoir être avec lui ! Elle s'avance et pose une main sur le battant.

Elle rêverait de lui ouvrir, mais elle ne pourrait pas endurer une nouvelle fois l'aversion qu'il éprouve pour elle.

— Va-t'en, le chasse-t-elle. Je ne veux pas de ta pitié.

Il est surpris d'entendre sa voix si proche. Même sans la voir, il peut deviner sa présence.

— Qui te parle de pitié ? J'ai peur, Lila, peur de ce qui pourrait t'arriver.

— Ce n'est plus ton problème, le rembarre-t-elle.

— Bien sûr que si !

La jeune femme est envahie de sentiments contradictoires. Elle voudrait le retrouver et faire comme si rien ne s'était cassé entre eux, comme si elle n'avait pas tout foutu en l'air. Mais c'est un mirage. Elle l'a quitté en lui mentant, elle l'a trahi et elle a sombré dans l'alcool. Leur histoire est derrière eux, rien ne pourra réparer le mal qu'elle lui a fait.

Le pied de Lila shoote dans un tesson. Elle baisse les yeux vers les débris qui jonchent le sol dans une flaque poisseuse. Avec un soupir, elle attrape un chiffon pour nettoyer les dégâts. Ses doigts tremblent tellement qu'elle se fait une profonde entaille dans la paume de sa main droite.

— Aïe ! s'écrie-t-elle en serrant son poing fermé contre son ventre.

— Que se passe-t-il ? s'inquiète Noé.

— Rien, lui répond-elle avec des sanglots dans la voix, je viens de me couper.

— Maintenant, ça suffit ! se fâche-t-il. Fais-moi entrer ou j'enfonce la porte !

Lasse de se battre, Lila ouvre le verrou et sans attendre, elle s'enfuit vers la cuisine pour passer sa plaie sous l'eau. Elle saigne abondamment, le contact du jet est douloureux.

Elle entend Noé entrer dans l'appartement et se diriger vers elle à grands pas. Il saisit délicatement sa main afin d'observer les dégâts. Elle baisse la tête pour ne pas croiser son regard, les larmes coulent en silence sur ses joues.

— Eh bien, tu ne t'es pas loupée ! constate-t-il.

Il s'éloigne un instant pour chercher de quoi désinfecter l'entaille et la protéger. Lila ne prononce pas un mot pendant qu'il la soigne. Le contact des doigts de Noé contre sa paume fait palpiter son pauvre petit cœur qui n'est plus en état de supporter autant d'émotions.

Quand il en a fini avec elle, il termine de nettoyer l'entrée pour éviter qu'elle se blesse à nouveau. Lila se réfugie dans le salon. Elle se cache au fond de son canapé, le visage dissimulé derrière ses jambes relevées contre elle, jetant des coups d'œil furtifs à Noé pendant qu'il s'active. Il est encore plus beau que dans ses souvenirs. Le soleil du printemps californien a hâlé sa peau. Ses cheveux sont un peu plus longs, ça lui va bien, remarque-t-elle, ses reflets cuivrés en sont plus marqués. Elle ferme les yeux en pestant intérieurement. Pourquoi s'inflige-t-elle ça ?

Lorsqu'elle rouvre ses paupières, Noé la contemple sans rien dire. Il vient s'assoir à côté d'elle. Elle se recroqueville au maximum, afin de garder autant de distance que possible avec lui.

— Je suis désolé pour tout à l'heure, s'excuse-t-il. Tu as raison. Nous n'aurions pas dû te convoquer comme ça. Tu as parlé de tribunal, tu as dû te sentir jugée, mais ce n'est pas du tout ce qu'on souhaitait. On veut t'aider, rien d'autre.

Lila l'observe avec méfiance. Pourquoi se montre-t-il aussi bienveillant ? Elle ne mérite pas sa sollicitude.

— Je ne comprends pas ce que tu fais ici.

Il était censé s'éclater à San Francisco en la maudissant.

— Je suis rentré, pour de bon cette fois. Les États-Unis, c'est terminé, lui explique-t-il.

— Pour quelle raison ? J'espère que ce n'est pas pour moi, je t'ai dit ce que j'en pensais.

Parmi toutes les horreurs qu'elle lui a balancées, il y avait les reproches injustifiés sur son incapacité à s'engager.

— Oui, se rappelle Noé, tu m'as dit un tas de trucs très sympas. Mais d'après ce qu'on m'a appris, tout n'était pas vrai.

Lila a un mouvement de recul involontaire.

— Tu as parlé à Clément, n'est-ce pas ? poursuit-il. C'est Raphaèle qui m'a tout raconté. Tu as dit à ton frère que tu m'as menti pour m'éloigner. Est-ce que ça, c'est la vérité ?

Lila n'avait pas envisagé que son attaque pour blesser Clément et le repousser pourrait se retourner contre elle. Noé est venu la voir parce qu'il a encore de l'espoir. Le pire des poisons. Il pense que l'ancienne Lila est toujours là, cachée quelque part. Il faut qu'elle le décourage concernant leur relation, ils n'ont aucun avenir ensemble.

— J'avoue, lui confirme-t-elle froidement. À l'époque, je t'ai menti. J'ai sacrifié notre couple pour pouvoir continuer à boire. Ça te donne une petite idée de ce qui a de l'importance pour moi maintenant.

Elle l'observe avec attention. Ça ne va pas du tout. Elle pensait lui faire du mal en le reléguant au second plan après l'alcool, mais au lieu de ça, elle lit le soulagement dans son regard. Il n'entend que ce qu'il veut bien entendre.

— Donc il ne s'est rien passé entre Eliott et toi ? la questionne-t-il, persuadé de connaître la réponse.

Elle soupire avec un pincement au cœur. Cette fois, pas besoin de mensonge pour doucher son optimisme, elle n'a qu'à lui servir l'horrible vérité.

— À ce moment-là, non, on n'avait pas encore remis le couvert.

Noé blêmit.

— Pas encore ? répète-t-il, choqué. Tu veux dire que...

Lila vise la cible et tire à bout portant.

— Oui, dès le lendemain, c'était une affaire réglée.

Il ne s'attendait pas à ça. Il savait que c'était une possibilité, Clément l'avait prévenu, mais cette révélation est dure à encaisser.

Il se lève comme s'il ne pouvait plus supporter de rester près d'elle. Il est assommé par la nouvelle. Il lui tourne le dos et appuie les paumes de ses mains contre le mur. Il ferme les yeux, mais l'horrible vision de Lila dans les bras de cet homme s'impose à lui.

— Putain de merde ! crie-t-il en tapant dans la cloison d'un coup de poing qui fait sursauter Lila.

Il commence enfin à comprendre. Elle doit enfoncer le clou pour que les choses soient bien claires.

— Tu as été si facile à convaincre, je n'en revenais pas. Je pensais que j'allais devoir batailler pour t'obliger à renoncer à moi, après tous tes grands discours comme quoi j'étais la femme de ta vie. Mais comme d'habitude avec toi, beaucoup de belles paroles, mais dès qu'il s'agit de se battre, il n'y a plus personne.

Il lui jette un regard noir.

— Arrête, tais-toi ! lui ordonne-t-il.

— Pourquoi ? La vérité est trop dure à entendre ?

— Ce n'est pas toi qui parles.

— Ah bon, et c'est qui alors ? l'interroge-t-elle, surprise par sa remarque.

— C'est elle, répond Noé en désignant la bouteille au pied du sofa.

Avant que Lila ait le temps de réagir, il vient s'en saisir par le goulot et l'envoie se fracasser contre le mur. Il est secoué par un rire dément.

— Tu as raison, ça défoule de faire ça. Tu en as d'autres, cachées quelque part, que je leur fasse subir le même sort ?

Le regard paniqué de Lila le dégrise aussitôt.

— Bon sang, mon amour, comment en es-tu arrivée là ?

Les larmes se remettent à couler doucement sur le visage de la jeune femme.

— Ne m'appelle pas comme ça, le conjure-t-elle.

Elle ne le mérite pas. Elle n'y comprend plus rien. Pourquoi utilise-t-il ces mots après tout ce qu'elle vient de lui dire ? Il devrait la détester. Au lieu de cela, il revient s'assoir à côté d'elle.

— Pardonne-moi, s'excuse-t-il d'un air contrit. J'aurais dû me battre pour toi. Tu n'imagines pas comme je regrette de t'avoir abandonnée.

Lila pleure de plus belle. Il se rapproche d'elle. Il a besoin de la toucher, de sentir sa peau contre la sienne. Il essuie les larmes qui perlent sur sa joue. Elle pense d'abord à le repousser puis elle le laisse faire. Les doigts de Noé parcourent son visage.

— Je t'aime, ma Lila, murmure-t-il dans un souffle. Je n'ai jamais cessé de t'aimer. J'étais anéanti quand tu m'as quitté, j'ai arrêté de respirer. Je n'ai pas compris que tu appelais à l'aide. Ça n'arrivera plus.

Elle ne parvient pas à y croire. Elle refuse d'admettre que le bonheur lui soit encore autorisé.

— Comment peux-tu m'aimer ? Je suis... Je ne suis plus personne.

— Ne dis pas n'importe quoi, tente de la rassurer Noé. Personne ne compte plus que toi à mes yeux. Tu es tout pour moi. Laisse-moi t'aider à aller mieux, c'est tout ce que je demande.

Lila n'arrive toujours pas à se convaincre qu'elle ne rêve pas. Elle s'attend à se réveiller d'un moment à l'autre. Pourtant, Noé se tient devant elle, en chair et en os, désespérément amoureux. Mais de qui, au juste ?

Toutes ces émotions ont épuisé Lila. Elle est perdue et a besoin de remettre de l'ordre dans ses idées.

— Est-ce que tu veux bien qu'on s'arrête là pour ce soir ? demande-t-elle à Noé. Je suis fatiguée, et un peu chamboulée par tout ce qui vient de se passer.

Il n'a aucune envie de la quitter, il aimerait rester avec elle pour la protéger. Mais Clément l'a prévenu de la ménager. Il doit lui accorder le temps nécessaire pour parcourir le chemin jusqu'à lui.

Il nettoie les dégâts de son accès de colère avant de s'en aller.

— Je peux revenir demain matin ? demande-t-il en partant.

— Si tu veux, acquiesce Lila sans y croire vraiment.

Elle ne s'attend pas à le revoir. Le mirage va bien finir par s'estomper.

24.

Noé revient le matin suivant, un peu après dix heures, un sac de courses dans une main, un paquet provenant d'une boulangerie dans l'autre. Il passe d'autorité dans la cuisine et prépare un petit déjeuner à Lila. Elle le regarde dresser la table. Il dépose deux pains au chocolat dans une assiette et invite la jeune femme à s'installer pour se restaurer.

— Tu sais bien que je n'avale pas grand-chose le matin, proteste-t-elle.

— Je crois qu'il est temps de perdre cette mauvaise habitude. Tu as besoin de reprendre des forces, réplique Noé en lui servant un double expresso et du jus d'orange.

Lila mord timidement dans sa viennoiserie pendant qu'il range ses achats dans le réfrigérateur et les placards. Une fois sa tâche terminée, il vient s'assoir en face d'elle. Elle cesse de manger et boit une grande gorgée de café.

— J'espère que tu te doutes, bredouille-t-elle en gardant le regard baissé vers sa tasse, qu'il ne suffit pas que tu débarques chez moi pour que tout s'arrange d'un coup.

— Je le sais, mais ça me semble être un bon début.

Elle relève la tête et le fixe, bravache.

— Qu'attends-tu de moi ?

— Je veux que tu me parles, que tu me dises ce que je peux faire pour t'aider.

— Pourquoi ? s'obstine Lila.

— C'est évident, non ? s'étonne Noé. Parce que je t'aime.

— Tu te trompes, tu ne m'aimes pas.

Elle y a beaucoup réfléchi la nuit précédente.

— Tu aimes la Lila de notre rencontre, persiste-t-elle d'un air déterminé. Celle que tu trouvais belle et qui te faisait rire. Mais elle n'est plus là maintenant. Alors rien ne t'oblige à rester. Tu ne me dois rien.

Noé doit se retenir de se précipiter vers elle pour la prendre dans ses bras et la convaincre de la force de ses sentiments.

— Tu te trompes sur toute la ligne, la contredit-il. La femme que j'ai devant moi, c'est bien celle dont je suis tombé amoureux. La Lila magnifique et incroyablement courageuse qui m'a ébloui dès notre rencontre. Elle n'a pas disparu, elle est toujours là. Mais elle souffre, et elle a besoin de tout mon soutien.

Elle continue à le dévisager, en tentant de calmer les battements de son cœur qui tambourine dans sa poitrine.

— Tu es malade, mon amour, et je veux prendre soin de toi. La question est de savoir si toi, tu m'acceptes à tes côtés.

Elle écarquille les yeux sous le coup de la surprise.

— Moi ?

— Oui. Je n'ai aucune idée de là où tu en es, vis-à-vis de moi. Est-ce que tu ressens toujours quelque chose pour moi ?

Elle s'interdit de lui répondre.

— Et Eliott… poursuit Noé. Est-ce que vous êtes ensemble ? Est-ce que tu l'aimes ?

Il veut savoir. Dans tous les cas, il restera à ses côtés aussi longtemps qu'elle aura besoin de lui, mais il doit être fixé.

Lila peine à lui avouer la vérité. Elle n'est pas fière de ce qu'elle a fait.

— Il n'y a eu qu'une nuit, finit-elle par lui révéler. Une erreur monumentale. Je n'avais même pas envie de coucher avec lui.

— Tu veux dire qu'il t'a forcée ? gronde Noé en haussant la voix.

— Non, pas du tout, Eliott n'a rien fait de mal, le rassure-t-elle. C'est moi. Je… Je me suis servie de lui. J'étais tellement malheureuse de t'avoir perdu, ça me faisait du bien de sentir que quelqu'un tenait à moi. C'est ignoble, la façon dont je me suis comportée avec lui.

Noé se fout de savoir si elle a heurté la sensibilité de ce type. Il n'aurait jamais dû profiter de sa vulnérabilité. La seule chose importante à ses yeux, c'est que ce gars ne compte pas.

— Alors, dis-moi, insiste-t-il. Est-ce que tu veux toujours de moi ?

Le cœur de Lila se brise devant le regard tendu et inquiet de Noé. Elle enfouit son visage dans ses mains.

— Je n'ai plus le droit d'avoir des sentiments pour toi, sanglote-t-elle, pas après ce que je t'ai fait.

— Ça, c'est à moi d'en décider.

Il se lève sans faire de bruit et s'approche d'elle. Elle sursaute quand il écarte ses doigts pour mieux la voir.

— Je m'en veux de t'avoir fait souffrir, se blâme-t-elle. J'ai été horrible avec toi.

— Arrête d'y penser, c'est du passé.

— Mais je ne peux pas t'infliger... ça en plus.

— Ça aussi, c'est à moi d'en décider.

Lila l'examine pour essayer de déceler la trace d'une hésitation, du moindre doute. Elle n'en trouve pas. Il paraît si sûr de lui et de ce qu'il éprouve pour elle. Tant pis si elle se trompe, si ça doit la faire souffrir. Il faut qu'elle lui dise.

— Je n'ai jamais cessé de t'aimer, lui avoue-t-elle enfin. J'ai cru mourir quand on s'est séparés.

Elle l'enlace, se blottit contre son torse et libère toute la peine qu'elle a pu ressentir loin de lui. Des spasmes secouent sa poitrine, mais Noé la tient fermement.

— Laisse-moi te sauver, mon amour, chuchote-t-il à son oreille en la serrant fort.

Elle pleure longtemps, agrippée à lui, jusqu'à ce que le chagrin se tarisse. Lorsqu'elle se redresse, son compagnon se penche vers elle et l'embrasse avec douceur. Les lèvres de la jeune femme répondent à son baiser d'abord avec réserve, puis avec plus d'empressement.

C'est comme un feu d'artifice qui explose entre eux. Le corps de Lila se presse contre Noé, avide de son contact. Elle a l'impression de revivre un peu en le retrouvant, de respirer à nouveau après une apnée interminable, comme si elle avait droit à une seconde chance inespérée.

Sans desserrer leur étreinte, Noé approche sa bouche de son oreille :

— Plus jamais je ne m'éloignerai de toi.

Puis il lui prend la main pour l'entraîner vers le canapé. Il s'assoit à côté d'elle et l'observe intensément.

— Lila, j'ai une dernière chose à te demander.

Il réfléchit à la meilleure façon d'aborder le sujet. Il n'a pas envie de la brusquer.

— Vas-y, demande-moi ce que tu veux savoir, l'encourage-t-elle.

— Est-ce que tu envisages d'arrêter de boire ?

Il se rappelle ce que lui a expliqué Clément : il faut qu'elle soit motivée, sinon ça ne marchera pas. Il ne servira à rien de la forcer, elle seule peut décider de s'en sortir.

Elle n'est pas étonnée par sa question. Elle l'attendait autant qu'elle la redoutait. Arrêter de boire...

— J'aimerais bien réussir à laisser tout ça derrière moi, lui répond-elle d'une voix anxieuse, je ne suis pas très fan de celle que je suis devenue depuis que j'ai rechuté. Mais...

Ce n'est pas si simple. Il ne suffit pas de le vouloir, il faut aussi qu'elle soit prête à traverser un enfer.

— Ça me terrifie, continue-t-elle. J'ai peur de ne pas être assez forte pour ça.

— Je suis sûr que tu peux y arriver, je ne connais personne qui soit plus courageux que toi.

— Mais c'est tellement dur ! Je suis déjà passée par là, je sais ce que ça fait. Et c'est atroce.

Elle semble effrayée à l'idée de revivre cette épreuve. Noé cherche à la rassurer.

— Je serai avec toi, lui promet-il, je ne te laisserai pas tomber. Tu ne seras pas seule pour faire face à ça, je te le jure.

Lila affronte son regard, fière malgré sa détresse.

— Tu n'as pas idée de ce que c'est que le sevrage. Ça va me mettre dans un état lamentable. Si tu penses que j'ai déjà touché le fond, attends de voir quand je serai vraiment en manque.

— Je me doute que ça ne va pas être facile, mais tu ne te débarrasseras pas de moi comme ça, répond Noé d'un ton ferme. Rien de ce que tu diras ne pourra me convaincre de t'abandonner. Je sais que c'est une décision très difficile à prendre, mais je serai à tes côtés.

Il semble si déterminé.

— C'est d'accord, consent Lila. Je vais le faire.

Ce n'est pas un engagement qu'elle prend à la légère. Elle va essayer, pour elle, mais surtout pour lui. Elle est résolue à tout tenter pour se montrer digne de son amour. Même à endurer le pire.

Il l'enlace, soulagé qu'elle accepte de se jeter dans la bataille.

— Clément a repris contact avec le médecin qui t'avait suivie lors de ta désintoxication, l'informe-t-il. Il paraît que tu t'entendais bien avec lui. Il est d'accord pour te recevoir rapidement si tu le souhaites. Qu'en penses-tu ?

Lila acquiesce d'un hochement de tête.

— OK, je vais l'appeler pour te prendre un rendez-vous, poursuit Noé.

Elle lui adresse un sourire triste.

— Tu ne me fais pas confiance pour m'en occuper, c'est ça ?

— Ça n'a rien à voir avec la confiance. Je veux juste t'aider. À partir d'aujourd'hui, tu peux me considérer comme ton humble serviteur.

Elle caresse son visage avec douceur. Une ombre voile son regard.

— Si l'on survit à ça, présage-t-elle, on survivra à tout.

25.

Dès le lendemain, Noé téléphone au centre d'addictologie afin de prendre rendez-vous pour Lila. Comme promis, le spécialiste qui s'était occupé d'elle quelques années auparavant lui trouve un créneau pour la recevoir le vendredi suivant. C'est une première étape sur le long chemin de la guérison.

Noé a d'autres appels à passer. Il a une idée en tête qu'il aimerait bien concrétiser. Il veut éloigner Lila de Paris, des vilaines habitudes qu'elle y a prises, et d'Eliott. Il souhaite l'emmener au bord de la mer, là où elle respire mieux. Ça ne pourra lui faire que du bien de couper les ponts avec son quotidien malsain pour retrouver l'air iodé. Il a repéré des maisons sur la côte normande, il contacte des agents immobiliers pour organiser leur séjour. Mais avant de valider quoi que ce soit, il doit en parler à sa compagne.

En fin d'après-midi, il ne cesse de surveiller l'heure. Il est convenu qu'il la rejoigne chez elle après sa journée de travail. Il trouve aberrant que Lila continue de se rendre à la boutique alors qu'elle est si faible. Il espère remédier à cette situation très rapidement. D'autant plus qu'il déteste savoir qu'Eliott traîne à proximité du magasin, même si elle lui a promis qu'elle ne le fréquente plus.

Quand il arrive à son appartement, elle semble heureuse de le voir, mais elle reste sur la réserve. Elle se demande comment l'accueillir. Que représentent-ils exactement l'un pour l'autre ? Forment-ils de nouveau un couple ? Tant de choses se sont passées, ils ont beau éprouver des sentiments intenses, ils ont perdu leur intimité.

Noé refuse de maintenir cette distance entre eux. Il s'approche de la jeune femme, dégage du bout des doigts les mèches qui cachent ses yeux et dépose sur ses lèvres un baiser léger empreint de tendresse.

Un sourire timide éclaire le visage marqué de Lila. Elle a l'air épuisée. Noé l'oblige à s'assoir pendant qu'il lui prépare à dîner.

— Ne te fatigue pas pour moi, proteste-t-elle alors qu'il s'active en cuisine, je n'ai pas faim.

Il ne l'écoute pas. Un de ses premiers objectifs est de l'aider à reprendre des forces. Et pour ça, il faut qu'elle mange.

Quand ils s'installent à table, Lila jette un regard désolé à son assiette. Rien ne lui fait envie. Pour Noé, elle fait l'effort de grignoter quelques bouchées, mais c'est tout ce que son estomac est capable de supporter.

Il profite de leur tête-à-tête pour lui exposer ses projets.

— J'aimerais te parler de ta désintoxication. Comment imagines-tu les choses ? Est-ce que tu envisages de te faire hospitaliser, ou de séjourner dans un centre spécialisé ?

— Jamais de la vie, s'offusque Lila. Plutôt crever !

Noé ne peut s'empêcher de sourire. Ils avaient bien anticipé sa réaction.

— On s'en doutait. Alors, j'ai pensé à quelque chose. Je voudrais t'emmener au bord de la mer pendant la durée de ton sevrage.

Lila grimace en entendant sa proposition.

— C'est très gentil. Mais tu te rends compte que ça n'aura rien à voir avec des vacances, n'est-ce pas ?

— J'en ai bien conscience. Seulement, je sais que l'air marin te fait du bien, et dans cette période qui s'annonce compliquée, tout ce qui peut nous aider est bon à prendre.

Sa compagne baisse la tête, elle fuit son regard.

— Je ne peux pas me le permettre, avoue-t-elle d'une voix à peine audible.

Elle aimerait beaucoup pouvoir le suivre n'importe où, mais l'échappée belle n'est plus d'actualité.

— Qu'est-ce que tu veux dire ? s'étonne Noé.

Elle lui répond au prix d'un gros effort pour surmonter sa honte. N'a-t-il donc pas réalisé à quel point sa situation est misérable ?

— Je suis à deux doigts de l'expulsion, je ne sais même pas comment je vais faire pour payer mon prochain loyer. Alors s'il faut ajouter en plus une autre location...

Il ne s'attendait pas du tout à cette réaction.

— Qu'est-ce que tu racontes ? Je vais tout prendre en charge, je pensais que c'était évident ! Ton appartement, la maison sur la plage, tu n'as pas à t'en faire, je m'occupe de tout.

— Il en est hors de question ! refuse Lila.

— Bien sûr que si ! insiste-t-il. Toi, tu te concentres sur ton sevrage, et tu me laisses gérer le reste. J'aurais dû t'aider financièrement comme c'était prévu. Si tu te retrouves dans cette situation, c'est en partie ma faute.

— Tu dis n'importe quoi ! Et puis, ça va te coûter une fortune !

Noé passe sa main sous son menton pour relever son visage et la forcer à le regarder dans les yeux.

— Te sauver, ma Lila, je ne connais pas de meilleure façon d'utiliser cet argent.

Elle est touchée en plein cœur par cette déclaration. Tout ça lui paraît tellement irréel. Noé qui est revenu dans sa vie, qui lui a pardonné ses mensonges, sa tromperie, son alcoolisme, et qui lui offre son amour au lieu de la pitié qu'elle mériterait. C'est un petit miracle qu'elle n'aurait jamais espéré.

— Dis oui, la supplie-t-il. Laisse-moi t'emmener à la mer, je suis persuadé que ça va t'aider de changer de décor.

Lila acquiesce d'un hochement de tête. Elle n'est pas en droit de lui refuser quoi que ce soit. Et peut-être a-t-il raison, ça pourrait lui faire du bien.

— Tu as un rendez-vous avec le médecin vendredi en fin de journée, lui apprend Noé. On pourrait partir ce week-end, qu'est-ce que tu en dis ?

Ce week-end ? Un vent de panique s'empare de Lila. Il ne se rend pas compte de la pression qu'il lui met. C'est une chose d'avoir accepté de tenter d'arrêter de boire, c'en est une autre de fixer une échéance aussi rapide. Cette perspective la secoue, elle l'effraye et elle lui donne envie de se servir un verre pour soulager son angoisse. Mais elle ne le fera pas en présence de Noé. L'idée de s'enivrer devant lui la répugne. Pourtant, son corps s'est mis en alerte, son cerveau a lancé l'offensive pour exiger sa dose d'alcool. Elle ne pourra pas résister longtemps au désir de se ruer sur sa bouteille. Dès la fin du repas, elle pousse Noé vers la sortie.

— Je suis désolée, mais je suis crevée et je me lève tôt demain. Ça te dérange de rentrer chez Clément ? J'ai besoin de me reposer.

Il se sent blessé d'être mis à la porte, mais il essaye de ne rien laisser paraître.

— Pas de souci, je vais rentrer. Passe une bonne nuit.

Sa mine dépitée culpabilise Lila. Elle voudrait se blottir dans ses bras et ne pas le quitter. Mais sa gorge sèche et râpeuse l'en empêche. Elle doit boire. Rien d'autre ne compte à cet instant en dehors de l'alcool.

Pendant le trajet du retour vers la maison de ses amis, Noé rumine sa déception. Il ne comprend pas pourquoi Lila l'a congédié de la sorte. Il n'a pas le sentiment d'avoir fait quelque chose de mal, et malgré tout elle s'est repliée sur elle-même et l'a repoussé. C'est difficile de la retrouver dans ces conditions, de recréer un lien avec elle alors qu'elle le garde à distance.

Lorsqu'il arrive à destination, il trouve Raphaèle dans le salon.

— Où est Clém ? l'interroge-t-il en se laissant tomber dans un fauteuil.

— Il est monté se coucher, il est crevé.

— Pas toi ?

Noé imagine que fabriquer un petit être doit s'avérer épuisant.

— Non, pas du tout. Les joies de la grossesse ! se plaint Raph en riant. Les premiers mois, je piquais du nez en permanence, et maintenant je n'arrive plus à dormir. Le prochain qui vient me parler du bonheur d'attendre un enfant, je lui expliquerai ma façon de penser !

Elle remarque l'air sombre de son ami.

— Qu'est-ce qui ne va pas ? Un problème avec Lila ?

Il soupire.

— Je ne sais pas. On passait une bonne soirée, elle a semblé intéressée par l'idée de partir au bord de la mer. Et puis d'un coup, c'est comme si elle en avait eu assez de moi, et elle m'a viré.

Raphaèle réfléchit avant de lui répondre.

— Si tu veux mon avis, je pense que ça n'a rien à voir avec toi, ou avec quelque chose que tu aurais fait. Elle avait peut-être besoin de boire et elle a préféré ne pas le faire devant toi.

Noé reste interdit. Il n'avait pas envisagé cette hypothèse.

— Ça me paraît tellement abstrait, se justifie-t-il. Elle n'a jamais bu devant moi, tu comprends ? J'ai bien conscience qu'elle est alcoolique, mais je ne l'ai jamais connue soûle. Je n'ai pas cette image-là de Lila. C'est très bizarre. Et en même temps, de savoir qu'elle m'a demandé de partir pour pouvoir boire, ça me donne envie de retourner chez elle pour l'empêcher de faire ça.

Il prend sa tête entre ses mains.

— C'est atroce d'imaginer qu'elle est en train de se faire du mal et de ne rien pouvoir faire.

Sa douleur fend le cœur de Raphaèle. Elle avait raison de croire qu'il était encore fou amoureux de Lila.

— Je me doute que c'est difficile, tente-t-elle de l'apaiser, mais tu dois lui accorder du temps. Elle ne peut pas arrêter comme ça, d'un claquement de doigt, ça n'est pas si simple. Et tu ne fais pas rien, bien au contraire. Tout ce que tu es en train d'organiser pour l'aider, c'est énorme. Elle a de la chance de t'avoir.

Noé n’en est pas si convaincu.

— Pour l’instant, je me sens juste inutile.

— Je peux te garantir que ce n’est pas le cas. Si tu n’étais pas intervenu, Clément aurait essayé de tout gérer lui-même. Ça, plus mes problèmes de grossesse, il n’aurait jamais pu faire face et ça l’aurait démoli. Alors merci d’être là et de nous soutenir.

Noé se redresse et fixe son amie.

— Merci à toi de m’avoir prévenu de ce qu’il se passait.

— Je crois que c’était la seule solution pour tous nous sauver.

26.

Noé se sent comme un équilibriste qui avance sur un fil tendu au-dessus du vide. Il essaye d'être présent pour Lila tout en lui laissant assez d'espace pour respirer. Et pour boire. Il a compris qu'elle n'envisage pas d'arrêter avant leur départ pour le bord de mer. Alors il ronge son frein, luttant contre l'envie furieuse de fracasser la moindre bouteille qui a le malheur d'apparaître dans son champ de vision.

Pour s'occuper, il organise leur séjour en Normandie. Il a trouvé une maison sur la plage, à une demi-heure de route de Cabourg. Si Lila le désire, il pourra l'emmener se promener dans cette ville qu'elle aime tant.

Il a aussi loué une voiture, le temps de s'en acheter une. Il prépare tout pour pouvoir prendre le large avec sa compagne.

Le vendredi, en fin d'après-midi, il va la chercher à la boutique. Elle finit plus tôt afin de pouvoir se rendre chez le médecin.

Lorsqu'il se gare devant l'entrée du magasin, elle l'attend sur le pas de la porte. Elle lance un regard appréciateur au véhicule.

— Je sais que je n'aurai pas le droit de la conduire, mais elle est sympa.

Cette fois, il n'est plus question de leur échappée belle où ils se disputaient le volant. Elle devra se laisser transporter comme une gamine.

Tandis qu'elle s'installe sur le siège passager, Louise les observe à travers la vitrine. Alors comme ça, Noé est revenu dans la vie de sa collègue ? C'est une bonne chose. Pourvu qu'il arrive à l'aider. Elle-même n'a pas osé intervenir, elle a peur de se tromper sur son état, bien que tous les indices pointent dans la même direction.

Sur le trajet, Lila essaye de se détendre, mais elle sait que ce rendez-vous ne va pas être une partie de plaisir. Noé la surveille du coin de l'œil. Elle est recroquevillée sur son siège et se ronge les ongles. Il ne parvient pas à s'habituer à son attitude anxieuse, ni à son apparence marquée par l'alcoolisme. Chaque fois qu'il contemple son visage émacié, les muscles de son cou saillants sous sa peau tendue à l'extrême, ses doigts fragiles et osseux, il est rongé par les remords. S'il s'était battu pour elle, elle n'en serait pas là aujourd'hui.

Dans la salle d'attente, Lila tape nerveusement du pied. Noé lui prend la main pour tenter de la calmer, mais elle reste prostrée. Il observe les affiches qui ornent les murs ternes de la pièce, ainsi que les dépliants à disposition sur une table basse. Tout tourne autour des risques liés aux addictions et des meilleurs moyens pour s'en sortir. Il repense à sa discussion de la veille avec Raphaèle. Leur présence dans cet endroit lui semble encore surréaliste.

Quand le médecin vient chercher Lila, son compagnon se lève pour la suivre.

— Il vaudrait mieux que votre ami vous attende ici, lui conseille le docteur.

— Non, proteste-t-elle d'un air buté, je veux qu'il vienne avec moi.

Le praticien fronce les sourcils.

— Vous en êtes certaine ?

— Oui.

— Comme vous voudrez.

Main dans la main, Lila et Noé le suivent dans un long couloir à la décoration impersonnelle jusqu'à son cabinet. Il s'installe à son bureau tandis que le couple prend place face à lui. Il adresse un regard bienveillant à la jeune femme.

— Mademoiselle, croyez bien que j'aurais préféré vous revoir dans de meilleures circonstances. Si vous êtes ici, c'est que vous devez avoir un problème.

Lila grimace.

— Oui, effectivement.

Elle marque une pause avant de poursuivre.

— J'ai recommencé à boire. À trop boire.

Le docteur ajuste ses lunettes, ouvre le dossier de sa patiente et en parcourt rapidement le contenu. Il le repose et reporte son attention sur Lila.

— Est-ce que vous voulez bien m'expliquer comment cette rechute est arrivée ?

Voilà pourquoi il ne souhaitait pas que Noé assiste à cette consultation. Il craint que sa présence empêche Lila de se montrer honnête. Elle va peut-être essayer de lui cacher l'étendue des dégâts. Mais elle est décidée à jouer franc jeu.

— Après mon coma, il y a huit ans, j'ai complètement arrêté de boire. Je n'ai pas touché à une goutte d'alcool jusqu'à l'automne dernier, commence-t-elle. Un accident stupide, qui est resté sans suite pendant plusieurs semaines. Je croyais gérer la situation. Alors quand on m'a proposé de prendre un verre, pendant une soirée, je me suis dit que je pouvais me le permettre, que j'étais capable de gérer. C'était en novembre dernier. Il y a eu d'autres occasions, plus tard. À chaque fois, je me persuadais que tout était sous contrôle. Jusqu'à ce que ça dérape pour de bon, début janvier.

Lila évite de regarder vers Noé.

— Que s'est-il passé, à cette période ? l'interroge le médecin.

— Il y a d'abord eu...

Elle hésite à continuer. Elle sait que ce qui va suivre risque de blesser son conjoint.

— D'abord le réveillon du Nouvel An. Je ne me sentais pas bien, pas... en sécurité. J'ai bu pour chasser mes angoisses, je crois que c'était la première fois que je rebuvais par nécessité, pas juste pour le plaisir.

Noé la fixe, choqué. Il ne s'est rendu compte de rien ce soir-là, il était persuadé qu'elle passait un bon moment. Elle lui adresse une moue désolée avant de poursuivre.

— J'arrivais encore à peu près à maîtriser les quantités que j'ingurgitais. Mais deux semaines plus tard, j'ai appris une très mauvaise nouvelle, un souci médical pour un proche. J'ai eu besoin de boire, pour oublier. J'ai bu jusqu'à m'effondrer.

— Et après ?

— Après ? Ça a pris le pas sur tout le reste. Au début, c'était surtout le soir. Toute la journée, j'étais obsédée par le moment où j'allais enfin pouvoir reprendre de l'alcool. J'ai... J'avais un ami qui tient un bar, juste à côté de mon travail. J'allais souvent le voir pour me soûler.

Elle n'ose pas avouer que ses rendez-vous avec Eliott étaient quotidiens, Noé semble déjà assez blessé comme ça. Il regarde devant lui, les mâchoires serrées. Il a l'air de vivre un calvaire, mais Lila souffre aussi de lui faire autant de mal, il ne le mérite pas.

— Où en êtes-vous, aujourd'hui ? la relance le médecin.

Elle sent les larmes lui monter aux yeux. Elle n'aurait pas dû insister pour que Noé assiste à ce rendez-vous. Elle a honte de détailler sa descente aux enfers devant lui.

— Maintenant, c'est complètement hors de contrôle. Je prends de l'alcool toute la journée, du réveil jusqu'au coucher. J'ai toujours une bouteille sur moi, pour être sûre de pouvoir boire à la moindre envie.

Noé jette un coup d'œil noir vers le sac à main de la jeune femme, avec le désir furieux de le balancer contre un mur. Il est anéanti par les aveux de sa petite amie. Il n'avait pas réalisé à quel point elle était prisonnière de son addiction. Quant à Eliott... Ce type l'a fait boire. Il vient à Noé des envies de meurtre. Mais il doit rester concentré sur la consultation.

À l'issue du récit de Lila, le médecin retire ses lunettes et les nettoie consciencieusement avant de faire part de son avis à sa patiente.

— C'est une bonne chose que vous fassiez la démarche de diminuer votre consommation. Connaissant vos antécédents, lui indique-t-il, je serais plus rassuré si vous étiez suivie en milieu hospitalier plutôt qu'en ambulatoire.

— Je refuse d'être enfermée.

— On en avait déjà parlé à l'époque, lui rappelle-t-il, pédagogue. Il ne s'agit pas de vous enfermer, mais de pouvoir vous surveiller de près pour éviter les problèmes graves.

— Il n'en est pas question, s'obstine-t-elle. J'ai réussi il y a huit ans sans hospitalisation, j'y arriverai encore cette fois-ci.

— Alors comment envisagez-vous les choses ? Expliquez-moi ce que vous prévoyez.

Lila sollicite Noé du regard. Il se racle la gorge avant de prendre la parole. Son projet de maison sur la plage lui semble tout à coup dérisoire et ridicule devant la gravité de la situation. Il se sent comme un petit garçon incapable de faire face à des problèmes de grandes personnes. Cependant, il ravale sa fierté et ne se démonte pas.

— Nous allons partir quelque temps en Normandie. Je vais m'occuper de Lila pendant sa désintoxication.

— Vous seul ? s'enquiert son interlocuteur.

— Oui, lui confirme Noé.

— C'est un engagement important que vous prenez là, j'espère que vous le comprenez.

— Je le sais. Je ne prends pas ça à la légère.

Le docteur l'observe un instant puis soupire. Il se tourne vers son ordinateur, effectue quelques recherches puis note un nom et un numéro de téléphone sur une feuille qu'il tend à Lila.

— Je préfèrerais que vous acceptiez une hospitalisation, ce serait beaucoup plus sage, mais je ne peux pas vous y contraindre. Si vous voulez persister dans votre projet, je tiens à ce que vous alliez consulter un de mes confrères au centre d'addictologie de Caen. Je vais vous faire un courrier que vous lui remettrez de ma part, et vous repartirez avec un exemplaire de votre dossier pour lui donner.

La jeune femme acquiesce en se saisissant de la lettre.

— Est-ce que vous m'autorisez à parler de votre précédent sevrage à votre ami ? l'interroge le praticien. J'aimerais qu'il sache exactement à quoi s'en tenir.

Elle préfèrerait refuser, mais il a raison, Noé doit savoir dans quoi il s'embarque, il est encore temps pour lui de changer d'avis.

— Allez-y.

Le médecin s'adresse à son compagnon.

— Vous endossez une grosse responsabilité en veillant seul sur elle, il faut que vous en ayez bien conscience. Tous les patients ne réagissent pas de la même façon lors de la désintoxication, chaque cas est particulier. Malheureusement pour Lila, elle fait partie des gens pour qui les choses sont compliquées. La dernière fois, elle a joué avec le feu en ne suivant pas son traitement à la lettre, et elle n'est pas passée loin d'un delirium tremens qui aurait pu avoir de graves conséquences.

Noé tique en entendant ce terme médical.

— Pourriez-vous m'expliquer de quoi il s'agit ?

— Le delirium tremens, lui précise le docteur, est le syndrome le plus dangereux du sevrage alcoolique. Le patient souffre de tremblements importants, accompagnés de fortes fièvres, voire d'hallucinations. Vous devez comprendre que l'issue peut être fatale, c'est peu fréquent, mais cela arrive.

— Il n'y a rien qu'on puisse faire pour éviter ça ? s'inquiète Noé.

— Les benzodiazépines permettent en général de prévenir ce risque. Mais mon problème, c'est que Lila est assez réfractaire à l'idée de prendre ces médicaments.

— Vous savez très bien pourquoi, l'interrompt-elle. J'étais une droguée alcoolique et vous vouliez me soigner avec ces trucs qui créent aussi de la dépendance.

— Pas si l'on adapte le traitement et qu'on respecte les doses. Lila, vous ne devez pas prendre cette menace à la légère. Le fait que vous ayez présenté des signes de prédelirium tremens lors de votre premier sevrage montre que vous avez probablement une prédisposition génétique à ce trouble. Il est très important que vous suiviez les prescriptions à la lettre, vous m'entendez ? Quant à vous, ajoute-t-il à l'intention de Noé, vous devrez surveiller son état. Au moindre symptôme préoccupant, il faudra agir.

Noé prend les doigts de Lila entre les siens.

— Je m'assurerai qu'elle suit bien son traitement.

Le praticien lui remet une brochure avec toutes les informations nécessaires et des conseils pour essayer d'apaiser les troubles dont risque de souffrir Lila.

— Je vais vous faire l'ordonnance pour vos médicaments, conclut-il. À suivre scrupuleusement, je me répète, mais c'est très important. Je vais aussi vous prescrire un arrêt de travail. Dans les prochaines semaines, vous allez avoir besoin de toute votre énergie pour lutter contre cette addiction.

Le couple ressort du cabinet avec le dossier de la jeune femme, plus une dernière salve de recommandations, au cas où ils n'auraient pas bien appréhendé ce qui les attend.

En retournant à la voiture, Lila tient à mettre les choses au clair avec Noé.

— Écoute, je comprendrais si tu préfères prendre tes distances. Tu n'avais peut-être pas réalisé dans quoi tu t'embarquais, je ne te ferai pas de reproche si tu as changé d'avis.

Elle se doit de lui offrir une porte de sortie, il n'a pas choisi de se retrouver dans cette galère.

— Qu'est-ce que tu racontes ? s'offusque-t-il. Tu n'as pas écouté ce que je viens de dire à ton médecin ?

— Tu lui as répondu ce qu'il voulait entendre. Mais tu peux me dire si tu n'as pas envie d'aller jusqu'au bout.

Une infime partie d'elle espère qu'il va renoncer, pour qu'elle puisse continuer de boire et s'épargner ainsi le supplice qu'elle s'apprête à vivre. Mais Noé ne veut rien entendre.

— J'étais déjà décidé, et en sachant ce que tu as traversé la dernière fois, je te promets que je ne te laisserai pas affronter ça toute seule. Je vais rester à tes côtés aussi longtemps qu'il le faudra et je ferai tout mon possible pour t'aider.

Lila culpabilise de lui faire vivre cette épreuve. Et elle voit bien qu'il n'a pas digéré tout ce qu'il vient de découvrir. Alors qu'ils reprennent la route, elle tente de l'apaiser.

— Je voudrais juste préciser une chose. Ce que j'ai raconté, sur comment j'ai recommencé à boire... Il est hors de question que tu te considères comme responsable, on est bien d'accord ?

Les traits tendus, son compagnon fixe le véhicule devant lui, sans répondre.

— Je suis très sérieuse, insiste Lila. Tu n'y es pour rien dans tout ça.

— Bien sûr que si, finit-il par exploser, incapable de contenir sa colère. La soirée du Nouvel An, on était ensemble et je n'ai même pas été foutu de te sécuriser. Je n'ai rien vu, je pensais que tout allait bien.

— Parce que je faisais tout pour le cacher, OK ? Ce n'est pas ta faute.

Évidemment que c'est sa faute. Il avait bien perçu des attitudes hostiles à Lila de la part d'anciennes maîtresses, cependant il n'avait pas envisagé une seconde qu'elle puisse s'estimer en danger puisqu'elle est la seule qui n'ait jamais compté. Non, il avait préféré continuer à se pavaner comme un coq au milieu de sa basse-cour sans penser à prendre soin d'elle. Quoi qu'en dise Lila, il est responsable de ce qui est arrivé ce soir-là. Il s'imaginait qu'elle passait un bon moment alors que c'était l'alcool qui l'avait aidée à faire face. Il est ravagé par la honte quand il se remémore son beau discours aux douze coups de minuit. Lui déclarer son amour éternel tout en la laissant sombrer… Il a envie de hurler.

27.

Le samedi matin, Lila se rend à la boutique avant de retrouver Noé. Elle doit déposer son arrêt de travail et expliquer à ses collègues qu'elle va s'absenter.

Lorsqu'elle arrive, Louise est déjà en train de s'activer. Elle s'est dévouée corps et âme au magasin pour qu'il ne sombre pas avec Lila, la jeune femme lui en est très reconnaissante.

Elle observe un instant la devanture avec une pointe de tristesse. La vitrine est splendide, Louise a repensé la décoration et élaboré de belles compositions pour la mettre en valeur. À une époque, pas si lointaine pourtant, c'était elle qui s'en chargeait. Mais depuis qu'elle a recommencé à boire, tout est parti de travers, même ce travail qu'elle affectionne tant.

— Comment ça va, ce matin ? l'accueille Louise en interrompant ses préparatifs.

— Je dois te parler, lui répond Lila en s'asseyant sur son tabouret, épuisée par le simple fait d'avoir marché quelques minutes. Je voulais te prévenir que j'ai vu un médecin, pour mes soucis de santé. Il me met au repos, le temps de récupérer. Je ne vais pas venir bosser pendant plusieurs semaines. Je suis désolée de te laisser tomber, mais ça ne peut pas continuer comme ça. Il faut que je fasse une pause.

Louise s'installe à côté d'elle.

— Ne t'en fais pas pour moi, lui répond-elle avec douceur.

Elle est soulagée. Effectivement, la situation ne pouvait pas perdurer, il était plus que temps d'intervenir pour permettre à Lila de s'en sortir.

— J'espère de tout mon cœur que tu vas réussir à résoudre ton problème, lui souhaite-t-elle.

Ton problème… Lila scrute son visage avec attention, essayant de deviner ce qu'elle a saisi de son état.

— Tu sais de quoi il s'agit, n'est-ce pas ? l'interroge-t-elle enfin.

Louise lui adresse une grimace d'excuse.

— Je pense, oui. Ce n'était pas si difficile que ça. Tu étais un peu trop attachée à ta bouteille pour qu'elle ne contienne que de l'eau. Et puis, il y a des signes qui ne trompent pas…

Elle n'a pas besoin de les énumérer, Lila voit très bien de quoi elle veut parler.

— Tu es perspicace. Peu de gens ont compris ce qu'il se passait.

Elle aurait préféré que Louise se montre moins futée. Son admiration à son égard risque de voler en éclats. Mais après tout ce qu'elle a fait pour la soulager, elle mérite de connaître la vérité.

— Je vais tout faire pour m'en sortir, mais ça va être compliqué.

— Je suis certaine que tu vas y arriver, l'encourage Louise.

Elle se rappelle la scène observée la veille.

— J'ai aperçu Noé venir te chercher hier. Est-ce que lui et toi… ? interroge-t-elle avec curiosité.

— Oui, lui répond sa collègue avec une étincelle dans le regard qu'elle ne lui avait pas vu depuis bien longtemps.

— Je suis contente pour toi. Il va pouvoir te soutenir pour passer ce cap.

Lila aurait préféré épargner ça à Noé, mais il semble si déterminé à lui venir en aide. Louise tient à la rassurer avant son départ.

— Je ne veux pas que tu t'inquiètes pour la boutique en ton absence, je m'occupe de tout.

— Je sais que tu feras ça très bien, la remercie Lila.

L'annonce de son arrêt à Cassandre est une simple formalité. Maintenant que le fantôme s'est habitué à Louise, elle les laisse se débrouiller, Lila et elle, pour que l'une des deux soit toujours présente. Cass peut ainsi continuer à travailler dans son coin, enfermée dans l'atelier à gérer la paperasse et créer des bouquets somptueux, sans personne pour la déranger. Il n'y a que dans la solitude et le calme qu'elle peut exercer son talent.

Lila embrasse Louise avant de reprendre le chemin de son appartement. Lorsqu'elle rentre chez elle, Noé l'attend déjà au pied de son immeuble. Elle ne peut cacher sa surprise de le trouver là.

— Qu'est-ce que tu fais ici ? On ne devait se retrouver que dans une demi-heure.

— J'étais prêt en avance, alors je me suis dit que j'allais venir plus tôt.

Il ne pensait pas que cela poserait de problème. Il la suit jusqu'à son studio. Sa présence gêne la jeune femme. Elle espérait avoir le temps de prendre de l'alcool une dernière fois avant d'entamer son sevrage.

— Écoute, Noé…

Elle a tellement honte de ce qu'elle s'apprête à faire. Mais elle ne peut pas renoncer à cet ultime verre. C'est impossible.

— Je devais repasser chez moi avant que tu sois là parce que j'ai besoin de…, lui avoue-t-elle à demi-mot. Je ne peux pas faire la route comme ça.

Il comprend où elle veut en venir. Voilà pourquoi elle a été troublée par son arrivée anticipée. Elle avait prévu de boire. Il préfèrerait la convaincre de ne pas prendre cette dernière dose, mais il sait qu'il doit la laisser avancer à son rythme.

Il ne supporte pas l'idée de la regarder se faire du mal. Il aurait l'impression d'assister à sa destruction, lente et inexorable. Il voudrait attraper la bouteille qu'elle sort du placard et la jeter par la fenêtre. Il a beau comprendre que ce coup de sang ne rendrait pas service à sa compagne, il doit faire un effort considérable pour se retenir d'intervenir. N'y tenant plus, il s'enfuit.

— Je vais prendre l'air.

Lila lève vers lui son visage peiné.

— Je suis désolée.

Désolée d'être une alcoolique. Désolée de le décevoir. Désolée de lui infliger ce calvaire. La jeune femme se met à pleurer tandis que Noé quitte l'appartement.

Il marche à grands pas dans la rue, il aspire à taper dans quelque chose. Il est en colère, frustré de se sentir impuissant, de n'avoir rien vu. Il voudrait s'en prendre à quelqu'un, venger Lila, réparer les torts. Mais l'ennemi est bien plus sournois. Il est partout, exposé mais sans visage.

À bien y réfléchir, il y a une personne qui a sa part de responsabilité et qui devrait payer pour le mal qu'il a fait. Noé se dirige vers la brasserie, bouillonnant de rage. Il entre et cherche Eliott des yeux. Celui-ci le dévisage depuis l'autre bout de la salle. Il l'a reconnu. Difficile d'oublier le visage de l'homme qui a essayé de lui voler la femme de ses rêves.

Noé va s'installer au bar. Il imagine Lila assise à la même place, buvant un verre servi par ce gars, cela lui donne envie de tout fracasser autour de lui, mais il se contrôle.

Eliott vient se planter face à lui, de l'autre côté du comptoir. Il le fixe sans prononcer un mot, attendant que son visiteur prenne la parole.

— Je t'interdis de t'approcher de Lila, assène Noé en guise de préambule.

— Je te demande pardon ? s'offusque Eliott devant cette entrée en matière inopinée.

— J'ai dit : ne t'approche plus de Lila, répète Noé sans élever la voix, mais en insufflant dans cette injonction toute la hargne qu'il éprouve pour son rival.

— Écoute, mon vieux, les choses ont changé. Lila et moi…

— Je sais ce qu'il s'est passé entre vous, crache Noé.

Eliott essaye de calmer le jeu, ignorant tout de la réconciliation des amoureux.

— Je comprends que ce soit dur à encaisser, mais vous étiez déjà séparés quand on s'est remis ensemble.

— Remis ensemble ? se moque Noé. Pauvre type ! Ce n'est pas parce qu'elle a eu pitié de toi un seul soir que vous êtes un couple. Ça ne voulait rien dire pour elle.

Eliott n'apprécie pas de se faire malmener de la sorte.

— Je ne comprends pas bien ce que tu es venu faire ici. Je n'ai aucun compte à te rendre et si j'ai envie de voir Lila, je le ferai.

— Je ne te le conseille pas, le prévient Noé.

— Tu penses que tes menaces me font peur ?

— Si tu n'es pas complètement con, tu vas y réfléchir et faire ce que je te dis. Parce que je n'hésiterai pas une seconde à te démolir après ce que tu as fait à Lila.

— Ça suffit maintenant, je ne lui ai rien fait, s'insurge Eliott en haussant le ton.

Des clients tournent la tête vers eux, alertés par les éclats de voix. Le barman se penche au-dessus du zinc pour s'adresser à Noé sans se faire entendre des oreilles indiscrètes.

— Je tiens beaucoup à elle, je ne lui ai pas fait de mal et il est hors de question que j'arrête de la voir juste parce que tu es jaloux que j'aie pris ta place.

— C'est ça, le raille le compagnon de la jeune femme, tu tiens tellement à elle que tu n'as pas cessé de lui servir à boire alors qu'elle est alcoolique.

Eliott se recule, choqué par les propos de Noé. Mais ce dernier n'en a pas fini avec lui. Il veut l'anéantir pour avoir suivi Lila dans sa descente aux enfers.

— Tu te fous bien de savoir comment elle va, tu veux juste la sauter, alors ne viens pas me dire que tu tiens à elle. Elle s'est servie de toi, tu l'as aidée à replonger dans l'alcool.

— Quoi ? Mais non, c'est du délire !

— Tu en es sûr ?

Eliott aimerait pouvoir croire que les paroles de Noé sont des mensonges, la tentative d'un amant éconduit pour l'éloigner de Lila. Il aimerait vraiment pouvoir y croire, mais ce qu'il vient d'apprendre explique enfin le comportement de son amie. Pourquoi elle le rejoignait de plus en plus souvent, pourquoi elle s'attardait au bar. Ce n'était pas pour lui, en fait. Et pourquoi elle l'a rejeté si violemment après avoir fait l'amour. Elle ne voulait pas de lui.

Noé sent bien qu'il commence à comprendre. Il prend plaisir à regarder le visage du jeune homme se décomposer sous le coup de ses révélations.

— Je devrais te faire mal pour avoir profité de sa faiblesse, continue-t-il. Mais je ne vais rien te faire, si tu acceptes de ne plus jamais la revoir.

Eliott garde le silence. Noé décide de porter le coup final.

— Lila et moi, on est de nouveau ensemble, et je te garantis que rien ni personne ne pourra me séparer d'elle. Je vais l'emmener loin d'ici pour essayer de l'aider à se sortir de tout ça. Si tu cherches à reprendre contact avec elle, je te le ferai payer. Idem si tu tentes d'aller lui parler à son retour ou si tu oses seulement la regarder. Et si tu lui dis un mot de cette petite visite, je te fais la peau.

Eliott ne répond toujours pas. Il fixe Noé en s'efforçant d'encaisser le choc. Il finit par lui adresser un hochement de tête pour lui signifier son accord.

Noé n'ajoute rien de plus et part retrouver Lila. Elle l'attend, assise sur le canapé, sa valise posée à ses pieds. Il voit à ses yeux rouges et gonflés qu'elle a pleuré. Il en oublie aussitôt sa colère. Il met sa confrontation avec Eliott de côté pour se concentrer sur elle.

— Ne t'en fais pas, le rassure-t-elle, honteuse, je ne suis pas ivre.

Elle semble si fragile. Il lui tend la main pour l'aider à se lever. Sa Lila... À présent, la seule chose qui compte est de la sauver.

28.

Lila ne parle pas de tout le trajet. Heureusement que ses chansons rock sont là pour meubler le silence. Elle anticipe les tourments qui l'attendent quand ils auront atteint leur destination. Elle a promis à Noé qu'elle n'avalera plus une goutte d'alcool après leur départ.

Même s'il est trop tôt pour ça, il lui semble déjà ressentir les effets du manque. C'est absurde, puisqu'elle a bu son dernier verre juste avant de prendre la route. Mais la perspective de sa désintoxication l'effraye, et elle guette les premiers signes. Les souvenirs de son précédent sevrage lui reviennent en mémoire et la font frissonner. Cela risque d'être encore pire cette fois, car sa consommation actuelle est sans commune mesure avec ce qu'elle ingurgitait quand elle était adolescente.

À leur arrivée sur la côte normande, elle ne se montre pas aussi heureuse que d'habitude de retrouver le bord de mer. Tout son esprit est tourné vers la tempête qui s'annonce, elle ne parvient pas à apprécier le cadre choisi par Noé.

Elle essaye tout de même de faire un effort pour lui, car il a passé du temps à préparer ce séjour. De l'extérieur, la maison ne paye pas de mine, pourtant elle est spacieuse et fonctionnelle. Et surtout, elle donne directement sur la grève. Seule une promenade piétonne sépare le jardin de l'étendue de sable.

Après avoir visité la propriété, Lila observe le paysage par la baie vitrée du salon. En d'autres circonstances, elle aurait pu se plaire ici.

— Tu sais à quoi cette maison me fait penser ? demande-t-elle à Noé, les yeux fixés vers l'horizon.

— Dis-moi.

Elle se tourne vers lui avec un sourire.

— Carmel.

Il se remémore cette villa californienne, où il avait été si heureux la première fois, puis tellement inquiet, la seconde, de la voir s'éloigner de lui. Il chasse ce souvenir de son esprit. Lila est de nouveau à ses côtés, la seule chose qui compte est de la soutenir.

— Tu veux prendre la suite qui donne sur la plage ? lui propose-t-il, certain de son choix.

— J'aimerais beaucoup, approuve-t-elle en le rejoignant dans la vaste pièce qui jouit d'une vue extraordinaire sur la baie.

Noé semble hésiter à y amener sa propre valise.

— Est-ce qu'on s'installe tous les deux, l'interroge-t-il, ou préfères-tu que j'occupe une autre chambre pour que tu sois tranquille ?

Lila est touchée par sa prévenance alors qu'elle ne mérite pas un tel traitement de faveur.

— J'aimerais beaucoup que tu dormes ici avec moi, lui répond-elle d'une petite voix, mais j'ai peur de te déranger pendant la nuit. Je risque d'avoir un sommeil assez agité.

Noé pose les bagages et vient l'enlacer.

— J'ai envie d'être avec toi. Je m'en fiche si je dors mal.

Il effleure de ses lèvres le cou de la jeune femme et respire son parfum fleuri. Elle se serre contre lui. Elle donnerait n'importe quoi pour renouer avec son conjoint dans de meilleures conditions, mais elle va devoir se battre contre ses vieux démons avant de pouvoir se consacrer à leur couple.

Ils passent l'après-midi à s'installer. Noé a tout prévu. Comme il est hors de question d'emmener Lila faire les magasins et qu'il refuse de la laisser seule, il a commandé sur Internet toutes les courses nécessaires avant de quitter Paris. La vente en ligne et la livraison à domicile vont devenir ses alliées durant les prochaines semaines.

Lila essaye de trouver sa place au milieu de cette organisation quasi militaire, mais elle se sent inutile. Elle remarque que Noé jette régulièrement des coups d'œil inquiets dans sa direction.

— Arrête de me regarder comme ça ! le rabroue-t-elle.

— Comment ? s'étonne-t-il.

— Comme une bombe à retardement sur le point d'exploser.

— Je suis désolé.

Il pensait pourtant faire preuve de discrétion… Il ne sait pas à quoi s'attendre. Comment vont se manifester les premiers signes du sevrage ? Il guette le moindre changement dans l'état de Lila.

— Ne t'en fais pas, le prévient-elle. Quand ça va commencer à aller mal, tu vas vite t'en rendre compte.

Après un dîner frugal où elle fait surtout acte de présence et n'avale pas grand-chose, Noé lui propose de choisir un film pour meubler le silence qui pèse entre eux. Elle accepte de regarder une comédie même si elle n'a pas le cœur à rire. Ce qui lui plaît le plus, c'est de se pelotonner près de Noé.

Il n'est pas très attentif à l'histoire qui se déroule sur l'écran. Il est concentré sur les réactions de sa compagne. Vers la moitié du long-métrage, il s'aperçoit qu'elle commence à tordre ses mains l'une contre l'autre. Elle répète ce geste pendant plusieurs minutes.

— Comment te sens-tu ? lui demande-t-il.

Elle tend vers lui ses doigts tremblants.

— Je crois que cette fois, c'est parti.

Ce symptôme n'est que le prélude de l'orage qui se prépare. Leur première nuit ensemble depuis des mois se révèle mouvementée. Lila se réveille en sursaut au bout de deux heures à peine, en nage, effrayée par un horrible cauchemar. Noé s'inquiète de son état.

— Ça va ?

— C'est bon, ne t'en fais pas.

— Lila, la sermonne-t-il, je ne pourrai pas t'aider si tu refuses de me dire ce qu'il se passe.

Elle lui lance un coup d'œil exaspéré.

— Tu veux savoir ce qu'il se passe ? Très bien ! Mon corps est en train de se rebeller parce que je ne lui ai pas donné d'alcool depuis trop longtemps à son goût. Et là, ce n'est que le début des réjouissances, ça ne va faire qu'empirer dans les prochaines heures. Alors, satisfait ?

Elle regrette aussitôt son agressivité. Noé se montre juste attentionné, mais elle préfèrerait être seule. Elle se lève pour sortir de la chambre. Il lui emboîte le pas.

— Qu'est-ce que tu fais ? le tance-t-elle.

— Je viens avec toi.

Lila fait mine d'applaudir.

— Je vois que mon frère t'a bien briefé, félicitations !

Noé ne répond pas à sa provocation. Effectivement, Clément l'a prévenu de ce qui l'attend. Elle va lui en faire baver, le défier. Mais c'est uniquement parce qu'elle souffre. Il est prêt à tout supporter pour elle, même à lui servir de punching-ball si ça peut la soulager.

Elle s'installe à une extrémité du sofa et attrape un coussin qu'elle plaque contre sa poitrine comme un bouclier. Elle appuie sa tête sur le dossier et observe Noé avec une expression indéchiffrable. Sentant son besoin d'espace, il prend place dans un fauteuil à l'écart.

Alors qu'il s'attend à une nouvelle attaque, il est surpris de l'entendre lui demander si elle peut regarder un autre film. Comme s'il lui fallait sa permission...

Il la laisse choisir le programme. Il se fiche du scénario. Il la surveille du coin de l'œil. Distraite par l'écran, Lila ne cesse de triturer ses doigts pour essayer de calmer les tremblements. Il voudrait la rejoindre pour tenter de la calmer, mais il a bien conscience qu'elle n'a pas envie de lui à ses côtés.

Il ne supporte pas de la voir dans cet état. Assister à sa souffrance sans pouvoir la soulager lui semble encore plus intenable que de la subir lui-même. Mais il doit faire face, car c'est elle qui pâti le plus de tout ça, il doit se montrer fort pour elle.

Vers la moitié du film, il se rend compte qu'elle a enfin réussi à s'endormir. Il se lève en silence, la soulève sans effort et la porte jusqu'à la chambre en prenant soin de ne pas la réveiller. Dans son sommeil, elle se blottit contre lui. Il la garde un instant dans ses bras pour profiter de ce contact, avant de l'allonger sur le lit et de se coucher près d'elle.

29.

Le lendemain matin, le réveil est difficile. Lila n'a pas réussi à dormir très longtemps. Lorsqu'elle émerge, elle sent les doigts de Noé emmêlés aux siens, dans un geste d'amour.

Mais elle ne peut pas s'appesantir sur cette marque de tendresse. Elle doit mobiliser toute son énergie pour refouler l'intense envie de boire qui la submerge déjà. La journée s'annonce éprouvante.

Noé insiste pour lui servir un petit déjeuner mais elle refuse. Son estomac se tord dans tous les sens. Si elle lui envoie la moindre nourriture, il risque de se manifester encore plus violemment.

Elle fait les cent pas dans la maison, les mains coincées sous ses aisselles pour essayer de les empêcher de s'agiter. En vain. Noé ne sait pas quoi faire pour l'apaiser. Lila n'en peut plus de tourner en rond, elle a l'impression de se cogner aux murs, comme un animal cherchant à briser les barreaux de sa cage. N'y tenant plus, elle attrape son manteau et enfile ses chaussures.

— Je vais marcher sur la plage. Seule, ajoute-t-elle avant que Noé puisse lui proposer de l'accompagner.

Il hésite. Doit-il insister pour l'escorter ou lui laisser un peu d'espace ? Il avance à tâtons, sans point de repère.

— Ne pars pas trop loin, d'accord ? finit-il par accepter.

Elle lui adresse un petit hochement de tête en signe d'assentiment et prend la fuite. Elle veut se soustraire à son regard anxieux qui pèse en permanence sur elle.

Pendant que Lila commence sa promenade au bord de l'eau, Noé s'installe sur la terrasse pour la surveiller à distance et s'assurer qu'elle ne s'échappe pas. Il s'est muni de son ordinateur pour continuer ses recherches. Avant de quitter la région parisienne, il a entrepris de se renseigner sur les addictions : il a lu de longues études, fréquenté des forums donnant la parole à des malades et à leurs proches. Il s'est également documenté sur les conséquences d'un alcoolisme non soigné : cancers, cirrhoses, troubles psychiques… Ce qu'il a appris lui fait froid dans le dos. Clément ne mentait pas quand il lui expliquait que Lila allait vivre un enfer pour se délivrer de cette dépendance. Alors Noé poursuit son immersion dans ce monde obscur en quête de conseils, d'idées pour atténuer les tourments de sa compagne.

Il relève régulièrement la tête pour vérifier qu'elle est toujours là. Elle s'est assise sur le sable. Elle est trop faible pour parcourir plus de quelques centaines de mètres. Même au loin, il remarque la posture contractée de Lila, les bras croisés sur sa poitrine pour calmer les soubresauts. Il vit un supplice de la regarder souffrir sans pouvoir la soulager.

Elle reste longtemps sur la grève. Lorsqu'elle rentre, elle fait comme s'il n'existait pas et passe devant lui sans un mot. Elle part s'enfermer dans la chambre. Moins d'une minute plus tard, la musique se met à hurler : *The White Stripes*.

Les heures défilent, les groupes de rock se succèdent, et Lila ne réapparaît pas. Dans l'après-midi, Noé frappe à sa porte. En l'absence de réponse, il ouvre doucement le battant. Il s'inquiète de ne pas la trouver sur le lit. Son regard parcourt la pièce. Il la découvre recroquevillée dans un coin, assise à même le sol, la tête appuyée contre le mur, les paupières closes.

Il vient s'installer à côté d'elle. Elle ne semble pas remarquer son arrivée. Il l'appelle à voix basse.

— Lila ?

Elle ne réagit pas.

— Lila, parle-moi, s'il te plaît, la supplie-t-il.

Il doit réussir à percer sa carapace. Si elle se renferme sur elle-même, il ne pourra pas l'aider. Sans rouvrir les yeux, elle consent à lui adresser la parole.

— Je préfère ne pas te parler.

— Pourquoi ? s'inquiète Noé.

Nouveau silence.

— Parce que, sinon, je vais te balancer des horreurs pour que tu t'en ailles et que je puisse boire en paix, lui répond-elle froidement. Alors il vaut mieux que je me taise.

Noé observe son visage tendu, la sueur qui perle sur son front, ses paupières frémissantes et ses doigts agités de tremblements. Elle est en plein combat, elle lutte contre l'envie dévorante de prendre de l'alcool. Il ne résiste pas au besoin de lui tenir la main pour lui témoigner son soutien. Il s'attend à une réaction de rejet de la part de Lila mais elle le laisse faire. Ses doigts tressautent contre la paume de

Noé de manière incontrôlée. Il les serre fort pour calmer cette agitation, mais c'est peine perdue. C'est tout le corps de Lila qui est secoué de spasmes.

Soudain, elle glisse vers lui et appuie sa tête sur son épaule.

— Je suis désolée, s'excuse-t-elle avant de retomber dans son mutisme.

— Tu n'as pas à l'être, mon amour.

Noé passe son bras autour d'elle et la tient contre lui. Par ce simple contact, il essaye de lui insuffler son énergie pour lui donner le courage de continuer à avancer sur le long chemin de la guérison. Il veille aussi à ce qu'elle boive de l'eau régulièrement, le médecin l'a prévenu que la déshydratation était fréquente dans les premiers jours de sevrage et que cela risquait d'aggraver les autres symptômes.

En début de soirée, il la quitte pour s'installer aux fourneaux. Il s'est mis en tête de cuisiner. Il a du temps devant lui et Lila a besoin de reprendre des forces. Il a trouvé des recettes et acheté tout le nécessaire pour lui préparer de bons repas.

Cela lui fait du bien de se concentrer sur cet objectif et de s'activer. Il se change les idées et a au moins le sentiment de se rendre un peu utile. Des effluves appétissants envahissent la pièce à mesure que l'élaboration du dîner progresse. Noé est content de lui. Pour quelqu'un qui se limitait jusque-là à des plats très simples, il se débrouille plutôt bien.

La voix de Lila s'élève soudain derrière lui.

— Qu'est-ce que tu fabriques ?

Il ne l'a pas entendue arriver. Il s'apprête à lui énoncer fièrement le menu du jour quand il remarque sa grimace dégoûtée.

— Ça ne va pas ?

— C'est toutes ces odeurs, c'est horrible ! se plaint-elle en plaquant une main devant sa bouche.

Elle se précipite vers les toilettes pour vomir le maigre contenu de son estomac. Noé s'excuse en ouvrant grand toutes les fenêtres pour renouveler l'air.

— Pardon. Je voulais juste que tu manges un bon repas.

C'est infernal. Quoi qu'il tente, il est dans l'erreur, il fait tout de travers.

— Je crois qu'il vaudrait mieux éviter de jouer les chefs trois étoiles pour le moment, le tance Lila en retournant s'enfermer dans sa chambre.

Noé contemple le contenu de ses casseroles avant de tout balancer à la poubelle dans un accès de colère. En fin de compte, il n'a plus très faim non plus.

30.

En peu de temps, l'état de Lila se dégrade considérablement. Chaque fois que Noé pense qu'elle ne peut pas aller plus mal, la situation s'aggrave. Les tremblements qui agitent ses mains sont sans cesse plus virulents. Son visage est également victime de tressautements. Elle ne dort plus du tout. Entre les migraines et les insomnies, ses nuits sont un vrai calvaire. Et si elle parvient enfin à somnoler, elle fait des rêves terrifiants et se réveille en nage.

Elle n'avale plus rien en dehors de son traitement qu'elle prend à contrecœur, en priant pour réussir à le garder le temps qu'il fasse effet. Noé lutte avec elle pour la forcer à s'hydrater. Il vit un cauchemar éveillé de la voir ainsi dépérir.

Elle ne quitte plus sa chambre, où elle tente de contrôler les réactions violentes de son corps. Il n'est plus question de regarder des films ou d'écouter de la musique, elle doit mobiliser le peu d'énergie qu'il lui reste pour faire face aux difficultés de la désintoxication.

Noé ne sait plus quoi faire. Au bout de cinq jours d'enfer, il en vient à se demander s'il ne devrait pas essayer de joindre le médecin de Lila. Il voudrait lui parler de la situation, et voir avec lui s'il n'y aurait pas un moyen d'arranger un peu les choses, afin que la jeune femme souffre moins.

Il y réfléchit longuement ce matin-là, en prenant sa douche. Oui, il va l'appeler. Après tout, le docteur l'a encouragé à le tenir au courant en cas de problème. Noé pourrait aussi contacter son confrère que Lila doit bientôt consulter à Caen, mais il ne le connaît pas encore. Et puis, le spécialiste parisien lui a fait une bonne impression, il préfère avoir affaire à lui.

Fort de cette résolution, il retourne dans la chambre pour jeter un œil à sa compagne avant de passer son coup de téléphone. Elle n'est plus là. Noé ne s'attendait pas à ça. Il se précipite hors de la suite pour la chercher dans les autres pièces de la maison. Elle a disparu.

Il sent la panique l'envahir à mesure qu'il fouille chaque recoin de la villa. Depuis leur arrivée, elle n'a jamais cherché à s'enfuir. Est-ce qu'il aurait relâché sa surveillance sans s'en rendre compte ? Peut-être que l'état de Lila est devenu trop insoutenable pour qu'elle puisse continuer à l'affronter.

Il sort de la maison pour vérifier à l'extérieur. Leur véhicule est toujours là. Si elle est partie, c'est à pied. Au vu de sa forme physique, elle ne pourra pas aller bien loin.

Noé fait le tour du jardin. Il l'aperçoit enfin sur la terrasse, assise par terre contre le muret bordant le terrain. Il est rassuré qu'elle n'ait pas fugué, pourtant il n'est pas soulagé. Elle paraît très mal en point. Elle tente de calmer les tremblements qui agitent tout son corps. Elle a l'air si désemparée. Son compagnon s'agenouille devant elle. Il prend ses mains dans les siennes et les presse contre son torse. Il appuie avec autant de force qu'il le peut sans faire mal à Lila. Mais les soubresauts continuent à la maltraiter. Son état inquiète Noé. Lorsqu'il effleure son front moite pour dégager les mèches collées par la sueur, il est surpris par sa température.

— Lila, je crois que tu as de la fièvre, l'alerte-t-il, soucieux.

Elle semble à peine l'entendre.

— Ce n'est rien, susurre-t-elle.

— Si, tu es brûlante !

Elle ne réagit pas. Les paupières mi-closes, elle laisse Noé tâter son pouls qui bat à un rythme effréné. Il l'abandonne quelques instants pour récupérer dans la salle de bain le thermomètre de la trousse de secours. Il revient auprès d'elle et approche l'appareil de son oreille. Le verdict est sans appel : la machine affiche une valeur supérieure à quarante degrés.

Noé entend la voix du médecin résonner dans sa tête et se rappelle ses mises en garde. Il n'y a pas de temps à perdre. Il prend Lila dans ses bras avec autant de délicatesse que possible et va l'assoir dans la voiture. Elle ne pose aucune question. Elle n'est plus vraiment là. Il repart en trombe dans la maison pour récupérer le dossier de la jeune femme ainsi que ses papiers, et revient s'installer au volant.

Il avait repéré l'itinéraire vers l'hôpital afin de parer à toute éventualité, en espérant ne jamais avoir à emprunter cette route. Mais le sort s'acharne sur Lila. Noé s'est bien renseigné : la désintoxication n'est jamais un parcours de santé, loin de là, et sa petite amie semble faire partie des cas les plus critiques.

Pendant les quinze minutes interminables que dure le trajet, Noé ne cesse de lui parler. Il veut la forcer à maintenir son attention sur lui pour ne pas sombrer. Elle ne lui répond pas.

En arrivant à destination, il laisse la voiture sur la première place qu'il trouve. Lila n'a plus la force de sortir de l'habitacle. Il la porte pour l'emmener jusqu'aux urgences. Elle est si frêle, il la soulève sans effort tellement elle a perdu de poids. Il sent la chaleur de sa joue contre son cou et son cœur qui bat à tout rompre dans sa poitrine. Pitié, se surprend-il à prier, faites qu'il ne soit pas trop tard.

Il se précipite vers l'accueil.

— S'il vous plaît, interpelle-t-il le personnel soignant, ma compagne a besoin d'aide !

L'infirmière de garde se lève en appelant du renfort. Noé lui confie le dossier et allonge Lila, inconsciente, sur un brancard. Elle est aussitôt emmenée derrière les lourdes portes battantes qui mènent aux salles d'examen.

Noé essaye de voir ce qu'il se passe dans cette zone interdite au public, mais l'infirmière réclame son attention.

— Monsieur, calmez-vous, j'ai besoin de tous les renseignements que vous pourrez me donner à propos de votre amie.

Il ne veut pas qu'elle perde de temps à lui parler, elle devrait plutôt aller aider ses collègues à s'occuper de Lila. Mais elle a raison : pour que la jeune femme soit soignée dans les meilleures conditions, il doit les mettre au courant de ce qu'il lui arrive. Il tente de rassembler ses idées.

— Elle est en sevrage alcoolique, explique-t-il. Son dernier verre remonte à samedi. Elle est sous diazépam, avec un complément en vitamine B1. J'ai aussi veillé à ce qu'elle s'hydrate bien. Je ne comprends pas ce qu'il s'est passé.

La culpabilité le terrasse. Qu'est-ce qu'il a pu rater pour que l'état de Lila dégénère à ce point ? La soignante se veut réconfortante mais elle reste concentrée.

— On en a bientôt fini, il me manque juste quelques informations.

Il lui donne les derniers détails qu'elle réclame puis elle va rejoindre son équipe. Noé se retrouve seul, perdu, sans savoir quand il reverra Lila.

Cette attente est insoutenable. Il déambule dans le hall d'accueil pour tuer le temps, il assiste au défilé des patients qui arrivent, repartent, se croisent. Le ballet du personnel hospitalier ne s'arrête jamais non plus.

Il hésite à appeler Clément. Quand il a décidé d'emmener Lila loin de Paris, il a promis à son ami de le tenir informé de l'état de santé de sa sœur. Il lui fait un compte-rendu quotidien de la situation, et est censé le prévenir en cas de problème. Mais que pourrait-il lui dire ? Lui-même ne sait rien. Il lui téléphonera plus tard, en espérant que les nouvelles soient bonnes.

Il n'en peut plus de patienter. La panique augmente à mesure que le temps passe. Pourvu que Lila s'en sorte…

Quand, enfin, une infirmière vient le chercher, Noé a envie de la secouer pour l'obliger à parler. Mais elle reste évasive. Elle l'emmène rejoindre Lila qui a été transportée dans une autre aile de l'établissement. Lorsqu'il entre dans sa chambre, il la trouve en tenue d'hôpital, endormie sur un lit. Une perfusion est reliée à son bras. Un monitoring aux bips stridents surveille ses constantes.

— Le médecin va passer vous voir dès qu'il le pourra, le prévient la soignante avant de le laisser seul avec Lila.

C'est tout ? Noé aimerait comprendre ce qui est arrivé. Tout ce qu'il peut faire, c'est être à son chevet. Il tire le fauteuil pour l'approcher du lit. Il pose sa main sur les doigts de Lila et observe attentivement son visage. Elle a l'air apaisée. Son souffle est lent et régulier. En y regardant de plus près, il remarque que ses yeux roulent sous ses paupières qui tressautent. Elle doit faire encore un mauvais rêve, comme chaque fois qu'elle s'endort depuis le début de son sevrage.

L'anxiété de Noé diminue un peu maintenant qu'il est à ses côtés. Mais il déteste rester dans l'incertitude. Est-ce que l'apparente accalmie des symptômes est bien réelle, ou cela cache-t-il quelque chose de plus grave ? Il a le temps d'imaginer de nombreux scénarios avant qu'un docteur pousse la porte de la chambre. Noé se lève pour l'accueillir, pressé d'obtenir des réponses à ses questions. Il lui fait signe de le suivre dans le couloir.

— Vous êtes son compagnon ? l'interroge le médecin.

— Oui. Comment va-t-elle ?

— Elle va mieux. Son état était préoccupant à son arrivée, vous avez bien fait de l'amener. J'ai parcouru le dossier que vous nous avez transmis. Avec ses antécédents, il est préférable de se montrer vigilant. Sans une prise en charge adéquate, les choses auraient pu dégénérer. Elle est déshydratée, nous l'avons mise sous perfusion pour y remédier.

— J'ai pourtant fait attention à ce qu'elle boive régulièrement, se fustige Noé.

— Ne vous en faites pas, c'est fréquent dans ce genre de situation. Avec un suivi médical adapté, elle devrait vite récupérer. Nous allons vérifier que sa forte fièvre ne persiste pas. Son traitement a aussi besoin d'être réajusté. Nous allons la garder en observation le temps que les choses rentrent dans l'ordre.

Le visage de Noé trahit son inquiétude.

— Rassurez-vous, le tranquillise le praticien, elle se portera mieux d'ici quelques jours.

— Merci, Docteur.

Malgré les nouvelles relativement réconfortantes, l'angoisse de Noé ne disparaît pas. Les dernières heures ont été si stressantes, il a besoin que Lila se réveille pour lui dire que tout va bien.

En attendant, il a quelque chose à faire. Plut tôt, il ne souhaitait pas affoler Clément en l'appelant sans pouvoir lui donner d'informations précises, mais désormais, il ne peut plus reculer.

Comme il le prévoyait, la réaction de son ami est violente. Il veut connaître tous les détails pour savoir exactement comment va sa sœur. Noé se sent pris en faute, il a failli à sa mission. Mais il prend sur lui et relate les évènements de la journée.

— Tu es certain qu'elle va mieux ? se méfie Clément. Tu ne me caches rien ?

— Je te le promets, lui certifie Noé. Le médecin s'est montré confiant, ça va aller.

Si au moins il arrivait à s'en convaincre lui-même... Il retourne auprès de Lila. C'est un soulagement de la regarder dormir. Cela faisait longtemps que Noé n'avait pas vu son visage aussi détendu, malgré les mouvements incessants de ses yeux.

Il passe le reste de l'après-midi à ses côtés, sans qu'elle se réveille. La sédation remplit bien son rôle. En début de soirée, une infirmière entre dans la chambre pour contrôler l'état de Lila. Elle le salue d'un signe de tête. Après avoir vérifié les constantes de la jeune femme, elle s'approche de Noé pour lui conseiller de partir.

— La fièvre a commencé à diminuer, votre amie va se reposer, vous devriez en faire autant.

Il proteste, mais elle ne veut rien entendre.

— Rentrez chez vous pour dormir, vous reviendrez demain matin, quand elle sera réveillée. Ne vous inquiétez pas, nous allons prendre soin d'elle.

Noé accepte de s'en aller contre son gré. En quittant l'hôpital, il réalise qu'il n'a rien avalé depuis le petit déjeuner. Sur le chemin du retour, il s'arrête dans un *fast food* pour s'acheter un menu qu'il grignote dans la voiture, perdu dans ses pensées.

Lorsqu'il arrive à la maison de la plage, il se laisse tomber dans un fauteuil et s'effondre. Il sent une boule grossir dans sa poitrine et se transformer en sanglots rauques et douloureux. Les larmes coulent le long de ses joues sans retenue. Il ne se rappelle plus la dernière fois qu'il a pleuré. Cela doit remonter à la mort de ses parents. C'est à la fois pénible et salvateur. Il a eu si peur aujourd'hui. Il a cru perdre Lila. La femme de sa vie. Ces mots prennent tout leur sens ce soir. Il ne peut plus vivre sans elle. S'il devait lui arriver quelque chose, il ne s'en remettrait pas.

Jusqu'à maintenant, il ne s'était pas autorisé à craquer. Malgré les affres du sevrage, il se devait de rester fort pour Lila. Pourtant, à cet instant, loin du regard de sa maîtresse, il a besoin de lâcher prise, pour faire retomber la pression.

Lila va s'en sortir, se répète-t-il comme un mantra pour calmer ses craintes. Lila va s'en sortir.

31.

— Tu te moques de moi ?

Charlie fait face à sa sœur, furieuse.

— Tu n'es quand même pas en train de me dire que tu me laisses tomber une fois de plus pour t'occuper de cette foutue boutique !

Louise continue à nettoyer son plan de travail sans tenir compte du courroux de sa jumelle. Heureusement qu'aucun client n'est présent pour assister au spectacle.

Elle a l'habitude des sautes d'humeur de Charlie. Depuis plusieurs semaines, l'ambiance n'est pas au beau fixe entre elles. Passé les premiers mois d'euphorie dans la capitale, Charlie a fini par perdre ses illusions concernant sa future carrière d'actrice. Elle s'est lassée de courir les castings pour s'entendre dire chaque fois que quelque chose ne va pas dans sa prestation. Elle s'ennuie dans ses cours de théâtre, et les copains qu'elle trouvait si divertissants à son arrivée ne l'amusent plus tant que ça. De toute manière, elle ne peut pas les suivre dans toutes les soirées auxquelles ils participent, elle n'a pas les moyens de tenir ce train de vie.

Et pour couronner le tout, voilà que sa sœur passe tout son temps à se tuer à la tâche au lieu d'être à ses côtés. Alors qu'elle aurait besoin de Louise pour lui remonter le moral, elle ne peut même plus compter sur son soutien. Elle refuse de l'accompagner chez leurs parents pour un retour aux sources qui lui ferait pourtant beaucoup de bien.

— Je te l'ai déjà dit, tu sais que je ne peux pas prendre mes week-ends comme ça, quand ça me chante, j'ai du travail.

— Ne te moque pas de moi, tu as quand même le droit de prendre des congés de temps en temps, ce n'est pas le bagne non plus !

Louise soupire. Elles ont eu une conversation similaire la veille mais Charlie refuse d'entendre raison.

— Je t'ai expliqué que Lila est malade. Pendant son absence, je ne peux pas me permettre de partir en vacances. Il faudra attendre son retour.

Et même là, pense Louise, elle n'est pas certaine qu'elle pourra la laisser seule tout de suite, elle risque d'avoir besoin d'aide pour retrouver le rythme.

— Et c'est prévu pour quand, son retour ? s'agace sa jumelle.

— Je n'en sais rien.

Louise lui a précisé les raisons de l'absence de sa collègue, mais elle ne semble pas se rendre compte de la gravité de la situation. Charlie a l'air de penser que Lila est partie faire la fête en se déchargeant de ses obligations sur ses associées.

— J'en ai marre ! Tu n'en as plus que pour ton magasin et pour cette Lila !

Eliott entre dans le commerce à ce moment-là.

— C’est pas possible ! s’exclame Charlie sur un ton agacé. Encore un fan de Lila ! Bon, je vous laisse entre serviteurs dévoués, ras-le-bol de tout ça.

Le jeune homme la regarde s’enfuir d’un air surpris. Louise lui fait signe de ne pas se formaliser. Pas la peine qu’il sache qu’elle a tout raconté à Charlie sur ses amours contrariées.

— Ne cherche pas à comprendre. Nous avons un petit différend et elle rend la boutique responsable. Ça lui passera.

Comme chacune de ses lubies, ne peut-elle s’empêcher d’ajouter pour elle-même. Eliott n’a que faire des querelles familiales. Il vient lui poser la même question que depuis le début de la semaine.

— Tu as eu de ses nouvelles ?

Louise souffle à nouveau. Lui non plus ne veut rien entendre.

— Non, aucune nouvelle. Je te l’ai dit, Lila n’est pas près de me contacter, elle a un long chemin à parcourir pour se sortir de ses problèmes.

Même s’ils sont tous les deux au courant de ce qu’il lui arrive, ils se refusent à le prononcer à voix haute, comme un secret honteux qui ne devrait pas être divulgué.

— J’aimerais savoir comment elle va et quand elle pense revenir.

Décidément, tout le monde ici attend le retour de Lila, mais pas pour les mêmes raisons.

— Tu dois arrêter d’espérer, le sermonne Louise, tu te fais du mal pour rien.

Mais Eliott ne pense qu’à ça en permanence. Il n’a pas revu Lila après son altercation avec Noé.

— Je n'ai pas pu m'excuser, se lamente-t-il. Elle est partie sans me dire au revoir.

— Ça fait un bail que vous ne vous adressiez plus la parole, remarque la fleuriste.

Elle avait noté que Lila évitait soigneusement de croiser la route d'Eliott depuis un certain temps. Pourquoi s'entête-t-il à attendre la jeune femme ? Noé est de retour dans sa vie, il n'y a pas de place pour lui.

Mais Eliott ne parvient pas à passer à autre chose, il n'arrive pas à se pardonner son comportement envers Lila.

— Ce type… Il m'a dit que je suis responsable de tout ça, culpabilise-t-il.

Louise ne veut pas l'enfoncer, le pauvre a eu son lot de déceptions dans cette histoire.

— Noé était inquiet pour Lila, c'est tout.

— Mais je l'ai encouragée à boire, encore et encore, se fustige Eliott.

— Tu ne connaissais pas son problème, tu ne pensais pas à mal.

— J'aurais dû m'en rendre compte.

Il n'en revient pas de s'être montré aussi aveugle. Comment a-t-il pu ne rien voir ? Louise n'essaye plus de trouver les mots pour le réconforter. Cela ne sert à rien. Quoi qu'elle dise, il continuera à s'autoflageller.

Aucun des deux ne se doute de la tournure des évènements pour Lila. À plusieurs centaines de kilomètres de là, Noé retourne à l'hôpital. Il a passé une nuit horrible sans elle, angoissé en pensant à ce qu'il pourrait lui arriver.

Lorsqu'il entre dans la chambre, il est soulagé de la trouver éveillée. Elle ne semble pas en grande forme, mais elle lui adresse un sourire.

— Salut, articule-t-elle d'une voix endormie.

Noé pose dans un coin le sac avec les affaires qu'il lui a rapportées et s'approche d'elle pour l'embrasser.

— Bonjour mon amour.

Il s'attarde quelques instants puis se recule pour l'observer. Comme chaque fois qu'il constate les dégâts liés à sa dépendance, sa gorge se serre. La trouver si affaiblie dans ce lit médicalisé, le teint pâle et les traits tirés, affublée de la chemise de nuit de rigueur, entourée de machines, un tube relié à son bras, renforce la réalité de sa maladie. Cette image ne s'effacera pas de sitôt de son esprit. Il se promet de faire son possible pour qu'elle n'ait plus jamais à revivre ça.

— Comment te sens-tu ? l'interroge-t-il en s'asseyant à côté d'elle.

— Vaseuse, grimace Lila. Je ne sais pas avec quels médicaments ils m'ont assommée, mais c'est plutôt efficace.

Ça a fonctionné pour l'obliger à dormir cette nuit, mais tous les symptômes se sont réveillés avec elle au matin. Les tremblements sont toujours aussi importants, même si elle lutte pour les contenir.

Noé caresse son visage avec douceur.

— Tu m'as fichu la trouille de ma vie hier.

Lila lit sa douleur dans ses yeux. Voilà pourquoi elle ne voulait pas qu'il l'accompagne sur le chemin si difficile du sevrage. Il se retrouve en première ligne de cette guerre, victime des dommages collatéraux. Il s'inquiète pour elle, subit toutes ses attaques, ses sautes d'humeur.

Malgré tout, il est toujours là, fidèle à sa promesse de l'aider à s'en sortir, éperdument amoureux, si fort et courageux pour affronter cette situation. Un jour, lorsqu'elle sera tirée d'affaire, elle fera tout pour se montrer digne de lui.

— Je suis désolée.

— Il ne faut pas, la rassure Noé. L'essentiel, c'est que tu ailles mieux.

Le médecin décide de garder Lila en observation jusqu'à la fin de la semaine, le temps de vérifier qu'elle récupère bien. Noé déteste qu'elle soit loin de lui, mais elle est bien suivie, et chaque matin, lorsqu'il la rejoint, elle a l'air en meilleure forme que la veille. Les progrès peuvent paraître infimes, mais ils existent et lui permettent d'espérer.

Le samedi suivant, Clément abandonne Raphaèle pour rendre visite à sa cadette. Noé l'attend devant l'entrée de l'hôpital. Son ami le trouve changé. Il semble avoir vieilli d'un coup.

— Comment vas-tu ? l'interroge Clément.

Noé est surpris par cette question. Comment va-t-il ? Peu importe. La seule qui compte, c'est Lila. Son état à lui est secondaire.

— Ça va. Un peu secoué par ces derniers jours. Mais je m'en remettrai.

Clément compatit. Il sait ce que c'est que de se faire du souci pour la personne qu'on aime. Il le suit jusqu'à la chambre de sa sœur. Elle sourit à son arrivée. Noé les laisse en tête à tête.

Lila embrasse son frère. La violence de leur dernier échange flotte toujours entre eux, mais ils ne veulent pas revenir sur cette altercation pour le moment. Ils sont juste heureux d'être tous les deux.

— Ce n'était pas la peine de venir jusqu'ici, l'asticote la jeune femme. Mon ange gardien veille sur moi.

— Je sais, et on dirait qu'il fait du bon boulot. Ça n'empêche que j'avais envie de te voir.

— C'est gentil, mais qui prend soin de Raphaèle en ton absence ? Tu devrais être en train de t'occuper d'elle, au lieu de moi.

— En fait, lui répond Clément, penaud, c'est elle qui m'a expédié ici. Il paraît que je suis invivable depuis que tu as été hospitalisée, elle n'en peut plus de me regarder tourner en rond.

— Je n'arrive pas à y croire. Toi, insupportable ? se moque gentiment Lila.

— Oui, c'est fou, hein ? Elle m'a interdit de rentrer avant d'être rassuré sur ta santé.

— Et ça donne quoi, alors ? Tu es rassuré, c'est bon ?

Son frère l'examine avec attention. Elle a une sale tête, elle a encore maigri depuis la dernière fois qu'il l'a vue, son corps ne cesse de s'agiter de manière incontrôlée, et pourtant, une chose le rend confiant : son regard. Il y brille de nouveau une étincelle, timide mais bien réelle, qui prouve que Lila est de retour parmi eux.

— Oui, c'est bon.

— Alors, rentre chez toi et embrasse ta femme pour moi.

Son frère fait mine de s'offusquer.

— Tu permets quand même qu'on discute cinq minutes avant que tu me renvoies à Paris ? J'ai fait deux heures de route pour te voir, tu me dois bien ça.

— Avec plaisir, ça me distraira un peu. Je n'en peux plus d'être enfermée ici !

Ils passent un bon moment à converser, mais Lila se fatigue vite et ses tremblements s'accentuent. Lorsque l'infirmière vient lui apporter ses médicaments, Clément en profite pour prendre congé. Il dépose un baiser sur le sommet de son crâne.

— Continue à te battre, petite sœur.

Il retrouve Noé dans le couloir, ils se dirigent ensemble vers le parking.

— Elle a l'air d'aller un peu mieux, constate Clément tandis qu'ils marchent côte à côte.

— C'est vrai. Ça prend du temps, mais petit à petit elle récupère. Elle m'a fait une peur bleue, heureusement elle tient le coup. Ce n'est pas encore gagné, mais j'ai envie d'y croire. Elle a une force inimaginable, c'est une épreuve terrible pour réussir à se sortir de ça.

En arrivant à sa voiture, Clément se tourne vers Noé.

— Merci d'être à ses côtés.

— Je ne fais pas grand-chose, c'est elle qui fait le plus dur.

— Je suis passé par là, lui rappelle son ami, je sais que ce n'est pas évident à vivre.

Il hésite avant de poursuivre.

— Je voulais aussi m'excuser pour la façon dont je t'ai accueilli à ton retour en France.

— Tu parles de la fois où tu m'as accusé de baiser à tout va ? se remémore Noé.

— Oui, je n'aurais pas dû me défouler sur toi.

— Tu n'avais pas tout à fait tort et tu t'inquiétais pour ta sœur. C'est oublié.

Clément accepte d'un hochement de tête de passer à autre chose.

— Et Raph ? s'enquiert Noé.

— Ça ne va pas fort. Elle réussissait à garder le moral tant qu'elle était à la maison, mais depuis son entrée à la maternité, je crois qu'elle déprime un peu. Elle trouve le temps long et elle s'inquiète de ne pas mener cette grossesse à terme.

Voyant que la situation ne s'améliorait pas, l'obstétricien de Raphaèle a décidé de l'hospitaliser pour la surveiller de près et pouvoir intervenir rapidement en cas d'urgence.

— Mais pas un mot de tout ça à Lila, on est bien d'accord ?

— Promis.

Raph, Clément et Noé se sont entendus pour ne pas en parler à la jeune femme qui doit se concentrer sur sa désintoxication. Elle n'a pas besoin de se faire en plus du souci pour le bébé.

32.

Le dimanche, le médecin autorise Lila à rentrer chez elle. Elle accueille cette nouvelle comme une délivrance. Même si cette hospitalisation lui a permis de calmer un peu les symptômes du manque, elle n'en peut plus de rester cloîtrée dans sa chambre, elle a besoin d'espace, besoin de respirer. Noé se montre aussi ravi de ce retour. La maison lui a semblé bien vide sans elle.

Dans les jours qui suivent, l'état de Lila poursuit son amélioration. Les tremblements s'atténuent au fil du temps jusqu'à disparaître. Les nuits continuent d'être problématiques, elle ne parvient toujours pas à dormir correctement. L'envie de boire ne la lâche pas non plus, mais elle réussit de mieux en mieux à la maintenir à distance.

Désormais, Noé l'accompagne dans ses promenades sur le sable. Leurs balades durent de plus en plus longtemps à mesure qu'elle reprend des forces. Un soir, alors qu'ils rentrent d'une marche d'une heure, Lila a une annonce à faire à son compagnon.

— Il se passe quelque chose d'incroyable, lui déclare-t-elle avec malice.

— Quoi donc ?

— J'ai faim !

Cela n'a l'air de rien, mais elle ne se rappelle même plus depuis quand elle n'a pas ressenti cette sensation, c'est presque un soulagement d'éprouver à nouveau cette envie de nourriture.

— Tu voudrais bien me préparer à dîner ? demande-t-elle à Noé.

— C'est vraiment ce que tu souhaites ? lui répond-il, perplexe.

Il se rappelle le fiasco de sa dernière tentative.

— Oui, le rassure-t-elle, j'adorerais que tu me fasses de bons petits plats.

Encouragé par Lila, il accepte de passer aux fourneaux. Elle le prend un peu au dépourvu, mais il a veillé à garder le réfrigérateur plein pour le jour où elle retrouverait son appétit.

Elle s'installe sur une chaise haute devant le plan de travail et le regarde s'activer. Il décide de jouer le jeu à fond : il choisit une recette compliquée et détaille à son public chaque tâche qu'il exécute comme s'il animait une émission culinaire.

— Je savais que tu te débrouillais en cuisine, s'exclame Lila, mais là je suis vraiment épatée !

— Attends un peu d'avoir goûté mon plat avant de chanter mes louanges ! la prévient Noé.

Alors qu'il s'attaque à la sauce, les choses se corsent. La mixture devrait prendre une texture onctueuse, pourtant plus il mélange et moins sa préparation semble comestible. Il présente le contenu du saladier à Lila avec une mine déconfite, peu fier du tas de grumeaux qui surnage dans un bain d'huile. Elle éclate de rire. Un rire fabuleux, libérateur, surgi du passé. Elle rit si fort qu'elle doit prendre appui sur le bar pour ne pas tomber de son tabouret.

Noé arrête de cuisiner. Il la regarde, ému aux larmes. Ce rire, il ne l'a pas entendu depuis une éternité, depuis les jours heureux avant que l'alcool vienne tout foutre en l'air.

— Ça va ? s'étonne Lila.

Il repose son plat et contourne la table pour l'enlacer. Il enfouit son nez dans ses cheveux et prend une grande inspiration.

— Tu n'imagines pas comme tu m'as manqué, mon amour.

Ils restent ainsi un long moment avant qu'elle se recule pour le taquiner.

— Dis donc, tu m'as promis un bon repas, il me semble. Tu n'es quand même pas en train d'essayer de te défiler ?

Noé ne se lasse pas de la contempler. Il la retrouve enfin, sa Lila, avec sa spontanéité et son humour. C'est comme si elle revenait d'un long voyage éprouvant.

— Non, lui répond-il avec un clin d'œil, je n'essaye pas de me défiler. Mais je crois que pour m'en sortir, j'ai besoin de l'aide d'un commis. Tu veux bien m'assister ? Sinon, je pense que cette recette aura ma peau.

— Vu mes compétences, il se pourrait bien que je fasse pire que mieux, mais allons-y !

Ils finissent les préparatifs ensemble, dans la bonne humeur. Ils s'attablent ensuite pour déguster le festin, et se félicitent du résultat.

— Il n'y a pas à dire, s'enorgueillit Lila, on est très doués !

— On ? s'amuse son compagnon. Heureusement que j'étais là pour rattraper tes bêtises, sinon on aurait dû se contenter de pain sec !

Elle lève les yeux au ciel, feignant l'exaspération.

— Il te fallait un peu de challenge, ça n'aurait pas été drôle sinon.

Noé profite de ce moment de détente. La jeune femme ne mange pas beaucoup, mais c'est déjà un progrès. Il est bien décidé à lui concocter des menus succulents chaque jour pour lui redonner goût à la nourriture et qu'elle reprenne enfin du poids. Il sait bien que le chemin de la guérison est très long, et que Lila devra faire face à cette addiction toute sa vie. Mais pour ce soir, il ne souhaite pas y penser. Il savoure le plaisir de la voir commencer à remonter la pente, même si le sommet est encore loin.

À la fin du repas, il l'oblige à aller se reposer dans le salon pendant qu'il débarrasse la table et remet de l'ordre dans la cuisine. Il la rejoint ensuite sur le canapé. Perdue dans ses réflexions, c'est à peine si elle se rend compte de son arrivée. Noé est surpris par son air grave. La légèreté qu'elle affichait au dîner a disparu. Il caresse son visage pour la dérider.

— Pourquoi es-tu si sérieuse, tout à coup ? l'interroge-t-il d'une voix douce.

Elle arbore une mine désemparée.

— Je me demande... Pourquoi suis-je incapable d'avancer seule ? Qu'est-ce qui fait que je suis plus faible que les autres et que j'ai toujours besoin d'aide pour me relever ?

Noé est surpris par cette remise en question.

— Comment peux-tu penser ça ? Je connais peu de gens qui ont une telle force en eux.

Lila secoue la tête en signe de dénégation.

— Tu ne peux pas dire ça. J'aurais sombré sans toi, et sans Clément et Raph.

— Personne ne peut s'en sortir seul dans la vie.

Lila détourne les yeux pour cacher son trouble.

— C'est pourtant bien ce que tu fais, non ?

— Moi ? Pas du tout, réfute Noé. Je n'en serais pas là si Franck n'avait pas été présent. Et maintenant...

Il pose ses doigts sur la joue de Lila pour l'obliger à le regarder.

— Maintenant, je ne m'en sortirais pas sans toi.

Elle le fixe, touchée en plein cœur. Noé la contemple, le visage tendu. Il réalise que jusque-là, il ne lui a rien dit de son comportement après leur rupture. Il peut toujours chercher à se convaincre qu'ils avaient d'autres soucis plus importants à gérer, il est surtout rongé par les remords. Il n'a jamais voulu lui en parler de peur qu'elle le rejette.

Cependant, il ne peut pas la laisser croire qu'elle est moins forte que lui alors qu'il s'est effondré à la minute où elle l'a quitté. Il s'est apitoyé sur son sort pendant qu'elle était en train de sombrer. Comment réagira-t-elle quand elle l'apprendra ? Il a honte d'avoir cherché à l'effacer de sa vie en s'étourdissant dans les bras de nombreuses femmes. C'était tellement minable de sa part, comme si sa rencontre avec Lila n'avait rien changé à son existence. En réalité, leur histoire a tout bouleversé, et il n'a pas supporté de la perdre. Mais s'il lui raconte ses exploits, ne risque-t-elle pas de le repousser ?

Il se demande ce qu'il doit faire. Son silence inquiète sa compagne.

— Qu'est-ce qu'il se passe ? le questionne-t-elle, soucieuse.

Noé refuse d'avoir des secrets pour elle, il veut qu'elle sache tout de lui. Il se décide à parler, en espérant qu'elle parvienne encore à l'aimer ensuite.

— Je dois te dire quelque chose. Quand on s'est séparés, lui avoue-t-il, j'ai déconné. Je suis retombé dans mes travers.

Il scrute le visage de Lila en essayant de deviner ce qu'elle pense.

— Déconné comment ? l'interroge-t-elle avec prudence.

Noé grimace.

— Je me suis mis à sortir. Et j'ai fait des rencontres. Beaucoup de rencontres. C'était stupide, mais il fallait que je t'oublie, j'avais trop mal et je n'ai pas trouvé de meilleure solution à ce moment-là. On peut dire que j'ai redonné toutes ses lettres de noblesse au titre de *French lover*.

— À ce point ?

— Malheureusement.

Lila prend le temps de digérer cette découverte. Son Noé, avec d'autres femmes ? Avec beaucoup d'autres femmes ? Elle déteste cette idée. Mais elle est la seule personne à blâmer.

— Je ne te dirai pas que ça me fait plaisir que tu aies fait la démonstration de tes talents à toutes les Californiennes que tu as croisées.

Il frémit, horrifié par l'image que cela doit lui donner de lui.

— Mais on avait rompu, continue-t-elle. Je t'avais quitté. Tu n'as pas à t'excuser pour ce que tu as fait pendant ce temps-là. La seule chose...

Elle hésite à poursuivre, oppressée par la boule d'angoisse qui lui bloque la poitrine.

— Oui ? l'encourage Noé.

— Est-ce que tu as rencontré quelqu'un qui a compté pour toi ?

— Quoi ?

Il la dévisage, déstabilisé par sa réaction. Il avait peur qu'elle le méprise pour son comportement pitoyable, pas qu'elle se sente en danger à la suite de cette révélation. Mais elle imagine toutes ses maîtresses, plus belles les unes que les autres, défiler dans son lit. Par quel miracle une alcoolique pourrait-elle faire le poids ?

— Comment peux-tu croire ça un seul instant ? Personne n'a jamais compté à part toi. Je suis fou de toi. Aucune de ces femmes n'a eu la moindre importance. Ce n'était qu'un moyen de t'effacer de ma vie. Je ne suis pas fier de ce que j'ai fait. J'ai tout essayé pour t'oublier, de la pire des façons qui soit. Mais ça n'a pas marché.

— Ce n'est pas moi qui vais m'en plaindre, lui répond Lila.

— J'étais désespéré, s'explique Noé. J'avais l'impression de me noyer.

Elle passe ses bras autour de son cou. Elle est secouée par ce qu'elle vient d'apprendre mais elle n'a pas le droit de le juger, pas le droit de se lamenter sur ses nombreuses liaisons. Il n'a fait que tenter de se relever, à sa manière, après le mal qu'elle lui a fait.

— Je suis désolée de t'avoir blessé, s'excuse-t-elle, les larmes aux yeux.

— Non, l'arrête Noé. Je ne t'ai pas raconté ça pour te culpabiliser. Je veux juste que tu comprennes que... Personne ne peut s'en sortir tout seul, et sûrement pas moi. Tu n'es pas faible, Lila, bien au contraire.

Il réfléchit un instant et ajoute :

— Il y a un proverbe africain que les Américains aiment beaucoup, il dit qu'il faut tout un village pour élever un enfant. Je crois que ça reste encore vrai quand on devient adulte. On a tous besoin des autres pour avancer dans le bon sens.

Il embrasse les lèvres de la jeune femme avec délicatesse.

— Sans toi, mon amour, je ne suis plus rien, murmure-t-il contre sa bouche.

Ses mots résonnent comme une petite lumière au bout du long tunnel que traverse Lila.

33.

La semaine suivante, les amoureux profitent d'un bel après-midi estival sur la terrasse quand la sonnerie du téléphone de Noé retentit. Il décroche sans prendre le temps de regarder le nom de son correspondant.

— Salut mon grand. Comment vas-tu ?

Il sourit en reconnaissant la voix grave de son parrain.

— Salut Franck !

— Je voulais savoir, est-ce que tu es toujours en Normandie ?

Noé l'a tenu au courant de son retour précipité en France et de son installation provisoire sur la côte, sans lui en expliquer la raison. Tout ce qu'il sait, c'est que c'est encore cette Lila qui est à l'origine de tout ce bazar.

— Oui, on n'a pas bougé, lui confirme son filleul.

— Je suis dans le coin, pour le boulot. Est-ce que ça te dirait qu'on se voit, demain midi par exemple ?

Franck possède un domaine viticole sur l'île de Ré. Il assure également le développement commercial d'une coopérative, il est ainsi amené à se déplacer partout en France, parfois même à l'étranger.

Noé jette un coup d'œil inquiet vers le transat où Lila offre son visage aux rayons du soleil. Il apprécierait de revoir son mentor, mais il ne veut pas encore laisser sa compagne seule à la maison, il a trop peur de ce qu'elle pourrait faire.

— J'aimerais beaucoup, mais je suis un peu coincé en ce moment.

— Je peux passer chez toi, insiste Franck.

Chez toi… Cette expression lui paraît tellement ridicule. Une fois de plus, à cause de cette… fille, son protégé se retrouve balloté, sans attache, sans logement à lui, sans emploi. Cette liaison est une calamité, il serait temps d'y mettre un terme une bonne fois pour toutes.

Noé hésite. Les relations entre Lila et son tuteur ne sont pas très cordiales. Sans qu'il comprenne pourquoi, Franck a pris sa maîtresse en grippe dès le début. Il s'est comporté de manière odieuse avec elle pendant leur séjour dans sa maison de Saint-Martin, à l'occasion de leur voyage à l'automne. Ce n'est peut-être pas une bonne idée d'organiser une rencontre, alors que Lila commence tout juste à se remettre de ses problèmes. Mais il ne peut pas refuser à Franck le plaisir d'un moment ensemble.

— C'est d'accord. Tu veux nous rejoindre pour un café après le repas ?

L'homme au physique d'ours note qu'il ne lui propose pas de venir déjeuner, mais il se contentera de cette invitation minimaliste. Il doit à tout prix voir Noé.

Ce dernier essaye de ménager les sensibilités de chacun mais c'est un exercice périlleux. Il annonce avec appréhension cette visite inattendue à Lila. Elle grimace, mais elle prendra sur elle. Le Rhétais est le seul proche de Noé, qui n'a plus aucune famille, elle ne les empêchera pas de rester en contact. Elle n'aura qu'à les laisser en tête à tête.

— Tant qu'il ne débarque pas avec un échantillon de sa production, ça devrait aller... conclut-elle, fataliste.

Noé s'incline devant l'ironie de la situation : un parrain viticulteur et une compagne alcoolique, ça ne pourra jamais faire bon ménage.

Le lendemain, Franck arrive à treize heures trente, avec une boîte de gâteaux achetés dans une boulangerie. L'intention est louable mais elle contraste avec son attitude agressive. Les retrouvailles avec Noé, bien que chaleureuses, sont plus retenues que d'habitude. Quant à Lila, elle le salue rapidement avant de s'éclipser vers sa chambre.

Noé l'invite à le suivre au salon. Franck regarde autour de lui et admire la vue sur la plage.

— C'est charmant ici, constate-t-il en s'installant dans le canapé.

Son filleul note la pointe de sarcasme dans ses paroles, cependant il décide de ne pas répondre à la provocation.

— Oui, la maison est agréable. C'est un coup de chance de pouvoir la louer.

Franck le dévisage comme s'il venait de sortir une énormité.

— Un coup de chance ? Tu rigoles ou quoi ? Tu peux me dire ce que c'est que ce bordel ?

Malgré la porte fermée, Lila entend toute la conversation. Elle frissonne en percevant la brutalité des propos de Franck. Elle ne l'a jamais vu se montrer si dur envers Noé.

— Je ne comprends pas de quoi tu parles, riposte ce dernier, sur la défensive. Tout va bien. Nous avions juste besoin de nous mettre au vert pendant quelque temps.

Franck ne peut pas contenir plus longtemps son exaspération.

— Ça suffit, Noé, ne me dis pas que tout va bien ! Tu crois que je ne vois pas ce qu'il se passe ? Cette fille t'a forcé à revenir en France, tu n'as plus de maison, plus de travail, et tu dilapides ton argent pour elle !

— Tu ne comprends pas.

— Alors, explique-moi, parce que de là où je suis, ça ressemble à la plus grosse erreur de ta vie.

Noé le fixe un instant, réfléchissant à ce qu'il peut lui divulguer sans en dire trop.

— Lila est malade. Nous sommes venus ici pour sa convalescence, pour l'aider à récupérer.

Il ne tient pas à s'étendre sur le sujet. Franck n'a pas à connaître les détails sur l'état de la jeune femme. Mais son parrain n'est pas décidé à capituler.

— Ah ouais, vraiment ? Elle a l'air d'aller bien pourtant. Pour une malade, elle mène plutôt la grande vie, et aux frais de la princesse en plus ! Ce n'est pas possible, Noé ! Cette fille se moque de toi, et tu ne vois rien ? Elle va te piquer tout ton fric et quand elle en aura fini avec toi, elle passera au pigeon suivant. Ouvre les yeux, bon sang !

Dans sa chambre, Lila sent les larmes affleurer au bord de ses paupières. Ce qui lui fait le plus mal, ce n'est pas l'acharnement de Franck à la dénigrer. Non, c'est plutôt le fait qu'il est dans le vrai. Noé sacrifie sa vie pour elle. Il a tout quitté et se retrouve sans rien. Mais son compagnon ne supporte plus les attaques de Franck à son encontre.

— Arrête de me prendre pour un con, merde ! s'enflamme-t-il. Tu me crois assez stupide pour me faire avoir comme ça ? Tu te trompes à propos de Lila. Tu n'as jamais cherché à la connaître. Tu t'es fait des films sur son compte dès que je te l'ai présentée. Tu ne lui as pas accordé la moindre chance de te montrer à quel point elle est exceptionnelle. Elle a besoin de mon aide, il est hors de question que je l'abandonne pour te faire plaisir.

Il jette un regard froid à son parrain.

— Je ne veux plus rien entendre, continue-t-il. Jusqu'à maintenant, j'ai temporisé, j'ai supporté toutes tes médisances envers Lila, te cherchant sans cesse des excuses. Mais c'est terminé. Je l'aime, je l'aime plus que tout au monde, et je te déconseille de me forcer à faire un choix entre vous deux parce que tu ne serais pas content de ma décision.

Son mentor n'en revient pas. C'est la première fois que Noé lui tient tête de la sorte. Jusqu'à maintenant, il a toujours écouté son avis. Mais là, il se braque. Cette fille a une très mauvaise influence sur lui.

— Tu me tournerais le dos pour elle ?

— Uniquement si tu m'y obliges, confirme Noé.

Franck le dévisage avec une moue agacée.

— Je ne peux pas la regarder foutre ta vie en l'air sans réagir.

— Eh bien, regarde ailleurs et laisse-nous tranquilles, répond Noé en se levant. Je ne te retiens pas, ajoute-t-il en lui désignant la porte.

Son parrain se met debout et s'en va sans demander son reste. Noé est en colère. Il déteste qu'il l'ait forcé à en arriver là. Mais ce petit jeu de lynchage ne pouvait pas durer plus longtemps.

Quand il se retourne, il découvre Lila qui l'observe à l'entrée de la chambre, des larmes coulant sur ses joues. Le cœur de Noé se serre de la voir si fragile. Il s'approche d'elle pour la prendre dans ses bras.

— Je suppose que tu as tout entendu ? lui demande-t-il, navré qu'elle ait dû affronter ça en plus de tout le reste.

Elle acquiesce d'un hochement de tête.

— Je suis désolé. Mais c'est fini, tu n'auras plus à subir les attaques de Franck.

Elle n'arrive pas à s'en réjouir, le prix est trop cher payé pour son compagnon.

— Tu ne peux pas te fâcher avec lui à cause de moi. C'est ta seule famille.

Noé prend son visage entre ses mains et la contemple intensément.

— Non, Lila, c'est toi ma famille.

34.

Après l'irruption de Franck, le calme revient dans la maison de la plage. Lila continue d'aller de mieux en mieux, même si l'évolution de son état se révèle parfois difficilement perceptible.

Grâce aux bons repas que lui prépare Noé, elle reprend du poids, et des forces. Elle doit toujours faire face au besoin de boire, mais elle réapprend à vivre avec. Le manque se fait souvent cruellement ressentir et dans ces moments-là, elle lutte pour ne pas replonger. Elle sait qu'elle y sera confrontée pour le restant de sa vie, avec plus ou moins d'intensité, en fonction des contrariétés, du stress, ou des occasions à fêter.

Elle ne veut pas y penser. Elle avance pas à pas et considère chaque jour d'abstinence comme une petite victoire. Elle est reconnaissante envers Noé pour son soutien et sa patience. Depuis le début de son sevrage, il est parfait. Il se montre prévenant, à l'écoute. Sans lui, elle ne parviendrait pas à remonter la pente.

La jeune femme souhaiterait qu'ils se retrouvent aussi sur le plan charnel. Elle sent renaître en elle le désir, cette incroyable émotion qui l'avait désertée pendant de longs mois refait surface. Mais elle ne sait comment donner libre cours à cette pulsion. Noé ne semble pas réceptif aux signaux qu'elle lui envoie. Il maintient entre eux une distance physique qui lui est de plus en plus insupportable.

Un soir, alors qu'il vient s'assoir à côté d'elle dans le salon pour lui proposer de regarder un film, Lila décide de faire le premier pas. Elle s'approche de lui et l'embrasse. Tandis que ses lèvres jouent avec la bouche de son amant, ses doigts glissent sur le torse de Noé pour déboutonner sa chemise. Il l'empêche d'aller plus loin et l'écarte de lui. Elle se recroqueville à l'autre bout du canapé, blessée par son rejet. Il lui a avoué lui-même qu'il a eu de nombreuses maîtresses après leur rupture. Des femmes probablement bien plus belles qu'elle.

— Je comprends, s'excuse Lila, catastrophée, en croisant les bras devant sa poitrine.

— Qu'est-ce que tu veux dire ? s'étonne Noé.

— Tout ce que tu as vu, ces derniers temps, ça ne doit pas te donner très envie de moi, constate-t-elle. Une alcoolique en manque, ce n'est pas très sexy.

Il reste interdit.

— C'est ridicule !

Il l'attire à lui et lui offre un long baiser passionné. Puis il plante son regard dans le sien et l'observe d'un air grave.

— Tu n'imagines pas à quel point je voudrais te faire l'amour. Mais tu ne dois pas te sentir obligée de faire quoi que ce soit.

Il est au supplice de devoir réfréner son attirance pour elle, alors qu'elle est si belle, si sensuelle. Mais il s'est promis de ne pas la brusquer. Elle doit se concentrer sur sa guérison, le reste viendra après. Ils auront tout le temps pour ça.

C'est sans compter sur l'impatience de sa compagne.

— Si on arrêtait de se prendre la tête et qu'on se décidait enfin à se laisser aller ? lui propose-t-elle.

La flamme qui brûle dans ses yeux abat les dernières réticences de Noé. Si c'est elle qui le réclame, il n'a aucune raison de la repousser.

Il commence à la déshabiller lentement, avec douceur. Mais Lila l'interrompt d'un geste autoritaire. Elle refuse qu'il la traite comme une petite chose fragile, qui nécessite sa protection. Elle veut qu'il voie en elle une femme désirable, qu'il la considère à nouveau comme sa maîtresse et non plus comme une malade dont il faut prendre soin.

Elle se dégage de son étreinte et se met debout. Elle retire tous ses vêtements pour se retrouver nue. Elle revient ensuite s'assoir contre lui et laisse courir ses mains sur la peau de Noé d'un air effronté. Il comprend qu'elle attend sa fougue en retour, et ne se fait pas prier pour exaucer son souhait.

Sans prévenir, il la bascule en position couchée et vient s'allonger sur elle. Sa bouche s'empare de celle de la jeune femme, elle la retient prisonnière, la mordille, la caresse. Ses lèvres continuent leur progression, en descendant dans le cou de Lila, puis sur sa poitrine, où elles s'attardent pour lui arracher un gémissement de satisfaction.

Leurs doigts se joignent à ce ballet, puis leurs corps entrent à leur tour en fusion, dans une explosion de plaisir. Le feu qui couvait entre eux depuis des semaines s'étend, il enfle et s'accroît pour les emporter dans un tourbillon de sensations voluptueuses.

Ils perdent le contrôle et la notion du temps. Plus rien d'autre n'importe que le bonheur de se retrouver, enfin. Et la jouissance, pure et brute.

Leurs ébats les laissent essoufflés et heureux.

— J'ai cru que tu ne te déciderais jamais à me faire l'amour ! se gausse Lila.

— Méfie-toi, la menace-t-il en retour. Maintenant qu'on s'y est remis, je vais passer mon temps à te courir après !

— Mais j'espère bien !

Lila pose sa tête contre le torse de Noé en souriant. Elle qui comptait ses petites victoires, ce soir elle en a accompli une belle : elle se sent à nouveau femme.

Noé se délecte du contact de sa maîtresse contre lui. Comblé et apaisé, il s'assoupit.

À son réveil, il est seul sur le canapé. Il s'habille et part à la recherche de Lila. Il est surpris de découvrir la chambre vide, de même que la salle de bain. Son inquiétude grandit quand il finit de vérifier toutes les pièces sans la trouver nulle part.

Elle ne s'est quand même pas enfuie ? Il sait bien que rien n'est gagné dans sa bataille contre l'alcool, qu'elle doit lutter chaque jour pour ne pas céder à la tentation de prendre un verre. Pourtant, il croyait qu'elle parvenait à mieux maîtriser sa dépendance. Alors pourquoi ce soir, après leur première fois depuis des mois ?

Il sent la panique monter, il a peur pour Lila. Il sort dans le jardin et fait le tour du terrain sans la voir. Il scrute les alentours. Soudain, il aperçoit quelqu'un sur la plage. Une silhouette frêle, perdue au milieu de l'étendue de sable, qui contemple la fin du jour.

Il respire mieux. Il l'observe un moment avant d'aller la retrouver. Elle est assise par terre, les bras enroulés autour de ses genoux repliés contre sa poitrine, le regard tendu vers l'horizon, les cheveux flottant au gré de la brise marine. Son visage est serein. Elle a l'air en paix.

Parfois, l'intensité de son amour pour elle effraye Noé. Il voudrait la protéger du monde extérieur, cependant il sait que c'est impossible et il tremble à l'idée de ce qu'il pourrait lui arriver. Mais à cet instant, elle est en sécurité.

Il la rejoint sur la grève et s'assoit à ses côtés. Elle lui adresse un sourire tendre.

— Tu m'as fait peur, lui reproche-t-il, j'ai cru que tu étais partie.

— Pourquoi aurais-je fait ça ? l'interroge Lila, mi-intriguée, mi-amusée.

Il lui répond avec une moue gênée.

— Tu as raison, c'était stupide.

Elle lui donne un coup de coude.

— Arrête de t'inquiéter et savoure ce moment.

Elle désigne l'explosion de couleurs qui embrase le ciel et les flots devant leurs yeux.

— Tu as vu comme c'est beau ? Je crois qu'il n'existe pas de spectacle plus magnifique qu'un coucher de soleil sur la mer.

Noé passe un bras autour de ses épaules, elle se blottit contre lui. Il suit son conseil et se laisse aller à la contemplation.

Lorsque les derniers rayons incandescents s'éteignent, Lila se tourne vers lui.

— Profitons de cette magie tant qu'on est là, ça ne va plus durer très longtemps.

— Qu'est-ce que tu veux dire ?

— Il va bientôt falloir rentrer à Paris, lui répond-elle, pour que je reprenne le travail.

Il voyait aussi la date de leur retour approcher, mais il refusait d'y penser. Il n'aime pas l'idée qu'elle retrouve son quotidien d'avant, celui qui l'a menée droit dans le mur.

— Tu es certaine que c'est ce que tu veux ? lui demande-t-il, inquiet.

Lila s'esclaffe.

— Ce que je veux ? Non, pas du tout ! Mais c'est ce que je dois faire. Je dois me confronter à la réalité. Je ne peux pas rester ici, à me cacher de tout. Je dois affronter mes démons pour les combattre. La vie, ça ne pourra pas toujours être ça, même si j'avoue que ça me plairait bien. Je dois aller de l'avant, je ne peux pas continuer à me planquer.

Son compagnon ne semble pas convaincu. Elle cherche à le rassurer.

— Je t'aime, Noé. Plus que tu ne peux l'imaginer.

Elle dépose un baiser sur ses lèvres pour appuyer ses dires.

— Tu m'as sauvée, poursuit-elle, son front contre le sien. Ce que tu as fait pour moi, je ne l'oublierai jamais. Mais il va être temps de rentrer. Je ne prétends pas que ça ne me fait pas peur, mais il le faut. Et je pense que je peux y arriver si tu restes à mes côtés.

Noé soupire et se résigne. Il sait qu'elle a raison, même s'il déteste l'idée de retourner à Paris. Il l'enlace et lui confirme ce qu'elle sait déjà.

— Quoi qu'il se passe, je serai là.

35.

Alors qu'il leur reste encore quelques jours de repos dans la maison de la plage, le temps semble s'accélérer. Un matin, Noé reçoit un coup de fil de Clément. Il profite de l'absence de Lila, partie prendre sa douche, pour décrocher.

— Salut Clém. Comment ça va ?

— Pas bien du tout, lui répond le futur père d'une voix essoufflée. Je viens d'être appelé par l'hôpital : Raphaèle fait une hémorragie massive, ils l'emmènent au bloc. Ils vont pratiquer une césarienne d'urgence.

Noé entend le bruit d'une portière qui claque et le moteur d'une voiture démarrer.

— Merde ! Qu'est-ce que je peux faire pour t'aider ?

— Rien. Je fonce à la maternité, je te tiendrai au courant. Continue de t'occuper de Lila, et surtout, ne lui dis rien.

— Tu peux compter sur moi.

Noé aimerait trouver les mots pour rassurer Clément, mais son ami a déjà raccroché. Il repose son portable sur la table basse et réalise à ce moment-là que Lila l'observe depuis le pas de la porte de la salle de bain. Il tente d'effacer l'inquiétude de son visage pour ne pas l'alarmer.

— Qu'est-ce qu'il se passe ? l'interroge-t-elle.

Noé se demande ce qu'elle a entendu de sa discussion avec Clément. Il ne sait pas quoi lui répondre, mais elle insiste.

— C'était mon frère ?

— Oui.

— Que voulait-il ?

Il rechigne à lui apprendre la vérité. Elle est encore si fragile. Il aurait dû se montrer plus prudent et surveiller qu'elle n'arrivait pas pendant leur conversation. Mais c'est trop tard, le mal est fait.

— Il ne faut pas que tu t'inquiètes, d'accord ?

— Ça, c'est le genre de truc qu'on dit quand il y a toutes les raisons de se faire du souci.

Elle s'assoit à côté de lui, prête à encaisser la mauvaise nouvelle.

— Raphaèle ne va pas bien, lui apprend-il. Elle est hospitalisée depuis plusieurs semaines pour les surveiller, elle et le bébé. On a préféré ne pas t'en parler parce que tu as déjà assez à faire avec ton sevrage.

Lila hésite entre l'agacement et l'appréhension. Ils doivent arrêter de la considérer comme une gamine.

— Je veux tout savoir. Ça s'est aggravé ?

— Oui. Elle a fait une nouvelle hémorragie. Clément vient de me prévenir que l'accouchement est pour aujourd'hui, lui avoue son compagnon.

— Aujourd'hui ? Mais elle n'en est qu'à sept mois de grossesse ! s'écrie la jeune femme.

Quand le sort va-t-il cesser de s'acharner sur ce bébé ? Il ne faut pas plus de temps à Lila pour prendre une décision.

— On rentre. Tout de suite.

Noé l'observe, perplexe.

— Tu es certaine de vouloir faire ça ?

— Tu crois que je peux continuer mes petites vacances ici en sachant ce qu'il se passe ? Jamais je ne me pardonnerais de laisser Clément et Raph seuls dans cette situation.

Bien sûr qu'elle veut être là pour eux. Noé comprend son choix même s'il a peur de ses conséquences.

— OK, on y va.

Ils prennent juste le temps de rassembler quelques affaires pour rester sur Paris en attendant de voir comment les choses évoluent, et ils abandonnent la maison. Lila trépigne à côté de la voiture pendant que Noé finit de tout fermer.

Elle envoie un message à son frère pour le prévenir de leur arrivée. Le trajet lui paraît interminable. Elle surveille son téléphone, mais Clément ne lui donne aucune nouvelle. Elle presse son conjoint d'accélérer et lui reproche de se traîner.

— Tu crois vraiment que ça va arranger les choses si je nous encastre sous un camion ? se défend-il.

Lila lui jette un regard noir. Elle se sent impuissante. Elle ne peut rien faire d'autre que se ronger les sangs en attendant d'être à destination. Elle éprouve une terrible envie de boire pour calmer son stress. Elle n'en dit pas un mot à Noé, sinon il arrêterait aussitôt la voiture, refusant d'aller plus loin. Mais qu'il est difficile de rester stoïque en imaginant à quel point un peu d'alcool pourrait la soulager.

Lorsqu'ils atteignent la région parisienne, Clément répond à son message en lui interdisant de venir. Trop tard, lui envoie-t-elle en retour, exigeant qu'il lui explique où le retrouver. Les informations lui parviennent au moment où ils se garent sur le parking de la maternité.

Lila sort en trombe du véhicule, mais elle marque un temps d'arrêt avant de franchir les portes du hall d'accueil. Elle fixe le bâtiment d'un air bravache. Ras-le-bol des hôpitaux !

Noé a noté son hésitation.

— Tu es sûre que ça va ? s'enquiert-il, soucieux.

Maintenant qu'ils sont là, elle peut lui avouer la vérité, il ne lui fera pas rebrousser chemin.

— À part que je meurs de trouille de découvrir ce qui nous attend à l'intérieur et que je vendrais père et mère pour une bouteille de rhum, ça va à merveille.

Noé lui saisit le bras. Son visage trahit son inquiétude.

— Tu n'es pas obligée d'y aller, tu sais. Ton frère ne t'en voudra pas.

— Mais moi je m'en voudrai à mort. De toute manière, il va bien falloir qu'on apprenne ce qu'il se passe, alors autant entrer.

Elle glisse sa main dans celle de son compagnon. Elle a une requête à lui faire.

— Tu veux bien rester à mes côtés ? lui demande-t-elle d'une voix anxieuse. Ne me laisse pas, je vais avoir besoin de toi pour ne pas flancher.

Étrangement, cet aveu de fragilité a un effet apaisant sur Noé. Il est rassuré de constater que Lila ne se voile pas la face quant à son état.

— Je te jure que tu n'es pas près de te débarrasser de moi, lui répond-il en serrant fort ses doigts dans les siens. Je ne te quitte pas d'une semelle.

Elle jette un coup d'œil de défi à la façade de la clinique.

— Alors, allons-y.

Ils partent à la recherche de Clément. Il leur faut du temps pour le rejoindre à travers le dédale d'étages et de couloirs. Quand ils y parviennent enfin, Lila se précipite dans les bras de son frère. Noé reste en retrait pendant qu'ils s'étreignent.

Clément se recule pour examiner sa sœur. Elle a bien meilleure mine que la dernière fois qu'il l'a vue. Mais elle ne devrait pas être là. Il rabroue Noé.

— Je t'avais pourtant demandé de ne rien lui dire !

— Eh ! s'insurge Lila. Elle est devant toi, et elle ne va pas apprécier que tu parles d'elle à la troisième personne en sa présence, comme si elle était demeurée.

Clément tourne la tête vers elle.

— Je ne veux pas t'imposer ça en ce moment, avec ce que tu viens de vivre.

— Tu t'imagines que je vais vous laisser traverser ça tout seuls ? s'entête Lila. Il en est hors de question.

Elle désigne Noé derrière elle.

— Tu vois cet homme ? C'est mon garde du corps personnel. Il est chargé d'écarter toutes les vilaines bouteilles d'alcool qui oseraient se mettre sur mon chemin.

Noé confirme d'un signe de tête.

— Donc toi, continue-t-elle, tu n'as pas à t'en faire à ce sujet, OK ? Tu te concentres uniquement sur ta femme et ton enfant, et moi je suis là pour te soutenir.

— D'accord, acquiesce Clément, la gorge serrée par le trop-plein d'émotions de cette journée.

— Maintenant, raconte-moi tout.

Il prend une grande inspiration.

— L'obstétricien a fait une césarienne d'urgence à Raph. La situation est devenue critique d'un coup, il fallait qu'il fasse naître la petite au plus vite.

— La petite ? remarque Lila.

Son frère lui adresse un sourire fatigué.

— Oui, c'est une fille !

Mais la jeune femme n'a pas le temps de se réjouir de la découverte du sexe du bébé, car les nouvelles qui suivent sont beaucoup moins plaisantes.

— Quand ils l'ont sortie du ventre, elle ne respirait pas. Ils ont dû l'intuber et ils l'ont emmenée en réanimation. Je n'en sais pas plus pour l'instant.

Il semble tellement désemparé.

— Et Raphaèle ? l'interroge Lila.

— Elle n'a pas bien réagi à l'anesthésie générale et elle a perdu beaucoup de sang, les médecins ont dû lui faire une transfusion. Ils me disent qu'elle va se remettre, mais je n'ai toujours pas pu la voir. Elle est en salle de réveil, ils la ramèneront dans sa chambre plus tard, quand elle ira mieux.

Sa voix s'est cassée. Sa femme ira-t-elle mieux ? Sa sœur l'attrape par les bras et l'oblige à la regarder. Elle a beau être sa cadette et faire une tête de moins que lui, en cet instant, c'est Clément qui a besoin de sa protection.

— Écoute-moi bien. Elles vont récupérer, toutes les deux. Raph, et votre fille, compris ?

Elle réfléchit une seconde.

— Au fait, tu ne nous as pas dit comment elle s'appelle ?

Une vague de culpabilité vrille le cœur de Clément.

— Nous n'avons pas encore choisi son prénom, tout ça est arrivé si vite.

— Ce n'est pas grave, le rassure Lila, vous aurez tout le temps d'en discuter. On va prendre les choses une par une, d'accord ?

Il se raccroche à elle. Il ne voulait pas qu'elle vienne, pourtant il est soulagé qu'elle soit à ses côtés. Ils patientent ensemble dans le couloir, en essayant de rester positifs. Pendant cette attente interminable, Clément songe aux personnes qu'il doit informer de l'accouchement.

— On ne dit rien à Papa et Maman pour le moment, OK ? demande-t-il à Lila.

— Évidemment !

Malgré tout l'amour qu'ils portent à leurs parents, le frère et la sœur savent qu'en cas de crise il vaut toujours mieux les tenir à l'écart. Leur propension à l'affolement n'est d'aucune utilité dans les coups durs. Clément les contactera quand les choses auront évolué dans le bon sens.

Lorsqu'un médecin vient le chercher pour lui parler de sa fille, il commence à paniquer à l'idée de ce qu'il pourrait bientôt apprendre. Il se tourne vers Lila, l'air perdu.

— Qu'est-ce que je dois faire si Raph retourne dans sa chambre pendant que je suis absent ?

— Je suis sûre qu'elle voudrait que tu t'occupes de votre bébé, lui certifie sa sœur. Et elle ne sera pas seule. On restera avec elle jusqu'à ce que tu sois de retour.

Clément la prend dans ses bras pour la remercier avant de suivre l'interne vers le service de réanimation. Pendant qu'il s'éloigne, Noé vient se poster aux côtés de sa compagne.

— Comment te sens-tu ? s'inquiète-t-il.

— Paniquée et particulièrement assoiffée.

Elle a le sentiment que l'univers lui fait passer un test grandeur nature pour s'assurer qu'elle est capable de rester sobre en toute circonstance. Si elle relève le défi haut la main, la vie va-t-elle accepter de leur laisser un peu de répit avant de leur infliger de nouvelles épreuves ?

36.

Peu de temps après le départ de Clément, une infirmière vient les avertir que Raphaële est enfin sortie de la salle de réveil. Elle les accompagne jusqu'à la chambre où la jeune maman les regarde entrer avec surprise.

— Qu'est-ce que vous faites ici tous les deux ? s'étonne-t-elle tandis qu'ils l'embrassent chacun à leur tour.

— On en a eu assez de la plage, lui répond Lila en s'asseyant à côté du lit. Le soleil, le bon air de la mer, tu sais, tout ça, c'est surfait, ajoute-t-elle avec un clin d'œil à sa belle-sœur.

Celle-ci l'écoute à peine.

— Où est Clément ? questionne-t-elle d'une voix faible.

— Il est avec la petite. Il viendra te voir dès qu'il le pourra.

Raph prend de grandes inspirations pour se calmer. L'obstétricien lui a donné très peu d'informations sur la santé de son bébé. Elle ne supporte pas d'être maintenue dans l'incertitude. Ajouté aux suites de son anesthésie et au boom hormonal post-accouchement, elle déteste l'état dans lequel elle se trouve. Mais elle ne doit pas céder à la panique, elle doit se montrer forte, pour son mari et pour leur fille.

Elle passe ses mains sur son visage et ses cheveux.

— Je dois avoir une tête horrible, se lamente-t-elle.

— C'est vrai. Si tu voulais me battre au concours de la plus sale tronche, je te félicite, tu as gagné !

La répartie de Lila arrache un sourire timide à Raphaèle.

— Pourtant, c'était un sacré challenge.

— Tu m'étonnes !

Le couple lui tient compagnie en attendant le retour de Clément. Au début, ils essayent de discuter avec elle, mais ils se rendent compte que Raph n'est pas vraiment présente avec eux. Elle ne participe pas à la conversation, obnubilée par son impatience à recevoir des nouvelles de son nourrisson. Ils cessent de l'importuner avec leurs questions et chuchotent dans un coin pendant qu'elle fixe la porte en silence.

Lorsque Clément pénètre enfin dans la chambre, Raphaèle se redresse sur son oreiller.

— Comment va notre fille ? l'interroge-t-elle, rongée par l'inquiétude.

Noé et Lila s'éclipsent pour laisser les jeunes parents en tête à tête. Clément retire la blouse et le masque imposés pour entrer en réanimation.

— Elle va bien.

Il s'assoit sur le bord du lit et étreint sa femme.

— Les médecins disent qu'il va lui falloir du temps pour se remettre de tout ça, continue-t-il, mais elle va bien. Ils l'extuberont demain si la nuit se passe bien.

Raph reste dans ses bras en luttant contre l'afflux de larmes. Elle ne doit pas pleurer. Pas devant Clément. Si elle s'effondre, il s'effondrera avec elle. Une fois qu'elle est certaine de réussir à se maîtriser, elle se recule et fixe son mari d'un air décidé.

— J'aimerais la voir.

Il s'attendait à cette requête, et il sait que la réponse ne va pas lui plaire.

— Je suis désolé, ce n'est pas possible. Tu dois rester allongée jusqu'à demain et ton brancard ne rentrera pas dans son service. Tu iras la voir en fauteuil roulant dès que tu pourras t'assoir.

Si cela ne tenait qu'à elle, Raph irait sur le champ, quitte à ramper à travers l'hôpital à la seule force de ses bras, malgré la douleur qui lui laboure le ventre au moindre mouvement. Mais Clément n'a pas besoin qu'elle fasse une scène.

— Tu sais qu'il y a quelque chose qui devient urgent ? lui indique-t-il pour faire diversion.

Raphaèle cherche à comprendre où il veut en venir.

— Il serait temps que nous choisissions le prénom de cette petite puce !

Dans le couloir, Lila et Noé patientent, désireux d'en apprendre plus sur l'état du bébé.

— Je crois qu'il n'existe rien de pire que d'attendre sans avoir aucune idée de ce qu'il se passe, soupire la jeune femme.

— Je suis bien d'accord, lui confirme son compagnon.

Au ton qu'il a employé pour lui répondre, elle devine qu'il repense à son hospitalisation pendant la période la plus compliquée de son sevrage. Elle se penche vers lui et l'embrasse tendrement.

Son frère ouvre la porte et s'éclaircit la gorge pour attirer leur attention.

— Si ça vous intéresse, on a des choses à vous dire.

Ils se lèvent et le suivent dans la chambre. Clément se poste à côté de sa femme et lui prend la main.

— Notre bébé va bien, déclare-t-il, en tout cas aussi bien que peut aller un prématuré de trente-trois semaines. Elle va rester à l'hôpital et passer du temps en couveuse pour finir de se développer, mais son pédiatre est confiant.

Il échange un regard avec Raphaèle.

— Et nous lui avons enfin trouvé un prénom.

— Alors ? trépigne Lila.

Il fait durer le suspense.

— Arrête de les torturer, le gronde Raph, je crois qu'on a tous eu notre dose d'émotions pour aujourd'hui.

— C'est vrai, reconnaît Clément. Nous serons donc très fiers de vous présenter bientôt notre petite Joséphine.

— Que c'est joli ! s'exclame Lila. Nous serons enchantés de rencontrer Joséphine dès que possible.

— Ce ne sera pas pour tout de suite, seuls les parents sont autorisés à entrer en néonatologie.

— Ce n'est pas grave. Le plus important, c'est que tout le monde soit en bonne santé.

Clément adresse un clin d'œil complice à son ami.

— Je crois qu'on n'a pas fini d'en baver avec les femmes de cette famille !

Lila et Noé s'apprêtent à partir pour laisser Raphaèle récupérer, mais elle les retient pour leur demander un service. Elle leur désigne son mari.

— Emmenez-le manger un morceau et se reposer.

Clément veut protester, mais elle l'en empêche d'un geste autoritaire.

— Ne discute pas, tu as besoin de reprendre des forces.

Il sait qu'il est inutile de tenir tête à son épouse. Il dépose un baiser sur ses lèvres avant de lui souhaiter une bonne nuit.

— Et ramène-moi de quoi me refaire une beauté, réclame-t-elle avant qu'il s'en aille. Il ne manquerait plus que ta sœur ait meilleure mine que moi !

Clément grimace à l'idée de fouiller dans ses produits. Il n'a aucune idée de ce dont elle pourrait avoir besoin.

— Je vais m'en occuper, propose Lila, ce sera plus sûr ! Même si tu ne mérites pas que je sois sympa avec toi après ce que tu viens de dire ! ajoute-t-elle en lui tirant la langue.

Raph réussit à lui sourire en retour, mais elle n'a qu'une hâte : qu'ils quittent tous la pièce pour qu'elle puisse donner libre cours à son chagrin. Après leur départ, elle se tourne sur le côté et se laisse aller. Elle s'est montrée forte pour Clément, mais elle ne peut plus retenir ses larmes. Cette journée a été éprouvante. Elle pleure pour cet accouchement dont elle n'a aucun souvenir et pour son bébé qu'elle n'a pas encore rencontré. Sa petite Joséphine qui se bat, loin d'elle, loin de la chaleur de ses bras.

Elle attrape les photographies que lui a apportées la sage-femme. Ses sanglots redoublent à la vue de sa fille qui semble si minuscule dans sa couveuse, reliée au respirateur qui lui insuffle la vie. Elle caresse du bout des doigts les clichés, accablée par la peine de ne pouvoir être à ses côtés. Les choses n'auraient pas dû se passer comme ça.

37.

Lila et Noé suivent la voiture de Clément jusqu'à son domicile. Ils décident de rester pour lui concocter un dîner de fortune afin de s'assurer qu'il mange. Noé passe en cuisine pour s'en occuper pendant que Lila prépare un sac d'affaires pour Raphaèle. Elle remplit avec soin sa trousse de toilette, en vérifiant de ne rien oublier. Elle sait que sa belle-sœur appréciera de se pomponner, après tout ce qu'elle vient de traverser.

La jeune femme part ensuite à la recherche de son frère. Elle le retrouve sur le pas de la porte de la chambre du bébé. La pièce est encore en chantier, encombrée de cartons, de pots de peinture et de mobilier en kit.

— Je n'ai même pas eu le temps de finir de tout aménager, se désole Clément en contemplant le désordre, écrasé par le poids de ce qui l'attend dans les prochaines semaines.

Lila évalue l'étendue de la tâche à accomplir.

— On va le faire, décide-t-elle sur un coup de tête.

Elle adresse un regard d'excuse à Noé qui les rejoint pour leur annoncer que le repas est prêt.

— Je veux dire… Je vais le faire, se rattrape-t-elle. Il faut que je perde cette vilaine habitude de parler pour nous deux. Tu n'es pas à mon service.

— Bien sûr que si. Je t'aiderai avec plaisir. Ne te tracasse pas pour ça, Clém, on va s'en charger.

— Oui, approuve Lila, il me reste une semaine avant de reprendre le boulot, ce sera une très bonne façon de m'occuper.

L'humeur de Noé s'assombrit aussitôt. Il déteste l'idée qu'elle retourne au travail, avec tous les risques que cela engendre. Mais ce n'est pas d'actualité pour le moment, et ils s'attablent tous les trois pour dîner. L'ambiance est particulière, les tensions se relâchent un peu même si rien n'est encore sous contrôle. Clément sait gré à sa sœur et à son ami de lui tenir compagnie, il aurait tourné en rond s'il avait dû rester seul.

Le lendemain, ils le retrouvent chez lui avant qu'il parte pour l'hôpital.

— J'ai eu l'infirmière au téléphone, la nuit s'est bien passée, leur apprend-il, soulagé. Pour tout le monde !

Il n'arrive pas encore à réaliser que la famille s'est agrandie, tout s'est fait dans des conditions si particulières.

Après son départ, Noé et Lila décident de s'occuper de la chambre du bébé. Tout le matériel est déjà là, il ne leur reste plus qu'à se lancer. Enfin, ça, c'est pour la théorie, car dans la pratique, aucun d'entre eux ne s'est jamais attelé à des travaux de bricolage. Mais ils ne vont pas se laisser abattre par un si petit détail. En faisant quelques recherches sur Internet, ils trouvent des tutoriels censés faire d'eux des peintres en bâtiment certifiés. Ils passent une partie de la matinée à scotcher et protéger le sol, avant de s'attaquer aux choses sérieuses. Lila s'arme d'un pinceau et affiche un air de défi.

— Quand faut y aller, faut y aller !

Elle se met à l'ouvrage avec entrain. Les premiers résultats ne sont pas très concluants, mais elle finit par adopter la bonne technique. Noé ne veut pas être en reste, il organise un concours de vitesse pour voir lequel des deux achèvera son mur en premier.

Lila lance de la musique pour accompagner leur labeur. Toujours ses chansons rock qui rythment sa vie. Sa cadence faiblit un peu quand elle se prend pour une star en plein concert. Noé admire le spectacle. Il retrouve la Lila du début de leur relation, joyeuse et énergique. Il l'observe, ému par cette constatation : il y a de l'espoir pour elle.

— Qu'est-ce que tu fais ? l'asticote-t-elle tandis qu'il la contemple amoureusement. Je vais terminer ma zone que tu n'auras même pas dégagé les angles.

— Ne rêve pas ! Si tu joues les choristes entre chaque coup de rouleau, j'aurai le temps de repeindre toute la maison que tu seras encore coincée sur ta partie.

Elle lui tire la langue avant de s'activer avec plus d'ardeur.

Clément les appelle en début d'après-midi pour les tenir informés de la situation. Joséphine a été extubée en fin de matinée, elle se remet en douceur de sa venue au monde mouvementée. Elle va faire un long séjour en néonatologie, le temps de finir le développement qu'elle aurait dû achever dans le ventre de sa mère, mais elle va bien. Rassurée, Lila tombe dans les bras de Noé.

— Je le savais que c'était une petite battante !

Elle jette un coup d'œil autour d'eux.

— Mais on a encore du boulot avant que cette chambre soit présentable !

Ils consacrent le reste de la semaine à peindre, à monter les meubles, à décorer et à agencer la pièce. Chaque jour, ils dînent avec Clément qui leur donne des nouvelles des deux femmes de sa vie. Noé élabore des repas dignes d'un restaurant gastronomique. Il a pris goût à la cuisine et il tient à s'assurer que sa compagne se nourrit correctement.

— Mon vieux, s'étonne un soir son ami, je ne te savais pas si doué aux fourneaux !

— Ça équilibre mon incapacité totale à préparer un truc mangeable, admet Lila.

— Je n'ai pas le choix, se moque Noé, si je veux avoir une chance de survivre avec toi, il vaut mieux que je m'occupe de la pitance !

Ils finissent le repas dans la bonne humeur. Ils forment de nouveau une famille, ces moments partagés dans cette période compliquée leur sont précieux. Mais Lila a quelque chose sur le cœur, une culpabilité un peu trop lourde à porter. Elle ne s'est jamais excusée de son comportement lorsque son frère a découvert qu'elle buvait à nouveau. Elle demande à Clément de la suivre dans la chambre du bébé sous le prétexte de lui montrer le résultat de leur travail acharné.

— Vous avez fait du super boulot, reconnaît-il en admirant la pièce fin prête pour accueillir Joséphine.

— C'était la moindre des choses que je pouvais faire pour que tu me pardonnes, lui répond Lila d'un air embarrassé.

Clément la fixe sans comprendre de quoi elle veut parler.

— Que je te pardonne ?

— Oui, de toutes les horreurs que je t'ai balancées quand tu as réalisé que j'avais replongé. J'ai été infecte avec toi.

Son frère hausse les épaules d'un geste nonchalant.

— Laisse tomber, c'est oublié.

— Je suis sérieuse, insiste-t-elle. Tu as toujours été très protecteur envers moi et j'ai joué là-dessus en te disant que tu étais responsable de ma rechute pour te faire du mal. Mais tu n'y es pour rien. J'espère que tu en as bien conscience.

Il lui adresse une moue penaude.

— Je le sais. Enfin, je crois...

Lila lève les yeux au ciel.

— Tu es irrécupérable ! le sermonne-t-elle avec un sourire.

38.

Le week-end suivant, Noé et Lila rendent visite à Raphaële. La jeune maman va mieux. Passé le choc de l'accouchement chaotique et le baby-blues des premiers jours, elle a retrouvé un moral d'acier. Elle a surtout été rassurée sur la santé de sa fille, et bouleversée de la rencontrer enfin. Cette petite puce, si minuscule et déjà si belle, semblant perdue au milieu de sa couveuse. Lorsque la puéricultrice a sorti Joséphine pour la poser sur son sein, Raph a pleuré de joie. Ce premier contact lui a redonné de l'énergie et de l'espoir. Oui, ils en ont bavé, mais le plus dur est derrière eux, elle en est persuadée.

Une semaine plus tard, elle n'en peut plus d'être hospitalisée, elle ne rêve que d'une chose : rentrer chez elle avec son bébé et son mari. Mais seul son retour est prévu pour le lendemain. Joséphine va prolonger son séjour le temps de prendre assez de poids, d'être capable de réguler sa température et de pouvoir téter son biberon. En attendant, ses parents vont faire la navette tous les jours entre leur maison et la néonatologie.

— Ce n'est pas trop tôt ! s'écrie Raph en voyant entrer le couple dans sa chambre. J'ai cru que vous m'aviez oubliée tous les deux.

— Pas du tout ! s'insurge Lila en lui faisant la bise. On travaillait pour toi, je te signale.

Elle s'installe sur le bord du lit pour lui montrer les photos de la nursery. Elle a mitraillé la pièce sous tous les angles pour que Raphaèle puisse se faire une idée du rendu. Les murs d'un parme lumineux sont égayés par des portraits d'animaux colorés. Les meubles de bois blanc ont été montés et un épais tapis aux nuances chatoyantes recouvre le parquet ancien.

— C'est magnifique ! s'exclame la jeune maman en faisant défiler les vues.

Lila souffle de soulagement.

— Bon sang, j'ai eu si peur que ça ne vous plaise pas ! Vous êtes tellement maniaques, Clément et toi, j'étais inquiète à l'idée d'avoir tout fait de travers.

Raphaèle remarque un objet qui n'était pas prévu dans l'aménagement initial, un joli fauteuil à bascule dont le tissu de l'assise a été choisi avec soin pour être assorti aux coloris de la pièce. Elle s'imagine très bien y prendre place pour bercer son bébé.

— C'est notre cadeau, à Noé et à moi, lui explique Lila.

— Il est très beau, la remercie Raph.

— Je suis ravie que tu l'aimes. J'hésitais entre ça et une batterie, ajoute sa belle-sœur d'un air pince-sans-rire, mais je me suis souvenue de tes menaces.

Une discussion, dans une autre vie, à côté d'un sapin de Noël, à propos d'avenir et de bébés. Noé vient poser ses mains sur les épaules de sa compagne. Elle lui adresse un coup d'œil complice. Raphaèle les observe avec attention.

— Ça me fait plaisir de vous voir si heureux.

Lila tourne la tête vers elle.

— Tout ça, c'est grâce à toi. Merci d'avoir appelé Noé. Si tu ne l'avais pas fait, je me demande où j'en serais aujourd'hui.

Raph prend un air sérieux.

— Je sais qu'on dit « *jamais deux sans trois* », mais je commence à me fatiguer de devoir vous rabibocher sans cesse tous les deux. Alors, promettez-moi que vous allez faire un effort et arrêter de vous séparer.

— C'est promis, acquiesce Noé, je ne compte pas la laisser s'envoler de nouveau.

— Il vaut mieux éviter, confirme Lila, on ne fait que des bêtises quand on n'est pas ensemble.

Ils échangent un regard entendu. Oui, on dirait bien qu'ils ne sont plus capables de s'épanouir l'un sans l'autre.

Une infirmière pénètre dans la chambre avec une chaise roulante.

— C'est l'heure d'aller voir votre bébé. Votre mari est déjà là-bas.

Raphaèle ne se fait pas prier, elle attend ce moment depuis des heures. Elle s'installe dans son fauteuil et propose à ses amis de l'accompagner.

— Je croyais qu'on ne pouvait pas entrer en néonat ? s'étonne Lila.

— Non, mais vous pouvez venir à la fenêtre de la chambre, on vous montrera Joséphine.

Lila est enchantée à l'idée de découvrir enfin sa nièce, même si les conditions ne sont pas optimales. Noé et elle suivent Raph à travers les couloirs de l'hôpital. Ils l'abandonnent à l'entrée du service, où la soignante les rejoint après avoir déposé la jeune maman. Elle les emmène côté cour, et leur désigne la vitre devant laquelle se poster.

Ils s'approchent, intimidés de faire la connaissance du bébé dans ces circonstances. Ils observent la scène qui se déroule dans la pièce. Une auxiliaire de puériculture est en train de montrer à Clément comment laver sa fille à l'intérieur de la couveuse, sous le regard attentif de Raph qui ne perd pas une miette des explications, car bientôt, ce sera à son tour de s'en occuper. Lila a un pincement au cœur.

— Apprendre à devenir parents de cette façon, ça ne doit pas être évident.

— C'est vrai, reconnaît Noé, mais je trouve qu'ils se débrouillent très bien.

Clément sort une Joséphine toute savonnée de sa boîte pour la rincer dans la baignoire posée dans le grand lavabo. La petite se laisse faire, elle se trémousse dans l'eau chaude avec une mimique de satisfaction.

— Regarde, s'amuse Noé, elle tient de sa tante, elle aime déjà barboter !

Son ami finit les soins, puis il emmitoufle sa fille dans une serviette et s'approche enfin de la fenêtre pour la présenter à Lila et Noé. La lumière vive du soleil fait grimacer Joséphine, Clément place une main protectrice devant ses yeux. Lila s'émerveille de le voir si à l'aise dans son nouveau rôle.

Elle contemple ce bout de chou qui semble encore plus minuscule dans les bras de son géant de père, et s'extasie devant cette petite bouille ronde.

— Elle est si belle !

Elle l'admire jusqu'à ce que Raphaèle réclame sa fille avec impatience.

— Allons-y, décide Lila, laissons-les tranquilles.

Elle se sent le cœur plus léger. Malgré les difficultés qui les attendent, elle a confiance en l'avenir.

Sur le chemin du retour vers l'appartement de la jeune femme, Noé l'informe qu'il a reçu un coup de téléphone de l'agence de location normande.

— Ils veulent savoir ce qu'on fait de la maison.

— Il va être temps de rendre les clés, constate Lila sans regret.

— Nos affaires sont encore là-bas, lui rappelle-t-il. On doit faire l'aller-retour pour tout récupérer.

Le regard de sa compagne se perd dans le vague.

— Je n'ai pas trop envie d'y retourner pour le moment. Je ne peux pas l'expliquer, mais j'ai besoin de laisser cet endroit derrière moi. Tu trouves ça bizarre ?

— Non, je comprends, lui répond Noé. Je peux y aller sans toi, mais je ne veux pas que tu restes seule.

— Je suis une grande fille, le rassure-t-elle. Tu sais, tu ne pourras pas être sans arrêt avec moi, il va falloir que tu me fasses un peu confiance. Et de toute manière, je dois reprendre le boulot mardi.

Noé soupire. Ils en ont longuement discuté, il préfèrerait qu'elle voie avec son médecin pour prolonger son arrêt, il a peur que ce retour au travail soit trop précoce. Il a bien conscience qu'elle lutte toujours contre le besoin de boire, c'est un combat permanent qui lui demande beaucoup d'énergie, il s'en rend compte même si elle essaye de le lui cacher. Mais la jeune femme ne veut rien entendre. Elle a décidé qu'elle devait reprendre une vie normale, elle ne souhaite plus être considérée comme une malade. Elle a envie de redevenir elle-même.

39.

La semaine suivante, Lila retourne donc à la boutique, tandis que Noé s'en va très tôt pour vider la maison de la plage. Il a prévu de rentrer le soir même. Il a accepté à contrecœur de partir sans sa compagne, mais il refuse de la laisser seule pour la nuit. Pas après sa première journée au magasin depuis sa désintoxication.

Lila n'en a rien dit à Noé, mais cette reprise l'inquiète un peu. Elle ne se rappelle plus la dernière fois qu'elle est allée travailler en étant sobre. Pourtant, elle doit s'y résoudre. L'envie de boire ne la quitte jamais, quoi qu'elle fasse, alors ce n'est pas une excuse.

Elle a prévenu ses associées de son retour. Louise guette son arrivée à travers la vitrine. Dès que Lila entre, elle se précipite pour la saluer, le sourire aux lèvres. Elle l'examine avec soin, heureuse de constater qu'elle est en bonne santé.

— Tu as une mine superbe !

Lila a repris du poids grâce aux petits plats concoctés par Noé, et sa peau s'est colorée au cours de ses longues promenades sur la plage.

— La désintox, c'est encore mieux que les vacances ! plaisante-t-elle.

Elle ne rentrera pas dans les détails de son sevrage. Elle n'a pas envie de ressasser cette période difficile, elle préfère aller de l'avant.

Elle s'attèle à la préparation de l'ouverture avec sa collègue. C'est bon de retrouver ses habitudes, de refaire ces gestes si familiers. Pourtant, elle ne parvient plus à se sentir chez elle à la boutique. Louise s'est approprié les lieux, elle a apporté quelques changements en son absence. Elle ne peut pas lui reprocher, sans sa présence le commerce aurait coulé. Mais cet endroit qui était le royaume de Lila ne lui appartient plus tout à fait désormais.

Elle apprécie quand même de reprendre son activité. Elle aime évoluer dans cet univers coloré et parfumé. Avec son alcoolisme, elle avait oublié à quel point cela lui plaisait. Se rendre au travail était devenu une corvée, un obstacle à son addiction. Avec la sobriété, elle reprend goût à la confection des bouquets. Elle est également heureuse de revoir les habitués, ils ont cessé de la fuir avec leurs regards apitoyés. Que c'est bon d'être jugée à nouveau fréquentable !

Au cours de la journée, elle aperçoit une silhouette qui rôde aux alentours de la boutique sans oser entrer. Eliott fait plusieurs tentatives, mais ne va pas jusqu'à pousser la porte du magasin. Chaque fois, il rebrousse chemin en se rappelant les paroles de Noé. C'est lui qui est responsable de tout ça. Et pourtant, il ne cesse de revenir devant la vitrine, attiré par la présence de Lila.

Louise repère aussi son manège. Elle le désigne à sa collègue.

— Tu devrais aller lui parler, il s'est fait un sang d'encre pour toi.

— Tu es certaine que c'est une bonne idée ? J'ai peur de faire plus de mal que de bien. Il vaudrait peut-être mieux que je me tienne à l'écart.

— Crois-moi, il se fait déjà assez de mal tout seul, tu ne pourras pas faire pire que ce qu'il s'inflige à lui-même.

Louise l'a observé culpabiliser pendant toutes ces semaines, tournant en rond et ressassant ce qu'il s'était passé. Une bonne explication ne pourra être que bénéfique. Lila se laisse convaincre. Elle sort du magasin au moment où Eliott s'apprête une fois de plus à repartir vers la brasserie. Il semble à la fois surpris et soulagé de la voir. Ils échangent un salut embarrassé et restent à distance, comme s'il était trop dangereux pour eux de se rapprocher.

— Tu as l'air en forme, observe-t-il.

L'image de l'alcoolique amaigrie s'efface, elle est de nouveau la femme si belle qui fait battre son cœur. Il est si heureux de pouvoir enfin lui parler. Il va commencer par s'excuser, ce qu'il attend de pouvoir faire depuis qu'il a appris sa maladie.

— Je suis désolé.

— Pourquoi ? s'étonne Lila.

— Pour tout. Pour t'avoir mise dehors quand nous avons… Et pour t'avoir servi tous ces verres, encore et encore. Si je ne t'avais pas encouragée à boire…

Elle se poste devant lui, les poings sur les hanches.

— Je t'interdis de dire ça, c'est compris ? Tu n'étais pas au courant de ma maladie, et crois-moi, je n'ai pas eu besoin de toi pour retomber là-dedans. J'ai replongé toute seule, comme une grande.

Elle refuse qu'il se blâme pour ses erreurs. Il n'a été qu'un instrument de son addiction, en aucun cas son déclencheur.

— C'est moi qui suis désolée, poursuit-elle. Je me suis mal comportée avec toi. Je n'aurais pas dû te traiter de cette manière.

Il la fixe d'un air attristé.

— Pitié, ne me dis pas que tu regrettes d'avoir fait l'amour avec moi.

Elle ne le dira pas. Elle peut au moins lui accorder de ne pas ternir leur dernier souvenir ensemble. Eliott note l'effort même si elle ne parvient pas à le duper. Il préfère changer de sujet.

— Alors, il paraît que tu t'es remise avec ce type ?

Lila lui répond d'un hochement de tête. Rien qu'à l'évocation de Noé, il a vu son regard pétiller. Elle est désespérément folle de cet homme.

— Je ne ferai jamais le poids face à lui, n'est-ce pas ? se lamente Eliott, résigné.

La jeune femme ne sait pas quoi dire pour atténuer son chagrin.

— Est-ce qu'on pourrait au moins rester amis ? la supplie-t-il.

Peu importe les menaces de ce gars. Si Lila accepte de le côtoyer, il n'aura rien à dire. Mais elle secoue la tête.

— Je ne pense pas que ce soit une bonne idée. Pour aucun d'entre nous. Il vaut mieux qu'on arrête de se voir, une bonne fois pour toutes. Comment veux-tu réussir à aller de l'avant sinon ?

Il souhaiterait protester, mais elle s'approche de lui et dépose un baiser timide sur sa joue en guise d'adieu avant de faire demi-tour et de rentrer dans la boutique. Il contemple un moment la porte close. Il n'arrive pas à réaliser que c'est terminé, que Lila n'a plus envie d'être en contact avec lui.

Louise l'observe à travers la vitrine. Elle devine à sa mine défaite que la jeune femme a mis un terme définitif à leur relation. Il lui fait de la peine. Mais Lila a eu raison. Eliott ne pourra pas tirer une croix sur elle s'ils continuent de se fréquenter.

40.

Noé commence à trouver le temps long. Depuis son aller-retour en Normandie pour clore le chapitre *désintoxication*, il n'a plus rien à faire. Lila a repris le chemin de son travail, alors que lui reste oisif, il a du mal à occuper ses journées en attendant qu'elle rentre. La situation ne peut pas perdurer. Et il a tout le temps de réfléchir à ce qu'il voudrait faire. Depuis qu'ils sont revenus à Paris, il a une idée qui ne cesse de lui trotter dans la tête. Il profite d'un moment de détente, le week-end suivant, pour aborder le sujet avec sa compagne.

— Tu te rappelles quand on s'est connus ?

Elle le regarde avec un sourire amusé.

— Je ne suis pas trop sûre... Toi, tu es le type du site de rencontres, ou celui du speed-dating ?

Noé rit avec elle. Il est tellement heureux qu'elle ait recouvré sa joie de vivre pétillante.

— Non, moi je suis celui qui t'a mis le grappin dessus lors d'une soirée chez ton frère et qui est tombé fou amoureux de toi à la seconde où il t'a aperçue.

— Ah, tu es ce gars-là ? glousse Lila. Oui, je crois que je m'en souviens. Pourquoi cette question ?

— Je me disais… C'est drôle. À l'époque, j'étais un SDF, et quelques mois plus tard, me voilà revenu au même point.

Il avait rendu les clés de son appartement et se faisait héberger par un copain avant son départ pour les États-Unis.

— Non, pas exactement, se moque la jeune femme avec malice. À ce moment-là, tu avais un boulot qui t'attendait. Alors que maintenant, en plus d'être un SDF, tu es aussi chômeur !

— C'est vrai, réalise Noé, je suis un cas encore plus désespéré.

Elle l'observe avec une pointe d'appréhension. Où veut-il en venir avec ce constat ? Est-ce une façon de lui annoncer qu'il compte reprendre le large ? Lui qui a toujours eu besoin de mouvement, a-t-il décidé de repartir ?

— Ça rime à quoi, cette minute d'introspection ? Tu fais le bilan de ta vie ? Le résultat ne te plaît pas ?

Elle marque une pause puis ajoute d'un air intimidé qui ne lui ressemble pas.

— Je pensais que c'était clair que tu es le bienvenu ici. J'adore t'avoir auprès de moi.

Noé s'étonne de sa mine préoccupée.

— Moi aussi, j'adore ça, la rassure-t-il. Mais si je voulais plus ? Si je voulais arrêter d'être un squatteur et que je te proposais qu'on s'installe ensemble de manière officielle, qu'est-ce que tu en dirais ?

Lila sent son cœur battre à tout rompre dans sa poitrine. Un instant, elle a eu peur de voir Noé s'éloigner d'elle, alors que c'est tout l'inverse. Il lui parle d'avenir, un avenir à deux.

— Cette idée me plaît beaucoup, lui répond-elle, rayonnante.

Noé prend son visage entre ses doigts et l'embrasse avec tendresse. Puis il se recule et plante son regard dans le sien.

— Et si je te disais que j'ai des envies d'ailleurs, est-ce que tu serais prête à me suivre, à quitter Paris ?

Lila n'avait pas anticipé cette proposition.

— Ce n'est qu'une idée, continue Noé. Je sais à quel point tu aimes le magasin. Si tu préfères rester, ça m'ira très bien aussi.

Même s'il déteste la voir passer ses journées à côté de la brasserie d'Eliott, il ne lui forcera pas la main, il respectera sa décision. Lila prend le temps de la réflexion.

— Il y a quelques mois, je t'aurais dit que je ne voulais pas quitter la boutique, j'y étais trop attachée. Mais avec tout ce qui est arrivé... Je m'en suis éloignée, ce n'est plus si important pour moi. Ou plutôt, je sais qu'elle est entre de bonnes mains avec Louise, je pourrais m'en aller l'esprit tranquille.

— C'est sérieux ? l'interroge-t-il, plein d'espoir, tu te verrais bien changer de région ?

— Pour te suivre ? Oui, tout à fait !

Noé appréhendait cette conversation, il craignait la réaction de Lila. Mais elle semble partante pour cette nouvelle aventure.

— Ces dernières semaines, j'ai reçu plusieurs propositions d'emploi intéressantes, lui apprend-il. Ça nous laisse le choix de la destination.

— Tu penses à un endroit en particulier ?

— Pour vivre avec toi ? Une ville en bord de mer me paraîtrait tout indiquée.

— C'est vaste ! s'amuse sa compagne.

— À toi de décider. Je me disais que la Normandie pourrait être pas mal. Je suis en contact avec une société basée sur Caen. Tu adores Cabourg, et on ne serait pas trop loin de la région parisienne. Comme ça, tu pourrais voir ta nièce régulièrement. Clément et Raphaèle pourraient aussi venir nous rendre visite le week-end, ce serait l'occasion pour Joséphine de profiter du bon air et de la plage. L'idéal serait de prendre une maison, pour avoir la place d'accueillir ta famille.

Lila est touchée qu'il ait pensé à ces détails.

— On dirait que tu as déjà tout prévu.

— Ce ne sont que des pistes à étudier, précise Noé. On fera comme tu préfères. Tout ce que je veux, c'est que tu sois heureuse.

Elle passe ses bras autour de son cou et appuie son front contre le sien.

— Tant que tu seras à mes côtés, je serai heureuse.

Toute la journée, elle réfléchit à ce beau projet. Jusqu'à Noé, jamais il ne lui était venu l'envie de s'engager. Elle voulait juste profiter de la vie et s'amuser, il n'était pas question de quoi que ce soit de sérieux. Mais avec lui, tout ça lui paraît naturel. Plus que ça : indispensable. Quand ils se sont séparés au printemps, elle a cru mourir. Elle n'imagine plus son avenir sans lui. Elle adore l'idée de s'installer ensemble et de fonder un foyer.

Elle va commencer à chercher un emploi à Cabourg, ou dans les villes alentour. Mais avant cela, elle doit annoncer la nouvelle à ses associées. Elles n'ont plus besoin de son aide, elles ont parfaitement géré la boutique en son absence, même Cass semble s'être habituée à ce nouveau fonctionnement. Oui, tout ira bien pour tout le monde.

41.

Quand elle retourne au travail la semaine suivante, elle débarque avec un immense sourire aux lèvres, impatiente de raconter ses projets à Louise.

— Qu'est-ce qu'il t'arrive ? la taquine sa collègue. C'est de revenir au boulot qui te rend aussi joyeuse ?

— Non, s'amuse Lila. Même si j'adore ta compagnie, c'est autre chose qui me met de bonne humeur.

Louise cesse de s'activer, curieuse d'entendre ce qu'elle a à lui dire. Lila prend une grande inspiration.

— Noé m'a proposé de quitter Paris, lui explique-t-elle. Nous allons partir nous installer au bord de la mer. Ça va me faire tout drôle de lâcher le magasin, mais je sais que tu t'en occuperas très bien.

Elle imaginait que la jeune femme se réjouirait pour elle, mais elle la voit se renfrogner. Légèrement décontenancée, Lila cherche à comprendre sa réaction.

— C'est parce que je te laisse seule avec Cass que tu fais la tête ? Je sais bien qu'elle est bizarre, mais tu as bien assuré en mon absence, je ne pensais pas que mon départ te poserait un problème. Si tu as peur d'avoir trop de travail, ce n'est pas un souci, vous pourrez embaucher quelqu'un d'autre à ma place. Ça ne te plaît pas, l'idée de prendre les rênes ?

Au contraire, Louise en rêve. Mais là n'est pas la question. Comme toujours, ce n'est pas son avis qui importe, mais celui de sa sœur, et le programme de Lila ne colle pas avec les plans de Charlie. Elle sait que sa collègue ne va pas aimer ce qui va suivre.

— Je voulais te prévenir bientôt, je ne compte pas rester.

Cette révélation est une mauvaise surprise pour Lila. Si Louise s'en va, elle devra renoncer à son envie de changer de vie.

— Je pensais pourtant que tu étais contente de travailler ici.

Louise continue à éviter son regard.

— J'adore la boutique, reconnaît-elle à mi-voix. Je m'y sens bien.

— Alors là, je suis perdue, explique-moi.

— Ce qu'il se passe, c'est que je vais peut-être quitter Paris.

Lila l'observe d'un air soupçonneux.

— Pour quelle raison ?

— Charlie veut rentrer chez nous. Elle n'est plus heureuse de sa situation en ce moment.

La compagne de Noé essaye de garder son calme.

— Je sais que tes montagnes te manquent, et je comprendrais que tu souhaites retourner chez toi. Mais par contre, ça n'aurait aucun sens de partir juste parce que ta sœur l'a décidé. Il serait peut-être temps que tu vives ta vie, et pas celle que désire Charlie, non ?

Elle sent l'agacement la gagner. Elle est tentée de secouer Louise pour lui faire entendre raison. La démission de la jeune femme signifie la mort de son beau projet avec Noé. Jamais elle ne quittera la boutique sans s'organiser d'abord pour que quelqu'un prenne le relais. Avec Cassandre seule aux manettes, ce serait la fermeture assurée en moins d'un mois.

Louise lui fait face, vexée de se faire remonter les bretelles comme une enfant.

— Écoute, c'est plus compliqué que tu ne le crois, lui précise-t-elle. Tu ne sais rien de ma façon de gérer ma vie.

— C'est très clair, au contraire, s'énerve Lila. Ta sœur te mène par le bout du nez, et toi tu te laisses faire sans broncher. C'est fou qu'à ton âge, tu sois incapable de décider la direction que tu veux prendre. Ça me déçoit de ta part.

La violence de sa réaction est à la hauteur de sa désillusion. Elle doit abandonner l'idée de déménager à cause des caprices d'une gamine égoïste qui considère sa jumelle comme son jouet. Un intense besoin de boire s'infiltre pernicieusement par tous les pores de sa peau, exacerbé par sa colère et sa frustration.

Elle tourne le dos à Louise pour masquer son trouble. Cette dernière reste interdite, choquée par ses propos. Elle se doutait que l'annonce de son départ ne lui ferait pas plaisir, mais elle n'avait pas anticipé une riposte aussi cinglante. Les larmes lui montent aux yeux. Elle doit lui expliquer.

— Il faut que tu comprennes comment fonctionne ma relation avec Charlie.

Lila fait volte-face, le visage impassible.

— Tu n'as pas à te justifier, j'ai saisi, c'est bon.

— Si, j'y tiens, s'entête Louise. Tu penses, comme tout le monde, que je m'écrase devant elle parce qu'elle a l'ascendant sur moi, alors que ce n'est pas ça du tout.

Sa collègue hausse les sourcils d'un air dubitatif.

— Depuis toujours, poursuit-elle, Charlie manque de confiance en elle. Tout lui fait peur. L'unique chose qui la rassure, c'est de décider pour nous deux, et que je sois à ses côtés. Elle est terrifiée à l'idée de se retrouver seule face au monde. Alors je reste avec elle, parce que c'est ma sœur, que je l'aime, et que je ne veux pas l'abandonner.

Lila ne sait quoi penser. La jeune femme cherche peut-être à bien faire, mais ce comportement lui rappelle celui de Clément, avec sa bonne volonté qui fait parfois pire que mieux.

— Tu crois vraiment que tu lui rends service en agissant comme ça ?

Louise n'avait pas prévu cette question. Bien sûr qu'elle lui rend service. Elle se sacrifie pour Charlie, que pourrait-elle faire de plus ?

Les deux fleuristes finissent la journée sans s'adresser la parole. L'ambiance est glaciale entre elles. Lorsque Cass sort de l'arrière-boutique pour rentrer chez elle, elle s'étonne de l'atmosphère de plomb, mais garde le silence. Tant qu'on ne vient pas l'embêter, elle préfère ne rien savoir.

Lila quitte le magasin sans demander son reste. Elle retrouve Noé à son appartement et explose à peine le pas de la porte franchi.

— Tu peux dire adieu à la maison au bord de la mer !

Cette saute d'humeur le surprend, elle était pourtant partie le matin même avec un moral à toute épreuve. Elle lui explique la mauvaise nouvelle.

— J'ai eu beaucoup de chance de mettre la main sur Louise aussi vite. Du moins, c'est ce que je croyais à l'époque, se lamente-t-elle. Qu'est-ce qu'on fera s'il faut des mois pour lui trouver une remplaçante ? Avec Cass qui rôde dans l'atelier, il y a de quoi refroidir un paquet de candidates.

Noé est déçu d'apprendre que ce projet qui lui tenait tant à cœur tombe à l'eau. Néanmoins, il évite de jeter de l'huile sur le feu alors que Lila semble déjà dans tous ses états. Il voudrait lui dire que rien ne l'oblige à s'occuper de sa suite à la boutique, mais il connaît sa loyauté envers le magasin. C'est son royaume, il porte son nom, elle ne peut pas envisager de le laisser couler.

Elle triture nerveusement ses doigts, un tic qu'elle a gardé depuis sa désintoxication. Noé sait que c'est le signe d'un besoin impérieux de boire. Il cherche à la rassurer. Après tout, l'essentiel est qu'elle aille bien, peu importe où ils vivront. Il prend ses mains dans les siennes.

— Si tu dois continuer à travailler ici, je m'installerai avec toi sur Paris le temps qu'il faudra. Tout ce qui compte, c'est d'être ensemble, lui rappelle-t-il. Toi et moi, le reste on s'en fout.

Elle lève vers lui son visage désolé.

— C'est qu'elle me plaît bien, ton idée de vivre à Cabourg. Je m'y voyais déjà ! J'avais commencé à imaginer comment pourrait être notre maison. Je me suis prise à rêver de bon air, de balades en amoureux sur le sable et de bains de mer quotidiens. Je n'ai pas envie de renoncer à tout ça.

Il glisse la main dans ses cheveux.

— Moi aussi, je serais heureux qu'on puisse le faire, mais si on doit attendre un peu pour ça, ce n'est pas grave. On a toute la vie devant nous.

42.

Le lendemain, Lila appréhende de se retrouver face à Louise. Une fois l'orage passé, elle a commencé à regretter sa réaction excessive. Après tout, sa collègue n'a pas signé pour travailler à la boutique jusqu'à sa mort, elle est libre de partir quand elle le souhaite, même si Lila désapprouve sa façon de céder aux quatre volontés de sa jumelle. Mais elle se sent très frustrée de devoir renoncer à son installation en Normandie avec Noé.

Lorsqu'elle pousse la porte du magasin, Louise est déjà là. Elle s'interrompt en la voyant arriver, inquiète à l'idée qu'elle soit toujours en colère contre elle. Mais Lila préfère enterrer la hache de guerre d'emblée, elle n'a aucune envie de rester fâchée.

— Je suis désolée. Je n'aurais jamais dû te parler comme je l'ai fait. C'était déplacé de ma part de critiquer ta façon de vivre, j'espère que tu voudras bien me pardonner.

Louise souffle de soulagement.

— Pas de souci, c'est déjà oublié.

Lila lui adresse un sourire reconnaissant. Elle pose ses affaires sur le plan de travail et s'assoit sur son tabouret.

— J'étais tellement emballée par ce déménagement que je n'ai pas pensé un seul instant que tu pouvais avoir d'autres projets. Mais tant pis, ça ne fait rien, on verra plus tard pour partir vivre en Normandie.

Louise est navrée de lui causer de la peine. Toute la soirée, elle a ressassé leur conversation. Elle s'en veut de priver sa collègue de ce joli rêve, mais sa priorité reste sa sœur, comme toujours.

Lila essaye de faire bonne figure, mais cette contrariété lui a porté un coup au moral. Elle a réveillé un désir féroce de boire qu'elle n'avait pas ressenti si fort depuis quelque temps. Toute la journée, elle est tiraillée par le manque, l'envie désespérée de courir acheter une bouteille d'alcool, n'importe laquelle, et de la vider d'un trait pour calmer sa soif.

Le soir, lorsqu'elle quitte la boutique, elle s'arrête sur le trottoir et fixe la brasserie voisine. Ce serait très facile. Il lui suffirait de pousser la porte, d'aller voir Eliott et de lui dire qu'elle regrette de l'avoir chassé de sa vie. Il serait si heureux de la retrouver qu'il ne pourrait pas lui refuser le verre de l'amitié. La jeune femme se voit assise sur l'un des tabourets hauts du bar, à savourer un rhum vieux ambré et fleuri. Elle peut ressentir le feu de l'alcool dans sa gorge, et le bien-être quasi instantané qui se répandrait dans chaque cellule de son corps si elle s'autorisait un écart.

Son souffle s'accélère tandis qu'elle garde son regard rivé sur le café. Elle se retient avec peine de parcourir les quelques mètres qui la séparent de ce verre. Est-ce que ce serait si mal que ça ? Bon sang ! Bien sûr que ce serait mal ! Elle n'a pas le droit de faire ça à Eliott, et encore moins à Noé. Et à elle-même non plus. Est-ce qu'elle veut vraiment revivre le calvaire de ces derniers mois ? Tient-elle à courir le risque de perdre l'homme de sa vie, pour de bon cette fois ?

Elle ferme les yeux et tente de calmer sa respiration. Noé. Elle doit se concentrer sur lui et sur leur avenir ensemble. Même s'il n'est plus question de bord de mer, il est toujours à ses côtés, plus amoureux que jamais, ce qui, compte tenu de sa rechute et de ce qu'elle lui a fait subir, ressemble à un petit miracle. Elle n'a pas le droit de gâcher tout ça. Mobilisant toute sa volonté, elle tourne le dos à la brasserie et prend la direction de son appartement.

Elle a réussi ! Elle a résisté à cette pulsion. Elle sait qu'il y en aura d'autres, mais pour cette fois, elle a tenu bon. Ne pas se projeter trop loin et savourer chaque victoire, c'est la seule solution. Mais pour limiter les risques, elle a besoin de s'occuper l'esprit, pour penser à autre chose.

Et pour cela, elle a une idée. En dehors d'être coincés à Paris pour le moment, sa relation avec Noé est au beau fixe. Pourtant, il flotte dans son beau ciel bleu un petit nuage. Elle pourrait tourner la tête et l'oublier, il ne lui cache pas le soleil, mais elle veut que le tableau soit parfait. Ce nuage s'appelle Franck. Lila aimerait faire quelque chose pour son compagnon. Il est si attentionné envers elle, elle déteste l'idée qu'il soit fâché avec son parrain à cause d'elle. Même si elle ne porte pas ce type dans son cœur, c'est l'unique famille de Noé. Ils doivent se réconcilier. Elle refuse que son amant se retrouve seul au monde par sa faute. Cette maison où ils habiteront un jour, elle ne devrait pas accueillir que les proches de Lila, mais aussi ceux de Noé.

À plusieurs reprises, elle l'a encouragé à reprendre contact avec son tuteur, mais il ne veut rien entendre. Il ne comprend pas qu'elle défende Franck après le comportement inadmissible qu'il a eu envers elle.

Alors Lila a décidé de prendre les choses en main. Se fixer un objectif et tout faire pour l'atteindre lui apparaît comme un excellent moyen d'éviter de penser à l'alcool. Le soir même, elle subtilise le téléphone de Noé pendant qu'il est sous la douche pour trouver les coordonnées de son parrain. Elle s'enferme dans la chambre et s'empresse de composer le numéro. Son interlocuteur semble surpris par son appel.

— Qu'est-ce que vous me voulez ? aboie-t-il après qu'elle se soit présentée.

— Vous parler. De Noé. C'est important.

Franck pousse un grognement agacé au bout du fil. Il n'a aucune envie de discuter avec elle, mais si ça concerne son filleul, il doit savoir de quoi il s'agit, même s'ils sont fâchés depuis leur dernière entrevue. Il a horreur de ne pas avoir de nouvelles, surtout avec cette fille aux manettes de sa vie.

— Allez-y, je vous écoute, accepte-t-il de mauvaise grâce.

— Non, vous ne comprenez pas, répond Lila. Je voudrais vous voir.

Elle y a bien réfléchi, un problème de cette ampleur ne peut pas se résoudre au téléphone.

— Ça va être compliqué, réplique-t-il, exaspéré. Je ne suis plus en Normandie depuis longtemps.

— Nous non plus, lui apprend Lila, nous sommes rentrés à Paris.

Rentrés ? L'ours grogne en entendant ce mot. Rentrés où, alors que Noé n'a pas de chez-lui ?

— Si vous êtes d'accord, je vous propose de nous rencontrer. Si je fais le trajet jusqu'à Saint-Martin, vous voudriez bien m'accorder un peu de votre temps ?

Franck est pris de court par cette demande. Mais après tout, si cette fille est motivée pour parcourir une longue route, grand bien lui fasse. Il écoutera ce qu'elle a à lui apprendre sur Noé et ensuite il la fichera dehors.

— Quand ? interroge-t-il.

— La semaine prochaine ?

Elle sera en congé, puisqu'elle n'a pas repris à plein temps à la boutique.

— Mardi. Dix-huit heures.

Il raccroche sans plus de cérémonie. Lila ne se formalise pas de sa brusquerie, elle ne s'attendait pas à ce qu'il lui déroule le tapis rouge.

Maintenant qu'il a accepté de la recevoir, elle doit organiser son escapade. Noé ne doit se douter de rien avant son départ. Elle tient à lui faire la surprise, et elle n'a aucune garantie que sa tentative de réconciliation portera ses fruits. Ça exclut donc de lui emprunter sa voiture. Elle envisage un moment de voyager en train, mais elle ne trouve aucun billet bon marché, et une fois arrivée à La Rochelle, elle devra encore se débrouiller pour rejoindre Ré. Quant à louer un véhicule, c'est très au-dessus de ses moyens. Lila ne voit qu'une solution à son problème : demander de l'aide à quelqu'un de confiance.

Elle a une petite idée de la personne à qui s'adresser : Raphaèle. Elle la contacte, en premier lieu pour prendre des nouvelles de Joséphine.

— Comment va ma nièce préférée ?

— Elle se porte bien, lui répond la jeune maman. Elle commence même à devenir potelée ! Si ça continue comme ça, on a bon espoir de pouvoir la ramener à la maison avant la fin du mois.

— C'est génial ! J'ai hâte de rencontrer votre fille. Dès qu'elle sort de l'hôpital, je débarque chez vous pour lui faire un gros câlin !

Lila n'en oublie pas pour autant la deuxième raison de son appel.

— Raph, j'aurais besoin de ton aide.

Son ton de conspiratrice intrigue sa belle-sœur.

— Dis-moi tout. Qu'est-ce que je peux faire pour toi ?

— Est-ce que tu accepterais de me prêter ta voiture pendant un jour ou deux ? Je dois faire un voyage et je suis à sec, je n'ai pas de quoi passer par un loueur, ni me payer des billets de train.

— Je ne peux pas conduire en ce moment, j'ai essayé, mais mon ventre est encore trop douloureux pour ça. Alors pas de souci, autant qu'elle serve à quelqu'un, accepte Raph.

Elle réfléchit à cette requête particulière pour tenter de deviner ce que Lila a en tête.

— Si tu me le demandes, et pas à Noé, c'est que tu préfères qu'il ne soit pas au courant ?

— Tu as tout compris.

— À moi, tu peux m'en dire plus ?

Lila se lance.

— J'ai prévu d'aller à Ré.

— À Ré ? Je suppose que tu n'y vas pas pour les vacances, devine Raph, sinon tu emmènerais ton amoureux avec toi.

— Bien vu.

— Alors tu vas rendre une petite visite amicale à ce cher Franck ?

— On ne peut rien te cacher ! Je vais essayer d'arranger la situation.

Raphaèle a connaissance de la brouille entre Noé et son parrain. Elle salue l'intention de Lila de les réconcilier, mais elle émet tout de même une objection.

— Tu te sens vraiment d'attaque pour faire ça ? l'interroge-t-elle. Cette fois, pas question pour moi de t'accompagner. Il y a une petite puce qui réclame toute mon attention.

Lorsque Lila et Noé hésitaient quelques mois plus tôt à franchir le pas d'une relation sérieuse, Raph avait emmené la jeune femme rejoindre son amoureux pour les rabibocher.

— Ta fille a la priorité, bien sûr ! Ne t'inquiète pas, la tranquillise Lila, je me débrouillerai comme une grande.

— Tu es certaine que tu arriveras à gérer ? Tu n'as pas peur d'être tentée de boire si tu te retrouves seule ?

— J'y vais pour la bonne cause, c'est la meilleure des motivations pour ne pas replonger. En plus, ça va me faire du bien de faire quelque chose par moi-même. Rassure-moi, tu ne vas quand même pas commencer à me materner ? J'ai déjà Clément et maintenant Noé sur le dos, pas la peine de t'y mettre aussi !

Raph sourit à l'autre bout du fil.

— Tu as raison. Tu veux partir quand ?

— Mardi.

— D'accord. Demande à Noé de te déposer chez nous dans la matinée. On n'aura qu'à dire qu'on passe la journée ensemble afin que tu m'aides pour finir d'acheter le nécessaire avant que Joséphine rentre à la maison. Du shopping, ça devrait permettre de tenir nos hommes à distance. Tu m'emmèneras à l'hôpital et tu pourras prendre la route juste après. Je me chargerai d'expliquer à Noé où tu es quand il reviendra te chercher. Ça te va comme programme ?

— C'est parfait ! Tu es géniale comme belle-sœur !

— Je suis bien d'accord ! Mais tu sais, quand tu es sobre, tu n'es pas mal non plus. J'ai apprécié ton soutien après l'accouchement, la remercie Raph. Ton frère a pu compter sur toi, c'était une bonne chose. Et la chambre de Joséphine est magnifique, vous avez fait du beau travail.

— Ça m'a fait plaisir de pouvoir vous aider. Pour une fois que je pouvais vous rendre service, c'était agréable.

43.

Le mardi suivant, les deux femmes mettent leur plan à exécution. Comme convenu, Lila demande à Noé de la déposer chez son frère afin d'aider Raphaèle dans les ultimes préparatifs pour accueillir Joséphine. Dès qu'il est parti, elle emmène sa belle-sœur à la maternité et prend la direction de l'île de Ré.

Lila goûte le plaisir de son indépendance. Elle essaye de se rappeler la dernière fois qu'elle a fait quelque chose sans être accompagnée. Depuis que Noé est revenu, il régente sa vie, et même maintenant qu'elle va mieux, il continue de tout organiser pour la soulager. Elle sait qu'il le fait pour l'aider, mais cela commence à l'oppresser. Partir aujourd'hui, sans qu'il soit au courant, et pour lui faire une surprise, c'est aussi une façon de regagner le contrôle de son existence, de lui prouver son amour et de le remercier pour tout ce qu'il a fait pour elle.

Elle retrouve le plaisir de la conduite. Elle n'a pas tenu un volant entre ses mains depuis des mois, bien avant que son alcoolisme se réveille. C'est une petite victoire de faire la route seule.

Alors que d'habitude elle raffole de la vitesse, cette fois elle prend son temps, elle profite du voyage au son de ses musiques préférées. Elle n'est pas pressée d'arriver, son entrevue avec Franck n'est prévue qu'en fin de journée.

Elle appréhende un peu ce rendez-vous, elle sait qu'elle ne sera pas bien reçue. L'homme bourru ne va pas lui faciliter la tâche, mais il n'est pas le seul à être têtu. Lila s'est promis de le réconcilier avec son filleul, elle fera tout pour y parvenir.

Elle atteint sa destination dans le courant de l'après-midi. En attendant l'heure de se présenter chez Franck, elle décide d'en profiter pour s'offrir une balade. Elle remonte la langue de terre, fenêtre ouverte pour respirer l'air marin réchauffé par le magnifique soleil d'été. C'est une belle occasion de savourer sa liberté.

Elle pousse son excursion jusqu'au Phare des Baleines, à la pointe ouest de l'île. Noé l'avait emmenée au sommet de la tour lors de leur premier séjour à Ré, elle avait adoré cet endroit.

Lila se mêle aux touristes venus en nombre découvrir le site et elle entame l'ascension de l'interminable escalier en colimaçon. Une fois arrivée en haut, elle trouve une place sur la passerelle côté mer et elle s'accoude à la balustrade pour admirer le panorama. La vue est époustouflante. À cette hauteur, le vent souffle plus fort, il fait danser des mèches folles autour de son visage et l'enveloppe de ses parfums iodés. Elle s'imprègne de toute cette énergie. Pour la première fois depuis très longtemps, elle se sent bien vivante. Toujours taraudée par l'envie de boire, mais apaisée. Rien que pour cette sensation, ce déplacement valait la peine.

Pourtant, ce bol d'air pur vivifiant ne constitue pas le but premier de son voyage. L'heure de retrouver Franck approche, il est temps de se mettre en route pour Saint-Martin. Elle quitte à regret son promontoire pour reprendre sa voiture.

Sur le chemin du retour, elle se montre moins sensible aux charmes du paysage. Elle est concentrée sur son objectif, bien décidée à convaincre le parrain de Noé qu'il peut lui faire confiance. Elle aimerait tellement faire le cadeau de leur réconciliation à son compagnon.

Elle se gare juste devant la jolie maison rhétaise de l'ours. Elle frappe à la porte trois coups volontaires. Lorsque le battant s'ouvre, Lila est décontenancée de ne pas se retrouver face à la carrure imposante attendue. À la place, elle découvre un petit bout de femme qui l'accueille avec un grand sourire.

— Puis-je vous aider, Mademoiselle ?

Lila se demande un instant si elle ne s'est pas trompée d'adresse. Elle se recule d'un pas pour vérifier. Non, elle est au bon endroit.

— Je viens voir Franck. Je suis Lila, l'amie de Noé.

Son hôtesse écarquille les yeux sous le coup de l'étonnement.

— Quelle agréable surprise ! Comme je suis heureuse de vous rencontrer ! s'exclame-t-elle. Je suis Édith, la femme de Franck. Mon mari ne m'a pas prévenue de votre visite. Mais je manque à tous mes devoirs ! Venez, entrez, ne restez pas sur le pas de la porte.

Elle conduit son invitée dans le salon et l'observe avec attention. Lila lui fait bonne impression.

— Je comprends que vous ayez volé le cœur de Noé, vous êtes très jolie.

— Merci, répond la jeune femme, intimidée. Je crois que vous allez réussir à me faire rougir !

Elle n'espérait pas un tel accueil. Heureusement, Franck débarque à cet instant pour lui rappeler qu'elle n'est pas ici pour s'amuser. Il marmonne à peine un « *Bonjour* » avant de lui demander de le suivre. Lila s'excuse auprès d'Édith et emboîte le pas à son hôte qui l'emmène sur la terrasse ombragée. Il s'installe sur une chaise devant la table de jardin et lui indique un siège à l'autre extrémité. Il croise les bras et attend d'entendre ce qu'elle a à lui dire. Lila s'éclaircit la gorge et prend la parole.

— Je suis venue vous voir pour que nous fassions la paix.

Franck lève un sourcil dédaigneux.

— Pourquoi donc aurais-je envie de faire la paix avec vous ? Vous avez monté Noé contre moi.

— C'est faux ! rétorque-t-elle. C'est vous qui me méprisez depuis le début, sans que je sache ce que j'ai fait pour vous donner une aussi mauvaise opinion de moi. Vous me considérez comme quelqu'un d'intéressé uniquement par l'argent, qui voudrait contrôler la vie de Noé pour lui piquer sa fortune.

— Je crois que la situation actuelle me donne raison, répond son hôte, sûr de son fait. Vous avez pris l'ascendant sur lui, il n'a plus de travail ni de logement, il a tout abandonné pour vous, même son rêve de vivre aux États-Unis. Et pour couronner le tout, vous l'avez encouragé à se brouiller avec moi. Vous avez le champ libre maintenant, victoire sur toute la ligne !

Lila lâche un soupir exaspéré. Cet homme ne veut rien entendre.

— Si j'étais aussi manipulatrice que vous le dites, pourquoi je serais ici ? le tacle-t-elle.

Franck ne répond pas.

— C'est vrai, après tout, j'ai gagné, poursuit Lila. Noé m'a choisie contre vous. Je pourrais être en train de savourer ma victoire, tout en vidant son compte en banque avant de mettre les voiles. C'est bien ce que vous pensez, n'est-ce pas ? Mais vous avez tort ! Je suis ici car j'aime Noé et je ne supporte pas de le voir malheureux. Et il l'est, parce que vous êtes fâchés. Vous êtes sa seule famille. Vous ne pouvez pas lui tourner le dos.

— Je vous rappelle que c'est lui qui m'en veut.

— Parce que vous vous en êtes pris à moi. Il suffirait qu'on tire un trait sur tout ça et qu'on reparte de zéro, vous et moi, pour que les choses s'arrangent avec Noé.

Cette petite condition ne semble pas du goût de Franck. C'est elle qui a mis le bazar entre eux, tout est sa faute. Mais les paroles de Lila sèment le doute dans son esprit. Qu'a-t-elle à gagner en effet avec cette visite ?

Édith les rejoint avec un plateau sur lequel sont posés des verres ainsi que des amuse-gueules très appétissants. Elle est surprise par la tension ambiante, mais ne laisse rien paraître.

— Je me suis dit que vous apprécieriez de prendre l'apéritif tout en discutant. Franck, tu devrais aller nous choisir une bonne bouteille de ta réserve pour fêter la venue de notre charmante invitée à la maison.

Comme s'il avait la moindre envie de célébrer quoi que ce soit avec Lila... Il jette à la jeune femme un coup d'œil moqueur.

— C'est inutile. Figure-toi que Mademoiselle est allergique à l'alcool.

Lila se rappelle que son refus de goûter la production du viticulteur avait fait scandale lors de sa première visite.

— Ah bon ? s'étonne Édith. Quel dommage !

Son mari ne semble pas du même avis.

— Tu parles ! Je suis certain que ce n'est qu'une lubie de bobo parisienne qui ne sait pas profiter de la vie, persiffle-t-il.

— Si seulement ! se défend Lila.

Le meilleur moyen de le convaincre de sa bonne foi, c'est de lui expliquer qui elle est réellement, en croisant les doigts pour que ce ne soit pas peine perdue.

— En fait, vous avez raison, je ne suis pas allergique à l'alcool. La vérité, c'est que je suis alcoolique.

Sa déclaration surprend le couple. Édith l'observe d'un air désolé. Elle vient s'assoir à côté d'elle et prend sa main dans la sienne pour lui témoigner son soutien. Sa sollicitude motive la jeune femme à poursuivre son récit.

— J'ai commencé à boire quand j'étais adolescente, explique-t-elle. J'ai enchaîné les excès et je ne suis pas passé loin d'y rester. Je n'ai pas touché à l'alcool pendant des années. Mais il y a quelques mois, j'ai replongé, et je suis tombée très bas. C'est Noé qui m'a tirée de là. Malgré tout le mal que je lui ai fait à cause de cette saloperie, il m'a aidée à me sortir de cet enfer. La maison au bord de la mer, ce n'était pas pour s'amuser ou pour passer des vacances, mais pour mon sevrage. Il ne vous a rien dit parce que c'est quelqu'un de bien et qu'il ne voulait pas divulguer mon vilain secret. Je me doute bien qu'une alcoolique n'est pas le genre de bon parti dont vous rêviez pour Noé, mais je vous promets de faire tout mon possible pour rester sobre et ne plus le faire souffrir. J'ai failli le perdre lors de ma rechute, et je préfère éviter que ça recommence. J'ai cru mourir sans lui.

Cet aveu perturbe Franck. Il ne colle pas avec l'image superficielle qu'il s'est faite de Lila.

— Je lutte en permanence contre le manque d'alcool. Parfois, c'est plus facile, et à d'autres moments j'ai envie de me cogner la tête contre les murs tellement ça me bouffe de l'intérieur. Mais pour l'instant, je tiens bon, grâce à Noé qui m'aide à me battre. Il est incroyable, il a tout fait pour que je remonte la pente, quoi que ça lui en coûte.

Elle ne lâche pas le regard de Franck qui garde le silence. Elle se fait suppliante.

— Vous l'avez accusé d'être aveugle, de ne pas se rendre compte qu'il se faisait manipuler, alors qu'il m'a sauvé la vie. C'est pour ça qu'il s'est énervé. Ce n'est qu'un énorme malentendu. Je suis sûre que si vous lui tendez la main, il sera soulagé de la saisir. Il vous aime comme un père et ça le démolit que vous soyez en froid. S'il vous plaît, Franck, faites-le pour lui. Vous savez, ajoute-t-elle avec une pointe d'humour, je ne suis pas si horrible que vous semblez le croire, ça ne vous demandera peut-être pas autant d'efforts que vous le pensez pour m'apprécier un tout petit peu !

Édith saute sur l'occasion que lui offre la jeune femme pour essayer de détendre l'atmosphère.

— Rien de tel qu'un repas à la bonne franquette pour mettre les choses à plat et repartir du bon pied. Lila, vous restez dîner avec nous. Et promis, les bouteilles de vin ne quitteront pas la cave.

— C'est très gentil à vous, mais je ne vais pas tarder à m'en aller, j'ai un long trajet à faire et je ne voudrais pas arriver au milieu de la nuit.

— Vous n'allez quand même pas reprendre la route maintenant pour rentrer à Paris ? s'offusque Édith. Il n'en est pas question ! Ce ne serait pas raisonnable. Vous allez dormir ici.

Lila regarde Franck d'un air circonspect. Même si sa réticence à son égard commence à diminuer, il souhaite sans doute se débarrasser d'elle au plus vite. Mais il la surprend en acceptant d'un hochement de tête résigné.

— Si Noé apprend qu'on ne vous a pas offert le gîte, je vais en entendre parler pendant longtemps, se justifie-t-il.

Sa femme adresse un clin d'œil complice à Lila et lui glisse discrètement à l'oreille :

— Si vous voulez les rabibocher, passez la nuit chez nous. Je suis persuadée qu'un certain jeune homme de notre connaissance ne résistera pas à l'envie de vous rejoindre. S'il débarque ici, ce sera une bonne occasion de le réconcilier avec mon mari !

— Vous êtes diabolique ! constate Lila.

— Vous trouvez ? Je dirais plutôt qu'il faut parfois donner un léger coup de pouce au destin pour aider les choses à s'arranger.

— Je suis d'accord, et je crois bien que votre plan pourrait fonctionner.

44.

En début de soirée, Noé se présente chez ses amis pour venir chercher Lila. Il était content de la savoir bien entourée pendant cette journée. Elle a eu de quoi s'occuper l'esprit. Depuis la déconvenue de leur projet avorté, il a remarqué qu'elle a plus de mal à faire face au manque. Il regrette presque de lui avoir fait cette proposition. S'il n'avait rien dit, elle ne serait pas dans cet état. Elle a beau taire ce qu'elle ressent, elle ne peut pas le lui cacher, il a appris à lire en elle, à décrypter la moindre de ses attitudes. Lorsqu'elle travaille, il doit se faire violence pour ne pas camper toute la journée devant la boutique afin de s'assurer qu'elle ne commet pas de faux pas. L'idée qu'il soit si facile pour elle de replonger l'effraye, les tentations sont partout. Elle n'a qu'à pousser la porte du moindre magasin pour acheter de quoi étancher sa soif. Mais au moins, pendant quelques heures, elle était en bonne compagnie.

Raphaèle vient lui ouvrir et l'invite à la suivre au salon. Il s'étonne de ne pas y trouver sa compagne.

— Où est Lila ?

— Elle n'est pas ici, lui répond Raph comme si c'était la chose la plus évidente au monde.

Noé lui jette un regard interdit.

— Comment ça, pas ici ?

— Elle est partie... En voyage.

— Partie ? En voyage ? Tu te fous de moi ?

La colère et l'inquiétude se disputent la première place dans sa voix.

— Qu'est-ce que c'est que cette histoire ? gronde-t-il, incapable de garder son sang-froid.

— Elle avait quelque chose d'important à faire, loin de Paris, alors je lui ai prêté ma voiture, lui explique Raphaèle. Elle a pris la route en fin de matinée.

Noé manque de s'étouffer de stupeur.

— Tu l'as laissé faire ? Tu es cinglée ! Tu sais quand même ce qu'elle vient de traverser, tous les efforts qu'elle a dû faire pour s'en sortir. C'est de la folie de l'avoir autorisée à partir toute seule, surtout en ce moment. Tu es inconsciente ou quoi ?

Son amie l'observe sans broncher, attendant que l'orage passe.

— Ça y est, c'est bon, tu as fini ta petite crise ? Lila est une grande fille. Tu l'as aidée à s'en sortir, et c'est tout à ton honneur, mais tu ne pourras pas être derrière son dos à chaque seconde. Tu dois réapprendre à lui faire confiance et lui permettre de réaliser des choses par elle-même, sans demander ton accord au préalable.

Noé s'affale dans un fauteuil.

— Pourquoi ne m'a-t-elle rien dit ?

— Parce que tu lui aurais interdit d'y aller. Et parce qu'elle voulait le faire pour toi.

— Pour moi ?

Il n'y comprend plus rien.

— Qu'est-ce qu'elle est partie faire ? interroge-t-il.

— Elle est à Ré.

— À Ré ? Chez Franck ?

Noé n'en revient pas. Ces deux-là se détestent, son parrain a été infect avec Lila. Pour quelle raison aurait-elle décidé d'aller le voir ?

— Pourquoi est-ce qu'elle a fait ça ?

— Elle s'est mis en tête de vous réconcilier. Parce qu'elle t'aime, qu'elle sait que Franck est ta seule famille et elle ne veut pas que tu sois fâché avec lui à cause d'elle.

Il n'a rien vu venir.

— Alors, le chambre Raphaèle avec un sourire en coin, tu crois toujours que j'aurais dû l'en empêcher ?

— Oui, je ne pense pas que la maison d'un viticulteur soit le meilleur endroit où l'envoyer en ce moment.

— C'est bon, s'agace Raph, ton Franck n'est pas non plus un tortionnaire, il ne va pas lui enfoncer un entonnoir dans la gorge pour la soûler contre son gré. Il va falloir te calmer, mon vieux.

Elle a probablement raison. Mais ça n'empêche pas Noé d'être stressé.

— Est-ce que tu as eu des nouvelles depuis son départ ?

— Elle m'a envoyé un message, le trajet s'est bien passé, elle est en un seul morceau, détends-toi.

Il souffle de soulagement. Lila n'avait pas repris le volant depuis des mois, il est content de la savoir arrivée à bon port, même s'il ne parvient toujours pas à réaliser.

— Donc là, au moment où on se parle, elle est chez Franck ?

— C'est ça, lui confirme son amie. À moins qu'elle ait fini par faire demi-tour avant d'affronter l'ennemi, mais je ne pense pas qu'elle aurait fait tout ce chemin pour rien.

— Et on n'a toujours pas entendu d'explosion nucléaire ? s'étonne Noé. C'est un miracle !

Il attrape son téléphone pour appeler Lila. Elle attendait avec impatience son coup de fil. Elle se met à l'écart pour décrocher.

— Salut ! lance-t-elle avec entrain.

— Salut. Raphaèle vient de m'apprendre ce que tu as fait.

— Et tu es contrarié ? s'enquiert-elle d'une voix mielleuse destinée à l'amadouer.

— Non, juste un peu inquiet.

— Il ne faut pas, le rassure-t-elle. Franck et moi, on s'est expliqués. Ça va mieux entre nous. Je serais même prête à parier qu'il finira par m'adorer. Bon, OK, j'exagère peut-être, mais je vais continuer d'essayer de l'apprivoiser.

Noé sourit malgré lui. Il est persuadé que Franck va succomber au charme ravageur de Lila, si elle a réussi à percer sa carapace.

— La journée a été fatigante, enchaîne la jeune femme. Édith m'a proposé de rester dormir chez eux.

— Je te rejoins, décide son compagnon sans réfléchir. Je prends la route tout de suite.

Lila jubile. Son hôtesse avait raison : son séjour à Ré va obliger Noé à venir s'expliquer avec son parrain. Cependant, elle ne veut pas qu'il roule la moitié de la nuit.

— C'est ridicule, tu ne vas pas faire le trajet maintenant. En plus, j'ai déjà une voiture ici.

— Qu'est-ce que tu proposes, alors ?

— Repose-toi bien cette nuit, tu as le lit pour toi tout seul, personne pour te piquer la couette ou coller ses pieds gelés contre tes mollets. Demain matin, tu sautes dans le train de neuf heures sept pour La Rochelle, je viendrai te chercher à la gare.

— On dirait que tu as déjà tout prévu.

— Oui Monsieur ! Tu n'as pas le monopole des plans machiavéliques.

— Je vois ça !

— Et je peux te dire que je connais quelqu'un ici qui sera enchanté de te retrouver. Deux personnes d'ailleurs, si je compte ma nouvelle grande amie Édith.

Bien sûr que Lila a réussi à se mettre la femme de Franck dans la poche, il n'en espérait pas moins d'elle. Il n'y a que son parrain pour faire de la résistance. Enfin, ce n'est peut-être plus le cas s'il en croit sa maîtresse.

— Par contre, je n'avais pas prévu de découcher, reconnaît-elle. Tu pourrais m'apporter quelques affaires s'il te plaît ?

— Sans problème.

Il n'arrive pas à l'imaginer en compagnie de son tuteur toute la soirée. C'est une situation tellement improbable ! Mais elle l'a fait pour lui.

— Je t'aime, Lila.

— Moi aussi, je t'aime.

— Tu sais quoi ? Tes pieds gelés vont me manquer.

Et c'est vrai qu'elle lui manque. Il n'a plus l'habitude de dormir sans elle. Il trouve le lit triste et froid en son absence.

45.

Le jour suivant, il se hâte vers la gare, pressé de retrouver Lila. Il profite du trajet pour étudier ses différentes pistes pour une future embauche. Il s'est fait une raison, ils vont devoir rester sur Paris, donc autant prendre un emploi pour occuper ses journées au lieu de passer son temps à s'inquiéter pour sa compagne.

En arrivant à La Rochelle, il est le premier à sortir de son wagon. Il se presse vers le hall, impatient de revoir la jeune femme. Elle l'attend au bout du quai, rayonnante. Dès qu'elle l'aperçoit, elle se précipite vers lui pour se jeter dans ses bras. Il l'étreint et l'embrasse avec fougue. Ils n'ont été séparés qu'une seule journée, pourtant il a détesté être loin d'elle.

— C'est de la folie, ce que tu as fait, la sermonne-t-il tendrement.

— Ça ? Ce n'était rien du tout. Je te rappelle que l'année dernière, j'ai traversé un océan et un continent pour te ramener à la raison. Alors quelques centaines de kilomètres, ce n'était pas grand-chose.

Elle le fixe d'un air bravache.

— Je devais le faire. Pour toi.

— Mais tu ne me dois rien ! proteste-t-il.

— Oh que si !

Ils demeurent enlacés au milieu de la gare, indifférents aux voyageurs qui les frôlent de toutes parts.

— Je sais que ces derniers mois n'ont pas été faciles, continue Lila. Je t'en ai fait baver, je m'en veux beaucoup pour ça. Et malgré tout ce que je t'ai fait subir, tu es resté à mes côtés, tu m'as soutenue, tu m'as aidée à remonter la pente. Sans toi, je n'ose pas imaginer où je serais maintenant, ni dans quel état. J'ai bien conscience de la chance que j'ai d'avoir dans ma vie un homme aussi extraordinaire que toi. Tu n'as jamais flanché, tu me parles d'avenir, tu me fais rire, tu m'aimes, tu as tout sacrifié pour être avec moi. Je sais tout ça. Alors, crois-moi, te réconcilier avec celui que tu considères comme ta seule famille, c'était la moindre des choses que je pouvais faire pour te prouver à quel point je t'aime. Surtout que c'est à cause de moi que vous vous êtes brouillés.

Noé est ému par cette déclaration. Elle l'observe, les yeux brillants d'amour. Sa Lila. La femme de sa vie. Il ne se lasse pas de l'admirer, belle comme le jour et fière de s'être battue pour lui. Raphaèle avait raison, il doit lui faire confiance pour avancer dans la bonne direction, elle se débrouille très bien.

Elle lui prend la main et l'entraîne vers le parking. Il s'installe à ses côtés et se laisse conduire vers Saint-Martin. Elle a gardé sa fâcheuse manie de se croire sur un circuit de course dès qu'elle tient un volant. Il ne réussira probablement jamais à lui faire perdre cette mauvaise habitude, mais tant pis. Il la veut comme elle est, entière, avec ses qualités et ses défauts. Il ne la changerait pour rien au monde.

En arrivant devant la maison de son parrain, il grimace.

— Tout va bien se passer, le tranquillise Lila en lui lançant un clin d'œil.

— C'est le monde à l'envers ! s'exclame-t-il avec un sourire. Normalement, quand on est ici, c'est à moi d'arrondir les angles, pas à toi.

— J'espère qu'après cette journée, il ne sera plus nécessaire d'arrondir les angles, juste de profiter de la famille.

C'est Édith qui vient leur ouvrir la porte. Elle est ravie d'accueillir Noé et le serre dans ses bras.

— Quel plaisir que tu sois là, mon grand, ça fait une éternité que je ne t'ai pas vu ! Comment vas-tu ? Tu as bonne mine.

Son mari reste en retrait, ne sachant pas s'il peut se mêler à la joie des retrouvailles. Noé l'épie du coin de l'œil. Édith se tourne vers Lila.

— J'ai besoin d'aide pour finir de préparer le déjeuner, vous me suivez en cuisine ?

Elles abandonnent les deux hommes en tête à tête, pour les obliger à se parler. Ils sortent sur la terrasse afin de pouvoir discuter au calme. Lila les surveille depuis une fenêtre.

— À votre avis, ils vont réussir à faire la paix ? demande-t-elle, anxieuse.

— J'en suis certaine. Ils sont trop attachés l'un à l'autre pour rester fâchés.

Édith scrute son visage.

— Vous aimez beaucoup Noé, ça se voit.

— C'est vrai, lui confirme-t-elle.

— Je pense que vous êtes une jeune femme digne de confiance. Noé ne vous aurait pas choisie sinon.

Lila cesse de s'intéresser à la réconciliation en cours pour se concentrer sur Édith qui semble avoir quelque chose d'important à lui dire.

— Je vais vous faire une confidence, pour que vous compreniez mieux le lien qui unit Franck à son filleul. Mais j'aimerais que vous me promettiez de ne jamais raconter à qui que ce soit ce que je vais vous révéler, et surtout pas à Noé. Évitez aussi de dire à mon mari que vous êtes au courant, il aurait des difficultés à me pardonner mon indiscrétion.

Ce mystère attise la curiosité de Lila.

— Je vous promets que je ne dirai rien.

— Vous savez que les parents de Noé sont décédés dans un accident, n'est-ce pas ?

— Oui.

— Mais connaissez-vous les détails de leur disparition ? l'interroge Édith.

— Non, Noé ne m'en a rien dit, et je ne me voyais pas le questionner à ce sujet.

— C'est très délicat de votre part. À l'époque, Franck était associé avec Paul, son meilleur ami, le père de Noé. Ils avaient monté une société tous les deux. C'était une évidence de travailler ensemble, ils s'entendaient à merveille. Ça marchait bien pour eux, à tel point qu'ils faisaient des affaires aux quatre coins de la France. Ils devaient souvent voyager pour aller rencontrer leurs clients. C'était Franck qui s'en chargeait la plupart du temps, il a toujours eu la bougeotte. Mais cette fois-là, il a eu un empêchement. C'était pour une grosse entreprise, sur la Côte d'Azur. Il a demandé à Paul d'y aller à sa place. Pour le convaincre, il lui a fait miroiter la perspective d'un hôtel au bord de la mer et il lui a conseillé d'emmener sa femme pour passer le week-end en amoureux. C'est ce que Paul a fini par faire, en laissant Noé chez sa grand-mère. Et c'est là que la tragédie a frappé cette famille. Le couple a été fauché par un chauffard, à la sortie d'un restaurant. Ils étaient déjà morts à l'arrivée des secours qui n'ont rien pu faire pour les sauver.

Lila est horrifiée par ce récit. Le malheur s'est abattu sur eux sournoisement, sans prévenir. Et Noé... Si petit à l'époque, sans défense, seul au monde.

— Comprenez bien, poursuit Édith, Franck se tient pour responsable de ce qui est arrivé. S'il n'avait pas demandé à son ami de le remplacer, Noé ne se serait pas retrouvé orphelin à l'âge de six ans. Le poids de la culpabilité a pesé lourd sur ses épaules pendant toutes ces années.

— Il n'y est pour rien pourtant !

Lila a presque de la peine pour Franck. Ce fardeau doit être difficile à porter.

— Je le sais, mais lui n'a jamais réussi à l'admettre. C'est pour cette raison qu'il s'est fait un devoir de protéger son filleul. Il ne peut s'empêcher d'intervenir à tout va dans sa vie, car il ne voudrait pas se sentir plus responsable encore s'il lui arrivait des ennuis.

— Mais je ne représente pas une menace pour Noé, se défend la jeune femme.

— J'en suis persuadée, rassurez-vous. Ce n'est pas après vous qu'il en a en particulier. Il se méfie de quiconque s'approche un peu trop près de Noé. Mais il n'a pas le droit de s'immiscer entre vous comme il l'a fait.

— Est-ce que vous croyez que les choses vont s'arranger entre eux ?

— Je pense que votre initiative de faire le déplacement jusqu'ici pour vous expliquer avec Franck et chercher à le réconcilier avec Noé va porter ses fruits. Mon mari est un homme buté, mais je crois que vous avez réussi à le convaincre de votre bonne foi. Et s'il a besoin d'une piqure de rappel, je me chargerai de lui secouer les puces.

Ce qu'elle vient d'apprendre n'excuse pas tout aux yeux de Lila, mais elle comprend mieux l'acharnement de Franck à vouloir contrôler la vie de Noé.

— Regardez ! s'exclame soudain Édith en lui désignant la fenêtre.

Lila s'approche d'elle pour observer la scène qui se déroule à l'extérieur. Le parrain et son filleul sont enlacés dans une étreinte virile à coups de grandes tapes dans le dos. Elle sourit en admirant ce spectacle. Édith saisit le plat qui attendait sur la table et l'invite à la suivre dans le jardin.

— Allons donc retrouver ces messieurs, maintenant qu'ils ont arrêté de bouder.

Noé accueille sa compagne à bras ouverts.

— Merci pour ce que tu as fait.

— Oui, reconnaît Franck, merci à vous d'avoir fait le premier pas.

Elle n'en revient pas.

— Vous venez de me dire un mot gentil ? le taquine-t-elle. Waouh ! Attention, si ça continue comme ça, vous pourriez bien finir par m'apprécier !

L'ours fronce les sourcils d'un air faussement exaspéré. Cette petite ne semble pas décidée à lui accorder le moindre répit. Mais il a promis à Noé et à sa femme de tout faire pour que les choses se passent mieux avec elle, et il compte bien tenir sa parole.

46.

— Comment ça va, au travail ?

Louise relève la tête en affichant un air étonné. Depuis quand sa sœur s'intéresse-t-elle à la boutique ? Décidément, c'est la soirée des surprises. Lorsqu'elle est rentrée après une longue journée au magasin, elle a trouvé le couvert mis, et un bon repas n'attendait plus qu'à être dégusté. Elle n'est pas habituée à se faire dorloter de la sorte, mais elle a pris place à table sans rechigner, satisfaite de se laisser servir pour une fois.

— Ça va. Lila ne travaille pas cette semaine, mais ça ne me dérange pas trop. Depuis que je lui ai annoncé que j'allais partir, l'ambiance n'est pas terrible.

Sa collègue a beau faire des efforts, Louise sent bien qu'elle est encore attristée d'avoir dû renoncer à son déménagement. Charlie hausse les épaules.

— Ne t'en fais pas, ça lui passera. Elle trouvera quelqu'un d'autre pour te remplacer, n'importe qui peut faire ce que tu fais.

La jeune fleuriste affiche une moue vexée.

— C’est bon, marmonne sa sœur sans s’excuser, tu vois bien ce que je veux dire.

Du Charlie tout craché.

— Puisqu’on parle de notre départ, j’ai pensé à quelque chose…

Louise pose sa fourchette. En général, ce genre de phrase annonce une nouvelle lubie de sa jumelle. Elle attend la révélation fracassante qui ne devrait pas tarder à arriver.

— Voilà, poursuit Charlie, je me suis dit que peut-être on pourrait faire autre chose. Depuis que j’ai arrêté les cours de théâtre, j’ai plus de temps pour cuisiner, et je me suis rendu compte que j’aime bien ça. Et je suis douée en plus, toi-même tu me répètes que mes plats sont délicieux. Ce que je préfère, c’est préparer des gâteaux. En fait, je pense que ça pourrait être une reconversion intéressante. Je me suis un peu renseignée, il y a une école de pâtisserie, sur Toulouse, qui aurait une place pour moi à la rentrée. J’en ai parlé avec Papa et Maman, ils sont d’accord pour financer ma formation.

Louise soupire. Évidemment que leurs parents sont d’accord. Comme elle, ils ont toujours cherché à sécuriser Charlie, par peur de provoquer une crise de panique pouvant se révéler spectaculaire et inquiétante. Ils n’ont jamais voulu la contrarier, et voilà où ils en sont : à vingt-deux ans, elle continue de batifoler d’une idée farfelue à une autre, si peu sûre d’elle, refusant de se poser et de décider ce qu’elle souhaite pour son avenir.

Toulouse ? Et ce sera quoi, après ? Louise a commencé à prendre ses dispositions pour rentrer en Savoie. Elle a contacté son ancien maître d’apprentissage qui a semblé intéressé par sa candidature. Et maintenant, elle doit lui annoncer qu'elle ne viendra pas, tout ça parce que sa sœur s'est trouvé une nouvelle marotte ? Une remarque de Lila lui revient en mémoire : est-elle certaine de rendre service à Charlie en la suivant sans broncher dans chacune de ses toquades ? Elle observe la jeune femme dont les yeux brillent aussi fort que ceux d'une enfant devant un sapin de Noël. Elle l'aime, et pourtant, elle a l'impression de s'éloigner d'elle. Elle se sent plus vieille, plus mûre. Surtout, Louise en a assez. Assez de lui courir après, de la regarder changer d'avis en permanence en oubliant de vivre sa propre vie.

Elle fixe sa jumelle et prend une grande inspiration. Si leurs parents souhaitent continuer à financer chacun de ses caprices, libre à eux, mais elle en a terminé. Fini de la chaperonner, cette situation ne mène nulle part.

— Je vais rester ici finalement, annonce-t-elle d'une voix calme en recommençant à manger.

Charlie lui adresse un coup d'œil paniqué.

— Qu'est-ce que tu racontes ?

— Je ne pars pas.

Sa sœur n'en revient pas. Pourquoi refuse-t-elle de l'accompagner, alors qu'elles adorent être ensemble ?

— C'est à cause de Toulouse ? Tu n'aimes pas cette ville ? Si tu préfères, j'abandonne ce projet de pâtisserie, et on rentre chez nous comme c'était prévu.

— Si je préfère ? Bon sang, tu ne comprends rien ! Ce que je préfère, c'est rester ici ! J'ai accepté de retourner chez les parents avec toi pour ne pas te laisser tomber, comme d'habitude. Mais combien de fois vais-je devoir me soumettre à tes décisions impulsives ?

— Si je te promets que c'est la dernière fois, tu veux bien venir ? supplie sa sœur d'un air désespéré.

— Peu importe que ce soit la dernière fois ou pas. Tu dois vivre ta vie, et moi la mienne.

— Mais j'ai besoin de toi !

— Tu sais où me trouver, je ne disparais pas de la circulation.

Elles s'affrontent du regard. Charlie finit par abdiquer, elle quitte la table avec fracas et part s'enfermer dans sa chambre. Louise observe le festin préparé par sa jumelle, probablement pour faire passer la pilule de leur changement de destination, et elle juge qu'il serait dommage de gâcher un dîner si succulent. Elle savoure la fin de son repas. Ne vient-elle pas, pour la première fois de sa vie, de décider de faire quelque chose pour elle ?

Elle connaît aussi deux autres personnes qui devraient être heureuses de son choix, un couple qui va pouvoir reconsidérer son départ en Normandie.

Lorsque Lila reprend le travail la semaine suivante, Louise guette son arrivée avec impatience. Elle lui saute au cou dès qu'elle passe le pas de la porte.

— Grande nouvelle : Charlie veut se mettre à la pâtisserie ! s'exclame-t-elle sans pouvoir attendre plus longtemps.

Sa collègue fronce les sourcils.

— Tu peux m'expliquer en quoi c'est une bonne nouvelle ?

— C'en est une parce que c'est le projet de trop ! Cette fois, je la laisse se débrouiller toute seule.

Lila la dévisage, perplexe.

— Donc tu rentres chez tes parents sans elle ?

Louise affiche un sourire amusé.

— Non, je reste ici ! J'ai décidé de faire mes propres choix et d'arrêter de materner ma sœur. Il est temps qu'elle se prenne en main.

Lila veut être sûre de bien saisir le sens de ses mots.

— Tu restes ici ?

— Oui ! Et donc toi, tu peux partir l'esprit tranquille, je m'occupe du magasin.

Son associée n'en croit pas ses oreilles.

— Je n'ai pas envie que tu le fasses pour me faire plaisir. Si tu préfères quand même t'en aller, je trouverai une solution. J'en ai pris mon parti.

— Tu ne comprends pas, s'obstine Louise. Si je le fais, c'est pour moi, et pour personne d'autre.

Cette nouvelle façon d'agir a surpris Charlie qui s'est lancée dans une guerre des nerfs depuis qu'elle lui a annoncé son intention de rester à Paris. Pour l'instant, elle ne voit pas les bons côtés de cette séparation. Mais Louise n'est pas inquiète : sa jumelle se lasse toujours rapidement de tout ce qu'elle entreprend, elle va vite trouver fatigant de bouder et elle lui adressera bientôt de nouveau la parole.

— Tu es certaine que c'est bien ce que tu veux ? l'interroge Lila, la voix vibrante d'espoir.

— Tout à fait, confirme Louise. Je veux rester à la boutique. Même si je ne sais pas comment je vais faire pour m'en sortir sans toi.

Lila éclate de rire.

— Je ne crois pas t'avoir été d'une grande utilité ces derniers mois ! Tu t'en tires très bien, tu n'as pas besoin de mon aide.

— Oh que si ! Tu oublies Cass. Je n'ai pas encore appris à décoder tous ses grognements.

Elles s'esclaffent avant de redevenir sérieuses.

— Tu vas me manquer, avoue Lila à sa collègue.

— Toi aussi, tu vas me manquer. Mais pour l'instant tu es toujours là, et je te rappelle que nous avons un commerce à faire tourner, alors au boulot !

Les deux jeunes femmes finissent de tout préparer avant l'arrivée des premiers clients. La bonne humeur règne de nouveau entre elles.

Durant la matinée, Lila flotte sur un petit nuage. Elle qui s'était fait une raison et avait remisé ses beaux projets au placard, voilà qu'un avenir radieux s'ouvre à elle. Elle hésite à appeler Noé pour lui faire part de la grande nouvelle. Il avait été tellement déçu d'apprendre que leur départ n'était plus d'actualité.

Elle décide d'attendre sa pause-déjeuner pour le prévenir, car elle n'a pas une minute de répit. Mais il lui fait la surprise de débarquer peu avant midi.

— Qu'est-ce que tu fais là ? le questionne-t-elle en l'accueillant avec un tendre baiser.

— J'étais juste venu m'assurer que ta reprise se passait bien, mais ça a l'air d'aller.

— Tout va plus que bien, tu veux dire ! s'écrie Lila, enchantée.

Noé ne comprend pas cet enthousiasme débordant.

— Louise m'a annoncé qu'elle a décidé de rester à la boutique ! lui apprend-elle.

Il ne s'attendait pas à un tel revirement de situation.

— J'espère que tu ne fais pas ça pour nous, s'assure-t-il. Je sais que Lila peut faire peur parfois, mais tu es libre de partir si tu en as envie, ajoute-t-il avec un clin d'œil à la jeune femme.

Sa compagne fait mine de se vexer.

— Tu essayes de me faire passer pour un monstre ou quoi ?

— Non, le rassure Louise, ce n'est pas pour vous faire plaisir que j'ai décidé de rester. Pour la première fois de ma vie, je fais quelque chose pour moi, uniquement pour moi. Et je dois dire que c'est plutôt agréable, je crois que je vais vite y prendre goût !

Le couple échange des regards complices.

— Alors, direction Cabourg ? demande Noé, fou de joie.

— Oui, à nous la Normandie ! répond Lila en se jetant à son cou.

Louise s'éclipse pour les laisser tranquilles. Leur bonheur fait plaisir à voir, elle est heureuse d'avoir pu y contribuer. Il ne restera plus qu'à annoncer ce changement d'organisation à Cassandre. Mais ça devrait aller, tant que quelqu'un est là pour écarter les clients de son chemin.

47.

— Tu as vu comme elle est belle ! s'extasie Lila. Regarde-moi ses jolis cheveux soyeux, et cette peau toute douce. Je la croquerais bien, cette petite !

Pour la première fois, elle porte Joséphine dans ses bras. Le bébé a quitté la néonatologie après six semaines d'hospitalisation. Elle a bien récupéré de sa venue au monde prématurée. Lila et Noé ont laissé quelques jours à ses parents pour prendre leurs marques avec elle à la maison, mais ils n'ont pas pu résister longtemps à l'envie de faire enfin sa connaissance. La jeune femme savoure le bonheur de cette rencontre. La famille qui s'agrandit, c'est un nouveau chapitre qui s'ouvre, plein de belles promesses.

— Attention, la prévient Raph en agitant un doigt menaçant dans sa direction, le cannibalisme est interdit dans cette maison.

Noé contemple Lila d'un air attendri tandis qu'elle berce sa nièce.

— Minute, Monsieur, le sermonne-t-elle sur un ton faussement inquiet, on se calme, ce n'est pas d'actualité, OK ?

Il secoue la tête.

— Je sais, on a tout notre temps pour ça.

Raphaèle sourit en douce. Il peut dire ce qu'il veut, il est évident qu'il rêve d'aller plus loin avec sa compagne. Quand elle part à la cuisine pour préparer le biberon de la demoiselle affamée, Lila murmure à l'oreille de son conjoint.

— Tu crois que ses parents s'en rendraient compte si on s'enfuyait avec Joséphine pour la garder juste pour nous ?

— Quelque chose me dit qu'ils s'en apercevraient très vite, lui assure-t-il, moqueur.

— Bon, soupire-t-elle, tant pis. Je me contenterai d'être la tata hyper gâteuse qui la couvrira de cadeaux.

Lorsque le nourrisson se met à hurler à cause de sa couche malodorante, le couple la rend volontiers à sa mère pour la laisser s'occuper du change.

Ils prennent congé et montent en voiture, direction Cabourg. Ils ont prévu de passer la journée du lendemain dans la cité balnéaire pour commencer leurs recherches immobilières. Ils ont décidé de profiter de l'occasion pour s'octroyer une soirée en amoureux et une nuit à l'hôtel.

Ils arrivent sur la côte en fin d'après-midi et flânent dans les rues de la petite ville avant de se rendre au restaurant. Après un dîner gastronomique extravagant, Noé emmène Lila se promener au clair de lune sur la plage. Ils croisent quelques groupes de jeunes affalés dans le sable, qui savourent leurs derniers jours de vacances, ainsi que d'autres tourtereaux.

Quand ils parviennent enfin dans un coin plus tranquille, Noé s'arrête. Il attire Lila contre lui et la contemple d'un air grave.

— Tout va bien ? l'interroge-t-elle, surprise par son sérieux.

— Oui, tout va très bien.

Il caresse son visage du bout des doigts.

— Je t'aime, à un point qui me fait peur parfois. Mais ce qui me fait plus peur encore, c'est d'imaginer que je pourrais te perdre. Je ne peux plus vivre sans toi. Je n'arrive plus à respirer quand tu es loin de moi. Lila, je veux passer ma vie entière avec toi.

— C'est trop facile, le taquine-t-elle pour masquer son trouble devant ses propos touchants. Il ne suffit pas de m'entraîner dans une balade romantique avec une jolie déclaration à la clé pour obtenir une promesse d'éternité en retour. Un homme ne peut espérer ce genre d'engagement qu'en offrant une belle bague, c'est bien connu.

— Ça peut s'arranger.

Noé prend la main de la jeune femme, et il y dépose une petite boîte tout droit sortie de sa poche. Lila en reste muette de stupeur. Elle observe longuement l'écrin sans oser l'ouvrir. Elle relève ensuite la tête vers son compagnon et retrouve l'usage de la parole.

— Je… Je croyais que tu étais contre le mariage, bégaye-t-elle.

— J'avais beaucoup de certitudes avant de te rencontrer, mais tu as tout fait voler en éclats.

Elle marque une pause avant de lui poser la question qui la tourmente.

— Es-tu sûr d'avoir envie de faire ta vie avec quelqu'un comme moi ?

— Tu veux dire avec une femme belle, drôle, intelligente, et qui en plus a le bon goût de m'aimer ? Oui, je crois que c'est une perspective qui me plaît bien, lui certifie-t-il avec malice.

Lila le fixe dans les yeux, les traits tendus.

— Non, Noé, je veux dire une alcoolique. Car je serai toujours une alcoolique, abstinente si j'arrive à tenir le coup, mais une alcoolique quand même. Ce n'est pas parce que l'orage est passé pour cette fois qu'il n'y a aucun risque pour l'avenir, c'est la leçon que j'ai retenue de cette rechute. Tu sais, je continue de me battre chaque jour contre cette foutue envie de boire. Et à certains moments, ce n'est vraiment pas drôle à vivre. Alors je comprendrais que tu ne veuilles pas t'engager sur de l'aussi long terme avec moi.

— Pour qui me prends-tu ? se fâche-t-il. Tu crois que je te fais cette demande à la légère ? Tu penses que je ne sais pas ce que je fais en te proposant de m'épouser ? J'en ai bien conscience au contraire. Je me doute qu'on aura des moments difficiles. S'il y a bien une chose que j'ai apprise, c'est qu'on doit tous supporter notre lot de malheurs. J'ai vu ce que tu as vécu pendant ton sevrage, quel enfer tu as enduré. J'espère que tu n'auras plus jamais à repasser par là, mais je tiens à être à tes côtés s'il devait t'arriver quoi que ce soit. Et surtout, mon amour, je sais que nous connaîtrons surtout beaucoup de moments magnifiques, parce qu'il suffit que tu me souries pour que ma vie s'illumine. Je veux avoir le bonheur de me réveiller près de toi jusqu'à la fin de mes jours, je veux rire de ta folie, pleurer de tes chagrins, je veux tout. Je veux fonder une famille avec toi, je veux que tu fasses de moi un mari et un père. Merde, est-ce que c'est si difficile que ça à comprendre ?

Il semble si remonté que Lila doit se mordre les lèvres pour masquer son amusement.

— Je crois que tu as oublié de réviser ton guide du parfait gentleman avant de te lancer, réplique-t-elle avec espièglerie. Je ne pense pas qu'il soit recommandé d'engueuler la demoiselle que l'on demande en mariage si l'on espère une réponse positive.

— Si, se détend Noé, il y a un astérisque à la fin du chapitre. Si la demoiselle en question est une vraie tête de mule, il est conseillé de piquer une grosse colère pour lui remettre les idées en place.

Il prend le visage de Lila entre ses mains et l'embrasse avec douceur.

— Je t'aime, et je t'aimerai pour l'éternité. Tu es la femme de ma vie. Je veux que le monde entier sache que je t'appartiens et que je ferais n'importe quoi pour toi.

Sa compagne sent son cœur faire de grands bonds dans sa poitrine.

— Tu vas te décider à me poser officiellement la question pour que je puisse enfin te donner ma réponse ?

Noé sourit, de ce sourire charmeur qui creuse deux adorables fossettes dans ses joues, ce sourire qui a conquis la jeune femme dès leur rencontre.

— Lila, acceptes-tu de m'épouser ?

— Oui, oui, OUI ! s'écrie-t-elle, émue aux larmes.

Elle tombe dans ses bras, pleurant et riant à la fois. Elle ne parvient pas à comprendre comment elle peut avoir autant de chance. Comment, en si peu de temps, elle a pu connaître les ténèbres, et se retrouver pourtant aux portes d'une vie de bonheur.

— Tu es certaine que tu ne veux pas jeter un coup d'œil à la bague avant d'accepter ? plaisante Noé.

— Je sais déjà que tu es plein aux as, pas la peine de vérifier le nombre de carats.

— Et si jamais la boîte est vide ? demande-t-il d'un air taquin.

— Je te la fais manger !

Mais l'écrin contient bien quelque chose. Lorsque Noé l'ouvre, Lila découvre un anneau d'or serti de diamants et de pierres d'une délicate nuance violette. Des pierres couleur du lilas. Il sort le bijou et le glisse au doigt de sa fiancée. Elle contemple la bague avec étonnement, elle vit un rêve éveillée. Le regard de Noé, brillant de son amour pour elle, l'ancre dans cette belle réalité.

— Toi et moi, pour toujours.

un tourbillon jusqu'à ce jour de janvier où ils vont lier leurs destins pour toujours, entourés de leurs familles.

Noé se tourne vers son parrain. Lila a plaisanté lorsqu'il lui a annoncé vouloir prendre Franck comme témoin.

— Il vaudrait peut-être mieux que le maire évite de demander si quelqu'un s'oppose à notre union, j'aurais trop peur qu'il saute sur l'occasion !

Il s'en est amusé avec elle. Quelques mois plus tôt, il se serait inquiété de la réaction de son mentor. Mais depuis que sa future femme a fait la démarche de les réconcilier, Franck a revu son jugement à son propos. Il a cessé de se méfier d'elle et apprend à la connaître, encouragé par Édith qui ne jure plus que par Lila.

Les voilà maintenant tous rassemblés pour ce mariage. Noé attend l'entrée en scène de sa fiancée sans une once de nervosité. Il est juste impatient. À cet instant précis, il est l'homme le plus heureux de la Terre. Il n'a jamais été plus sûr de lui de toute sa vie. Épouser Lila est la plus belle chose qui puisse lui arriver.

Quand elle fait enfin son apparition aux bras de son père, son cœur bat la chamade. Elle est rayonnante. Elle a choisi une robe blanche très simple. Les manches sont ourlées de dentelle et la jupe courte dévoile ses longues jambes. Elle n'a pas besoin d'artifice pour resplendir. Ses cheveux sont coiffés en un chignon lâche piqué des mêmes fleurs que celles du bouquet qu'elle tient entre les mains.

En la voyant s'avancer vers lui, Noé repense à cette fête chez Clément, un peu plus d'un an auparavant. Le soir de leur rencontre. Quand il réfléchit au fait que leurs routes auraient pu ne jamais se croiser... Ils ont été à un rien de se manquer. Il se remémore aussi les problèmes auxquels ils ont été confrontés pendant cette année mouvementée.

Mais aujourd'hui, ils sont là, prêts à s'unir pour la vie, pour le pire et surtout pour le meilleur. Lila marche vers lui avec l'impression de flotter sur un nuage. Il la contemple avec tant d'admiration qu'elle se sent comme une reine, portée par son amour. Il est d'une élégance folle dans son costume.

Lorsqu'elle arrive à ses côtés, il la prend par la main et ne peut s'empêcher de déposer un baiser sur ses lèvres.

— Messieurs-Dames, badine le maire, s'il vous plaît, il va falloir me laisser le temps de célébrer ce mariage avant de vous embrasser ! Mais je vous assure que je serai bref et que je ne vous endormirai pas avec des discours aussi interminables que superflus.

Tout le monde sourit dans la salle. L'impatience des fiancés est touchante, elle témoigne de leur amour indéfectible. Ils se tournent vers l'officier d'état civil, leurs doigts toujours entrelacés.

Fidèle à sa promesse, le maire s'abstient de palabres inutiles. Après la lecture des textes officiels, il propose de passer à l'échange des alliances avant de clôturer la célébration.

— Pour l'occasion, le marié m'a demandé de pouvoir prononcer quelques mots, je me fais donc un plaisir de lui laisser la parole.

Noé le remercie d'un hochement de tête sous le regard étonné de Lila.

— Je n'étais pas au courant !

— Ça n'aurait plus été une surprise si je t'en avais parlé avant.

Il la contemple avec intensité.

— Ma Lila... Je n'imaginais pas me marier un jour. Avant toi, je n'avais jamais envisagé de m'engager avec qui que ce soit. Mais tu n'es pas n'importe qui. Tu es la fée apparue par magie qui ne quitte plus mes pensées depuis notre rencontre. Tu es mon rayon de soleil sous la pluie, le vent qui chasse les nuages gris pour dévoiler un ciel lumineux. Tu es l'éclat de rire qui sèche les larmes et réchauffe mon cœur. Tu es unique. Il n'y avait que toi pour me suivre dans notre échappée belle, me casser les oreilles en chantant faux, mais avec tellement d'entrain, ou m'obliger à me baigner dans une mer gelée juste pour le plaisir ! Personne d'autre que toi n'aurait traversé la moitié du globe pour m'expliquer que j'étais un sombre crétin et me remettre dans le droit chemin. Mais surtout, personne ne me fait me sentir vivant comme toi. Depuis que tu es dans ma vie, c'est comme si mon cœur avait réappris à battre sur le bon rythme. Et je veux qu'il continue à battre à l'unisson du tien pour toujours.

Tandis qu'il passe l'anneau d'or au doigt de Lila, une larme coule sur la joue de la jeune femme. Elle se mord les lèvres en essayant de contenir son émoi.

— Ce n'est pas juste, se plaint-elle d'une voix enrouée. Si tu m'avais prévenue, j'aurais préparé un beau texte moi aussi.

En regardant le visage de Noé, l'inspiration lui vient sans réfléchir.

— Pour commencer, c'est une bonne chose que tu saches que je suis capable de te retrouver n'importe où sur cette planète, alors je te conseille d'éviter de faire des bêtises, sinon je te pourchasserai jusqu'à ce que je te mette la main dessus et je te le ferai payer.

Tous dans l'assistance éclatent de rire.

— Maintenant que tu es prévenu, je tiens à ajouter ceci : moi non plus, je n'avais pas prévu de me marier un jour. Il n'était pas question de faire une place à quelqu'un dans mon monde. Mais avec toi, c'était une évidence. C'est comme si tu avais toujours été là. Tu m'as ramenée à la vie quand je sombrais. Sans toi, je pars à la dérive, comme une naufragée sans boussole, incapable de retrouver mon chemin. Tu es l'étoile qui brille plus fort dans mon ciel, la lumière que je suivrai jusqu'à la fin de mes jours.

Le père de Lila se mouche bruyamment, arrachant des sourires aux invités entre leurs larmes. Les déclarations des nouveaux époux ont touché leurs proches. Même le maire semble avoir perdu le fil de la célébration.

— Pour finir et nous permettre enfin de nous remettre de ces émotions, conclut-il en reprenant ses esprits, vous pouvez vous embrasser !

Noé ne se fait pas prier, il enlace sa femme dans une étreinte passionnée.

Soudain, des accords inattendus résonnent dans la salle.

— Je ne pouvais pas laisser ma petite sœur se marier sans une touche de rock ! se justifie Clément devant la mine surprise de Lila.

Elle reconnaît la voix du chanteur de son groupe favori.

— Je ne connaissais pas cette chanson de *Muse* !

— C'est une reprise de « *Can't take my eyes off you* », ça m'a semblé plutôt approprié.

Sa cadette dépose un baiser sur sa joue pour le remercier.

— C'est absolument parfait !

Noé et Lila sortent accompagnés des applaudissements de leurs familles. Après la séance photo sous une pluie de pétales offerts par Louise qui a tenu à participer à la fête à sa façon, les convives gagnent à pied la nouvelle maison des tourtereaux. Ils ont emménagé seulement deux semaines plus tôt et ont travaillé d'arrache-pied pour que tout soit prêt le jour J.

Ils ont engagé un traiteur pour s'occuper du banquet, avec l'interdiction formelle de servir la moindre goutte d'alcool. Mais cela ne gêne en rien l'ambiance festive. Les toasts se succèdent, chacun y allant de sa petite anecdote pour parler de la relation si particulière de Lila et Noé.

Quand arrive l'heure du repas, les invités s'installent autour de la table présidée par les jeunes mariés. Lila demande à prendre sa nièce sur ses genoux pour la féliciter de s'être si bien tenue à la mairie. Pas un cri n'est venu troubler la cérémonie !

— Ma petite Jo, je suis fière de toi, tu t'es très bien comportée, une parfaite demoiselle d'honneur ! Et avec ta jolie robe, tu ressembles à une princesse. Tu vas en briser, des cœurs, quand tu seras grande ! Mais essaye quand même de ménager ton pauvre père, je l'ai assez fait tourner en bourrique !

Clément feint de s'offusquer en récupérant sa fille.

— N'écoute surtout pas tout ce que raconte ta tante. Heureusement que Noé a enfin fait d'elle une femme honnête, il était temps qu'elle se range !

— Si tu crois que je vais m'arrêter de vivre parce qu'on m'a passé la bague au doigt, tu te trompes ! s'esclaffe sa sœur en adressant un clin d'œil complice à son mari.

Noé lui répond par un sourire entendu. Il ne doute pas un instant que la vie auprès de Lila sera épique et pleine de rebondissements. Elle sera avant tout merveilleuse.

Il l'observe rire au milieu des siens et il réalise que pour la première fois de son existence, il a trouvé sa place. Il n'est plus seul, il fait partie d'une belle et grande famille. Peu importe les épreuves auxquelles ils seront confrontés, avec Lila à ses côtés il se sent capable de tout affronter. Elle l'a accueilli dans son monde et ce faisant, elle l'a sauvé.

FIN

Pour terminer en musique…

De l'amour et du rock, un beau résumé de l'histoire de Lila et Noé !

New Born, Muse
My Girl, Nirvana
True Love Waits, Radiohead
Seven Nation Army, The White Stripes
Self-Esteem, The Offspring
Thank God It's Christmas, Queen
Can't Take My Eyes Off You, Muse

Quelques mots pour finir

Je tiens à adresser un grand merci à ma *dream team* qui m'a aidée une nouvelle fois pour ce roman. Raphaèle, Virginie, Anthony, votre soutien m'est très précieux.

Merci également au Docteur Amélie P., pour son avis concernant l'entretien de Lila avec le médecin-addictologue.

Merci à Thomas. Pour tout. Je sais que tu n'aimes pas trop que je parle de toi, mais c'est ta faute, tu es un mari au top et j'avais envie de le dire ! Merci de me soutenir tous les jours, de m'avoir suivie dans ce projet un peu fou de faire une pause pendant un an afin de me consacrer à l'écriture. Merci de partager ma vie et de la rendre plus belle (tu vas râler après avoir lu ce passage, mais tant pis !).

Tu pensais que tu allais enfin découvrir le métier de Noé dans ce livre. Eh non ! Je suis la seule à connaître son travail, c'est le Chandler de cette histoire (les fans de *Friends* comprendront !).

Benjamin, Mathilde et Camille, merci d'être les soleils de ma vie.

Et merci à vous tous qui me suivez dans cette belle aventure. J'espère que ce livre vous a plu. Il faut savoir que ce roman est un invité surprise qui n'était pas prévu au programme ! Quand j'ai terminé « *Notre échappée belle* », je n'imaginais pas prolonger ma route avec Lila et Noé. Je pensais qu'après dix mois d'écriture, de relectures et de corrections multiples, ces personnages allaient finir par me sortir par les yeux et que je serais ravie de les laisser pour passer à l'un de mes nombreux autres projets !

Et pourtant... Environ une semaine et demie avant la parution de « *Notre échappée belle* », une nuit, j'ai rêvé de la rechute de Lila. J'ai essayé d'en faire abstraction toute la journée qui a suivi, mais ça a tourné à l'obsession, et le soir même, j'ai commencé à noter toutes les idées qui me venaient en tête, le plan d'un nouveau roman, les évènements principaux... Je n'ai pas lâché ce manuscrit tout en terminant de peaufiner « *Notre échappée belle* » pour sa sortie. Et en une semaine, j'avais déjà écrit 10 % de ce récit.

J'étais confrontée à un dilemme. Depuis plusieurs mois, j'avais prévu de travailler sur la suite de « *Mon prince ne viendra pas* ». Mais je ne pouvais pas laisser Lila et Noé en plan. Même si j'avais hâte de retrouver Clothilde (et vous êtes nombreux à attendre le deuxième tome de ses (més)aventures), j'ai décidé d'écouter mon instinct et de m'occuper de « *Pour nous sauver* ». Ce livre était une évidence et j'avais besoin de coucher cette histoire sur le papier. Trois mois intenses d'écriture, un record pour moi !

Voilà, vous savez tout sur ce roman qui m'a sortie de ma zone de confort ! Je me suis éloignée de la comédie romantique de mes débuts, car j'ai réalisé que j'aimais raconter des conflits, les colères, les disputes, des émotions fortes et brutales. J'avais aussi à cœur de parler de cette maladie qu'est l'alcoolisme, sans aucune autre prétention que d'évoquer ce problème de société.

Sur un registre plus léger, ce livre m'a également permis de voyager. Avec la pandémie que notre monde connaît, nous avons dû annuler le road-trip en Californie que nous avions prévu pour cet été 2020. Cependant, grâce à Lila et Noé, j'ai quand même pu me promener à San Francisco, et observer les baleines dans la baie de Monterey. J'espère pouvoir me rendre dans ces lieux un jour prochain. Mais pour le moment, l'essentiel est que chacun se porte bien.

Continuez à vous évader grâce à la lecture, et n'oubliez pas de soutenir les auteurs que vous appréciez en laissant un commentaire si le cœur vous en dit. Vos retours et vos messages sont de merveilleux encouragements à poursuivre sur cette voie.

Vous pouvez me retrouver sur mon site :

http://alex-kin.com/

Sur Facebook :

https://www.facebook.com/AlexKinAuteur/

Et sur Instagram :

@alexkinauteur

Je vous dis à bientôt, sur les réseaux sociaux ou en dédicaces, ou simplement au travers de quelques lignes.

Et si vous n'avez pas encore fait la connaissance de Clothilde…

Découvrez une comédie romantique
pour celles qui ne croient plus
au prince charmant…
et pour les autres !

Mon prince ne viendra pas

(Tant pis, je ferai sans !)

Clothilde en est persuadée : elle est victime d'une terrible malédiction. Sinon, comment expliquer pourquoi le destin ne met sur sa route que des tocards ? Mais désormais, c'est terminé. Elle ne permettra plus à aucun homme de s'approcher pour ensuite lui briser le cœur. Après tout, quand on abandonne ses illusions, on ne peut plus être déçu. Et puis, de toute manière, elle a bien assez à faire avec ses amies, l'organisation d'un mariage, ses voisins et une révolution des croissants. Ajouter à cela son nouveau travail, elle n'a pas le temps de s'ennuyer. Il faut dire que la vie de bureau n'est pas toujours de tout repos. Alors ce n'est pas cet homme mystérieux qui va la faire changer d'avis. Sûrement pas.

Ce livre a été imprimé en France.

Imprimé en France
FROC031456061120
25664FR00026B/560

9 791035 921989